내 마음을
쏟지요
쏟지요

내 마음을
쏟지요
쏟지요

김명순

소설집

박소란 엮음

핀드

차례

007	젊은 날
025	나는 사랑한다
043	분수령
053	일요일
063	꿈 묻는 날 밤
075	의붓자식
107	의심의 소녀
117	조모의 묘전에
127	해 저문 때
139	손님
165	돌아다볼 때
207	모르는 사람같이
213	외로운 사람들
343	인생행로난
374	엮은이의 말
382	수록작품 발표지면

일러두기

* 강조점과 괄호 표기는 원문을 그대로 따랐다.
* 줄표, 공표, 가위표 같은 부호는 대부분 원문대로 두었고,
  구두점과 행갈이는 최소한으로 조정했다.
* 한자음과 외래어는 시대상을 고려해 원문의 표기를 살렸다.
* 주석은 본문의 이해를 돕기 위해 별도로 추가했다.
* 현대의 기준에서 생경한 문장이나 단어는 부분적으로 윤색했다.

젊은 날

1

초가을의 수정 같은 날씨였다.

낮이 잠깐 기울어서 점심을 먹고 난 수희는 여러 날 누웠던 모양을 거두지도 않고 가만히 난간에 섰다.

파란 강물은 하늘빛과 같이 한껏 맑게 흐르고 강 가운데로는 갈대 실은 배가 흰 돛을 달고 저절로 흘렀다. 대동강 일대에 비단옷 같은 물결을 일으킨 가을바람은 갈대 이삭을 날려다가 검은 머리카락이 흩어져내려 덮인 그 흰 뺨에 살살 부딪혔다.

이따금 바위틈에 끼여 자라난 누런 버들잎이 이리저리 불어났다.

수희의 윤택한 눈은 황든 숲을 보는지 강 건너 장림長林을 향한 채 다시 움직이려 하지도 않았다. 그의 옷깃은 그 보드랍고 통통한 몸매에서 제 마음대로 뻣뻣하게 일어서서 헤적헤적 끌러지려 했다.

그이는 모친이 돌아오지 못할 길을 떠난 지 일 년이 지났건만 아직도 아픔을 고치지 못하고 자주 병석에 눕는다. 동생들은 그를 강가 별장에서 동산 밑에 있는 주택으로 데려가려 하나, 그이는 응하지 않았다. 이 별장은 모친의 소유였던 것이다.

오늘도 그이는 옥류병 위 한적히 지어진 이층집 난간에 나선 것이다. 난간 바로 아래에는 강물이 파래서 모진 바위를 스쳐가고 스쳐왔다. 낚싯배들은 한가히 낚싯대를 들고 놓았다. 그의 눈에는 어린 생명들이 그 살던 세계에서 작은 작은 미끼에 유혹되어 나오는 것이 보일 것이다.

그는 한눈을 팔고 섰다가 아래층에서 들리는 인기척을 주의하면서

"룡진아, 룡진아" 풀 없이 두어 번 불렀다.

"룡진이 안댁에 심부름 갔시요!" 하고 그 어멈이 아래층에서 대신 대답했다.

그는 다시 아무 말 없이 한눈을 팔았다. 떡바위 구석의 빨랫방망이 소리조차 무심히 들려 아무도 그의 한가함을 거스르지 못하고, 여울탁에 물 갈리는 소리와 청인의 돌 다듬는 소리일지라도 다만 장한長恨을 아뢰는 듯했다.

때는 얼마만큼 그렇듯이 지났다. 벌써 기울어진 날빛은 금실 같은 빛을 머금고 장림의 숲을 노랗게 비추었다.

그는 정신없이 섰다가 안뜰에서 작은 발소리를 차박차박 급히 내며 무엇에 북받쳐서

"누이야 누이야" 하고 애달프게 부르짖는 소리를 듣고

"수만이냐?" 하고 눈에 눈물을 핑 돌리고

"어서 올라와" 하고는 입을 비죽비죽했다. 수희가 뒤돌아다 볼 때에 겨우 다섯 살이나 되었을 듯한 수만이는 괴죄죄하게 흘러서 생선 비린내가 나는 어린 팔을 양편으로 훨씬 벌리고 수희에게 매달렸다.

그 어린 몸에서는 방금 점심을 먹은 흔적인지 반찬 비린내가 코를 찔렀다. 수희는 눈물을 씻고 나서 조그만 몸에 걸친 누비옷을 손가락질하며

"너 또 옷을 안 갈아입었구나" 하고 더 참을 수 없는 듯이 어린 몸을 치켜들어서 부둥켜안았다. 그러나 수희는 기진맥진해서 수만을 다시 내려놓으며

"왜 오늘도, 옷을 안 갈아입히디?" 하고 물었다. 수만이는 가장 은근히

"저 ― 아주머니가, 내일 저희 친정에 갈 때 갈아입재……" 하고 그 기 ― 다란 속눈썹으로 새카만 눈동자를 가렸다.

"원 별일이 다 ― 많다. 그것참 자기네 살림살이나 되었던들 배부른 자기네의 대중으로, 종일 굶어도 먹이지도 않겠구나."

수희는 혼잣말같이 말하고 나서 새카맣게 먼지 오른 어린 발잔등을 보고

"수만아" 하고 목이 메어서 "너 오늘 또 멀리 갔었구나? 응? 그러다가 어린애가 다치면 어떠하니. 응, 애야 애 누나의 말을

안 듣니? 응? 글쎄 애야!" 하고 수희는 수만의 작은 어깨를 흔들었다. 수만이는 입을 비죽비죽하다가 "아주머니가 봉이하고 싸운다고 나가 놀라니까 작은놈이하고 강 건너갔댔어" 하고는 급히 으악 하면서 소리쳐 울었다. 수희도 어느덧 눈물을 금할 수 없어 흑흑 느껴 울었다.

이때 강 가운데서 수희가 선 난간을 향해서 무엇을 던졌다. 수만이는 울다가 뚝 그치고 어린 용기를 다해서 눈을 깜짝하며

"어떤 놈이 또 이러니?" 하고 소리를 높였다. 그 동시에 수만이는 난간 앞으로 바싹 나가며

"누구야, 또 무엇이 편지하고 돌하고 팽개치누나. 옳다, 저기 달아나는 거룻배가 있다. 아마 그것이 그럭하고는 부끄러우니까 급히 달아나는 게다. 얘 — 이놈의 거룻배야 —"

수희는 어린 용기와 지혜를 다해서 소리소리 지르는 수만이를 진정시키느라고

"떨어질라, 수만아" 하고는 방 안으로 들어와서 다다미 위에 던져진 돌 안긴 편지를 발길로 쓸다가 난간 구멍으로 내던졌다. 강물로 던진다는 것이 뜰에서 요란한 소리를 냈다. 룡진 어멈은 큰일이 났다는 듯이 층층대를 올라와서

"또 어떤 놈이 편지를 던져요" 하며 구태여 다시 집어 온 그것을 수희의 앞에 놓았다. 수희는 징그러운 것을 본 듯이

"어멈, 그런 것을 왜 집어가지고 다니나. 나뭇잎이 떨어진 줄 알고 쓸어버리지……" 했다.

룡진 어멈은 그 험한 얼굴에 능청스러운 웃음을 보이고 어린 주인을 꺾어 넘기려는 듯이

"그럼 이다음에는 편지 오면 다 — 내 — 던지랍니까. 아까도 한 뭉텅이 큰서방님이 가지고 가셨는데" 하고 을렀다.

수희는 얼굴이 새파랗게 질렸다.

수만이는 수희의 옆에 가만히 앉았다가 룡진 어멈의 말을 듣고는

"누이야, 아까 형님이 누이에게 오는 편지를 뜯어보고 누이 너 욕하더라. 이제 아버지한테 이른다고 하면서……"

룡진 어멈은 이제야 승전을 한 듯이

"자 — 그렇댔도" 하고 그 험한 눈치로 수희를 심술궂게 보았다.

수희는 성이 나서

"에끼 우편으로 온 편지는 안 갖다주고, 이따위 거나 집어가지고 다녀?" 하고 다시 일어나면서 발길로 쓸어 던졌다.

이번에는 룡진 어멈이 풀이 죽어서

"내야 압니까. 볏섬 위에 놓았더니 큰서방님이 오셨다가 집어가지고 가신 것을."

수희는 오래 가라앉았던 신경이 일시에 들떠오르는 듯이

"왜 나를 갖다줄 줄 몰라?" 하고 대쪽 쪼개는 듯한 음성을 높였다.

룡진 어멈은 기가 죽어서

"내야 압니까" 하고 아래층으로 내려는 가나 험한 눈에 보이는 흉괴는 없어지기 어려울 듯했다.

수희는 룡진 어멈이 내려간 뒤에

"수만아 뭐랬니? 정말 오빠가 나를 욕하디? 무슨 편지라고 그러디?" 하면서 수만에게 물었다. 수만은 또다시 제 설움에 북받쳐서

"누이야 너 이제 나 팽개치고 어버지도 집도 다 ─ 팽개치고 기어이 박천의 아들네 집으로 첩 노릇 갈랜대두나. 정말이가? 그래서 형님이 너 사람 아니라고 욕하더라. 또 아주머니도 입을 삐쭉삐쭉하더라. 엉 정말이가? 난 어듸카란? 누이 네가 어디로 가면 나는 이듸캐 하난? 여기 가도 흘기우고 저기 가도 눈 흘기우고…… 엉? 정말이가?"

수희는 얼빠진 사람같이 수만의 말을 듣다가

"너 몇 살이냐? 수만아" 하고 한숨을 쉬었다.

"나? 여섯 살" 하고 수만은 수희의 무릎을 흔들며

"엉? 대답하라우. 정말 어디 가갔니? 아바지가 때려죽여도 어디 가갔니?" 하고 애가 닳아서 수희를 졸랐다. 수희는 다시 한숨을 쉬며

"너 데리고 가지 ─" 간신히 대답했다.

수만이는 몸부림을 치면서 숙이고 앉은 수희를 떠밀며

"나는 못 가 ─ 누이야. 내가 간대? 누이가 첩 노릇 하러 가는데 나는 못 가!" 했다.

"아니다! 아니다!" 하고 수희는 수만의 요동하는 작은 몸뚱어리를 그 품에 꼭 껴안았다.

2

날은 이미 어슬어슬 어두워졌다.

수만이는 울다가 피곤해서 수희가 누웠던 자리에 노곤히 잠들었다.

수희는 수만의 옆에 앉아서 무슨 생각을 하고는 수만의 자는 얼굴을 들여다보고 들여다보고 했다. 그의 얼굴은 새빨갰다가 새파랬다가 양극단으로 변했다. 그러다가는 시계를 쳐다보았다. 그러다가 수희는 경대 앞으로 가서 여러 날 빗지 않았던 머리를 끌렀다. 얼른 해서는 빗도 내려가지 않을 듯하던 머리가 뜻밖에 술술 내려갔다. 수희는 귀밑머리도 땋지 않고 그 숱 많고 기다란 머리채를 칭칭 땋아서 빙 둘러서 머리통에 끼우고 의장에서 수건을 내어서 썼다.

그는 의복을 갈아입으려고 의걸이 서랍에서 열쇠를 꺼내려 했으나 아래층에서 아버지의 음성이 들리는 듯해서 얼른 손길을 늘이고 수만의 옆으로 가 앉았다. 아니나 다를까 수희의 부친은 넘치는 우수를 억지로 감추고 평화한 낯빛으로

"애기 무엇 좀 먹었니? 오늘은 좀 어떠냐" 하면서 요사이 오

십이 훨씬 넘어 보이는 듯한 모습을 그 귀엽고 애처로운 자식들 앞에 나타냈다.

수희의 부친은 낭패한 듯한 수희의 모습을 보고

"애기 너 어디 나가려던 것 아니재?" 하고 수희가 머리를 돌리며 아니라는 대답을 힘써 하려고 하는 모습을 그윽이 보았다. 그러나 수희는 쾌활하게 상냥하게 얼른 대답할 수 없는 것 같았다. 부친은 마침내 입을 열었다.

"아가 ― 너 저 ― 상옥이하고 편지 내왕하지 않니? 아서라. 남의 귀한 자식이 되어가지고 그런 법이 없느니라. 또 ― 어머니나 있으면 수만에 대한 책임이 가볍겠지만 저것을 누가 거느리겠니, 웃동생 된 직분도 해야지."

수희는 점점 머리를 숙였다. 그는 모든 것을 단념하겠다고, 부친 앞에서 자백을 할 수밖에 없었다. 그러나 수희는 다만 잠잠할 뿐이었다.

수희의 부친은 다시 한숨을 내쉬었다. 부녀 사이에는 요사이 간격이 생긴 것 같다. 그러나 세상의 딸들이 다 ― 그 부친의 명령을 어긴다 하더라도 수희야 어찌 부친의 명령을 어기랴. 금지옥엽같이 기른 수희야? 그러나 수희는 잠잠할 뿐이었다.

"수희야, 내가 너를 어떻게 길렀는지 아니? 새로 나는 좋은 비단옷이 네 몸에 안 입혀진 때가 있었느냐. 네 학비를 군색하게 한 일이 있느냐. 그렇더라도 내가 부자는 아니란 말이다. 어떤 때는 네게 학비 댈 일이 난처해서 상옥의 집에 가서 온종일 돈 오십 원을 취하려다 못해서 못 취하고 돌아와서, 그 내 것 내 것 하는 너희 어멈의 옷을 잡혀서 보낸 일도 있었다. 지금은 너희 어머니의 감추었던 돈으로 살게 되었지만…… 네가 하필 그 애하고 좋아한단 말이냐. 그—때는 은행 변이 붐비는 양력 선달은 되고, 낸들 어찌 하였겠니마는, 그때 생각했다. 아무쪼록 자식들은 그 부잣집 자식인 상옥이 따위보다 잘 기르겠다고. 그런데 네가?! 상옥이 따위하고 친하단 말이냐."

"……."

수희는 잠잠하다가 눈물을 흘렸다. 부친은 다시 음성을 낮춰서 빌듯이

"아가, 손이 발이 되도록 빈다. 제발 상옥이하고 절교하겠다고 좀 말해다오."

"……."

수희는 역시 잠잠할 뿐이었다. 수희 부친은 그만 소리를 크게 질렀다.

"이 가문 망해놓을 아이야. 그래도 시원히 대답을 못 하느냐. 아주 환장을 했구나. 못 될 일이다. 남의 자식이 되어가지고."

수희의 부친은 그만 눈물을 흘렸다.

마침 수만이는 가위에 눌렸는지

"누이야 누이야, 누이 어디 갔니" 하면서 벌떡 일어섰다. 수희 부친은 눈물을 씻으며

"수만아 수만아, 누이 여기 있다" 하고 정신없이 그 부친 앞

으로 오는 수만이를 붙들었다. 수만이는 그대로 소리쳐 울며

"누이야 누이야, 어디 갔니" 하고 소리쳤다. 수희는 그만 참다 못해서 수만이를 끌어다가 안으며

"왜 이러니? 여기 있는데" 하고 목이 메어 울었다. 부자 삼 인은 한참 말없이 눈물을 씻었다. 수만이는 한참 만에 정신을 차려가지고

"아버지, 누이 아무 데도 안 간대요. 아까 해가 새빨갈 때 약속했지요" 하고 엄마의 젖품에 안기듯이 수희의 좁은 가슴에 안겼다.

수희의 부친은 다시 진정해가지고 말을 이었다.

"그뿐이냐. 상옥이는 어릴 때부터 난봉으로 유명한 데다 일종의 불량소년 같은 그런 종류의 아이다. 그런 애에게 속는 애가 있느냐."

"수희 누이 안 간대요. 형님이 거짓부리했대는데요" 하고 수만이는 부친의 말을 끊었다.

부친은 수희가 수만에게 한없는 동정을 하는 듯한 모양을 보고 일어섰다.

이때 아래층에서

"애기씨님 애기씨님" 하고 부르는 룡진의 음성이 들렸다.

"룡진이가? 이리 오너라. 심부름 좀 해달라고 불렀다" 하고 수희는 간신히 대담스럽게, 대수롭지 않게 룡진이를 불렀다.

그러나 부친은, 아래층으로 내려가면서

"룡진아, 너 무슨 심부름 가든지 내게 왔다 가거라. 응 — 이 자식 너 또 네 자유로 애기 편지 심부름하다가는 죽여 없앤다" 하고 단단히 일렀다. 그리고 부친은 다시 이 층으로 올라오려다가 구름다리 중로에서

"아가, 오늘만 이 집에서 자고 내일은 저 집으로 옮겨라" 하고 타일렀다. 이번에는 수희도 따르는 듯이 "네 —" 했다.

수희의 부친이 나간 뒤에 룡진이가 위층으로 올라왔다. 수만이는 다시 누나의 무릎에서 잠이 들었다. 룡진이는 사면을 돌아다보면서

"애기씨님, 이것 갖다드리래요" 하면서 허리춤에서 연필로 쓴 편지를 꺼냈다.

수희는 음성을 숨겨서

"시방은 어디 계시니" 하고 편지 봉투를 뜯는다.

"저 — 부벽루에 계세요. 한데 바람이 뻐근히 불어요. 그 서방님 어떡하셨는지 동저고리 바람으로 우들우들 떨고 계세요. 아마 댁에서 그 댁 영감님한테 경치고 나오셨나봐요"

수희는 편지를 보고 룡진의 말을 듣다가

눈물을 한없이 흘리며

"아이고 어떡하나" 하고 몸부림을 쳤다. 룡진은 마침 좋은 기회인 듯이

"애기씨님이 이 밤에 안 오시면 물에 빠져 죽겠다고 그러세요. 부디 좀 오셨다 가시기라도 하시래요."

18

"뭐야? 왔다 가래도 가면 아주 가지, 내가 어떻게 왔다 갔다야 하겠니. 그까짓 그만두겠다. 아버지께서 내가 가면 얼마나 낙담하시겠니. 또 수만이는 어찌 되겠니."

룡진이는

"글쎄요, 그럼 오늘 밤에 그 서방님은 돌아가시겠지요. 언제까지든지 거기서 우들우들 떨고 기다리시다가 그만 이 세상을 원망하고 돌아가시겠지요."

"룡진아, 정말 이 세상을 원망하시고 물에 빠져 돌아가실까? 도무지 아득해서 정신을 차릴 수가 없구나. 이 편지에도 그런 말이 있지만……" 하고 수희는 다시 연필로 쓴 상옥의 편지를 읽었다.

수희에게

오늘인가 내일인가 하고 한 주 내내 기다린 내 어리석음을 오늘에야 분명히 알겠다. 수희야, 내가 오늘날 네게 이렇게 학대를 받을 줄이야 어찌 알았겠니. 신명도 없다고 천도도 없다고 생각한다. 이 자리는 바로 너와 내가 어릴 때, 너는 여덟 살이고 나는 열두 살일 때 네가 하도 토끼처럼 잘 뛰어다니기에 나는 '범의 다리 뚜걱 내 다리 생생' 할 줄을 모른다니까 네가 신이 나서 이것을 못해? 하고 깡충 뛰다가 폭 엎드려져서 코피를 흘린 자리다. 너는 그때부터 코피를 잘 흘리는 아이가 되었다지. 그런데 친하던 우리의 두 집끼리는 지금 사이가 벌어졌다 하더라도 너와 나의 그 굳은 언약이야 변해서 물거품같이 사라질 도리가 있겠니? 그것이 사실이면 나는 물로 들어간다. 나는 집도 버렸다. 돈도 버렸다. 단지 네 손이 살살 와닿던 내 몸뚱이 하나만 되어가지고 나와서 이 부벽루에서 기다린다. 기다린 지 한 주일이고 편지를 부친 수 열두 번이다. 안 오는 목석이 있니?

너도 나와 같이 몸뚱이 하나만 되어서 나오너라.

다행히 서울 갈 여비는 내게 있으니 너희 아주머니 집으로 들어가서 직업을 얻자. 나는 스물두 살이고 너는 열여덟이다. 설마 네가 나를 굶기고 내가 너를 굶길까? 그래서 우리 두 사람은 한 몸이 되어 굳세게 살아나가자.

상옥으로부터

수희는 읽기를 다하고 옆에 우두커니 선 모들뜨기 룡진이를 보고

"얘야 좀 보아라. 그럼 이제 나하고 같이 가자. 너 가만히 저 난간에 나가 섰거라. 그동안에 나는 옷을 갈아입겠다" 하고 수희는 살그머니 허리를 굽혀 수만의 뺨에 자기 뺨을 대어보고 요란히 울렁거리는 가슴을 두 손으로 눌렀다.

지금껏 난간에 서 있던 룡진이는 한참 만에 다시 방으로 들어오며

"그런데 애기씨님, 양복 입고 오시래요. 상복 입고 다니시면 남이 웃는대요" 했다.

수희는 벌써 옷을 갈아입고 있다가

"아이고 이제 언제 머리랑 고치니" 하고 다시 얼른얼른 수건을 벗었다.

룡진이는 한참 생각하다가

"그럼 양복은 상자에 넣은 채 있지요? 그대로 가지고 가서 거기서 서울 가실 때 갈아입으시지요."

"옳다 옳다" 하고 수희는 전후를 잊어버리고 자기의 양복만 들어 있는 상자를 내주었다! 룡진이는 얼른 가방을 받아 들었다. 수희는 자기가 여름내 있던, 그 어머니의 방이던 자기의 방을 한번 휘돌아보았다.

어머니가 쓰던 의걸이, 태경문갑, 경대, 또 자기의 책상, 책장, 보료, 이부자리가 마치 귀족의 집의 것같이 느런히 놓여 있었다.

그는 다시 한번 수만의 뺨에 자기의 뺨을 대었다.

그러나 벽력이 울었다. 조금 전이면 수희와 룡진이는 그 집 문밖을 나서서 악마와 하나님이 아무것도 서로 모르고 공모한 사업이 실현될 뻔했다. 하마터면 수희는 수만이를 버리고 상옥의 품에 폭 안길 뻔했다.

그러나 상옥이는 물에 빠져 죽을 운명이었든지 우당탕거리며 올라온 것은 수희의 오빠 수현이었다.

그는 올라오자마자 아까 누웠을 때 모습과 달라진 수희의 모습을 보고 다짜고짜로 수희에게 대들어

"얘, 수희야, 늙은 아버지가 빌다시피 했으면 너도 사람이지

돌 틈에서 나왔니. 부모도 없고 형제도 없니. 어째서 이 부자유한 세상에 너만 그렇게 자유스럽고 싶으냐. 누구는 너희만 못해서 보기 싫은 아내 꼴 귀찮은 살림만 돌보는 줄 아니" 하고 을렀다.

수희는 사색이 되어서 다다미방 위에 폭 쓰러졌다.

"참 지독한 아이다. 그래도 그리 기를 못 버리고 한갓 정욕에만 눈이 어두웠으니……."

수희는 아무 말 없이 바르르 떨고 엎드렸다가 어느덧 마구 흐느껴 울었다.

그는 어처구니없다는 듯이 멀거니 앉은 수현의 옆에서 '정욕'이라는 그 말이 자기네의 신성한 사랑을 더럽히는 말 같아서 흑흑 느꼈다.

이 틈에 난간에 있던 룡진이가 껑충 뛰어서 아래층으로 내려갔다.

"룡진아" 하고 수현이는 우렁차게 불렀다. 룡진이는 죄가 무서워서 아무 대답 없이 대문을 열고 뒷길로 달음박질해 갔다.

수희는 거진 정신없는 사람 모양으로 일어나며 애원하듯이 무릎을 꿇고

"오빠, 내 잠깐만 나갔다 오리다 — 죽지 말란 말만 한마디 하고 오리다" 하고 빌었다. 수현이는 머리를 돌리고

"다 안다" 하고 흔들며

"죽을 사람은 다른 데 있다 — 상옥이가 죽어? 백만장자가?

너 같은 처녀 몇백 명이라도 버려놓고 잘난 체할 그 악마가 무슨 인정으로 죽어. 이 밤만 두고 보아라. 내일은 기생집에 가서 붇고 두들길 거다! 어쨌든지 상옥이가 깨끗한 사람이더라도 너는 결혼도 못 할 것이다. 아버지를 돈 오십 원에 그렇게 모욕할 의리가 있겠니……" 했다.

수희는 치를 떨었다. 그러나 한참 만에 다시 애원했다.

"오빠, 그럼 오빠하고 나하고 같이 가서 죽지만 말라고 합시다그려. 그 집하고 우리 집하고 왜 원수야 됩니까. 우리 돈을 못 주었으면 모르지만 자기네 돈을 우리에게 안 주었을 뿐인데 왜 원수야 됩니까."

"못 해. 내가 제 누이를 계집 있는 부랑자 놈한테 끌고 가서 죽어라 살아라 하겠니. 어림없는 빈말 마라 ─" 하고 수현이는 사정없이 수만이를 깨웠다. 수만이는

"엉" 하고 일어났다.

"누이야" 하고 불렀다.

"아이고" 하고 수희는 자리에 꼬꾸라져서 기절했다. 수만이는 울며불며

"누이야 누이야 누이야" 하고 연달아 불렀다. 수현이는

"이런 꼴이 있나. 악마가 씌었지. 아까까지 아무 일 없이 있던 애가 이게 무슨 지랄인고" 하고 중얼거리다가

"모두 이 서모庶母란 년이 룡진이를 꾀어서 상옥의 편지를 전해준 까닭이다."

"이 자식 어디 갔누. 이 자식 룡진아 —"

"룡진아 —"

"누이야 누이야, 누이 죽었구나. 아이고 아이고 누이야" 하고 법석이 일어났다.

수희는 눈을 떴다.

"상옥 씨 상옥 씨!" 하고 부르짖을 뿐이다.

나는 사랑한다

「나는 사랑한다」는 1926년 8월 17일부터 9월 3일까지 9회에 걸쳐 동아일보에 연재되었다.
당시 연재 순서가 엉기는 등 일련의 편집 사고가 있었는데,
이 책에 표기한 연재 번호는 후에 작품의 내용을 살펴 바로잡은 것이다.

1

반갑게 오던 비가 반갑게 그쳤다.

숲속마다 생기가 넘쳐 흐르는 듯이 푸른 그늘을 지어서 거기 우는 새 소리조차 새로이 좋았다.

칠월 모일 아침에 동숭동 최종일 정자 지키는 돌이 할아범은 일찍 일어나서 앞뜰을 쓸어놓고 후원을 쓸려고 수정정水晶亭이라는 육모로 생긴 다락 모퉁이를 돌아서다가 후원으로부터 이상한 인기척을 들은 듯해 발걸음을 멈칫했다.

때마침 청량한 대기 속에서 청청한 무량수의 나뭇가지들이 비 갠 아침 바람에 흔들려서는 상쾌한 큰 소리를 냈다. 그만, 들리던 발소리는 사라졌다.

돌이 할아범은 그 손길로 귀밑까지 세차게 불어오는 바람결을 밀어헤치는 듯이 하면서 들리던 인기척을 분명히 들으려 했으나 바람은 한번 내놓은 장난을 선뜻 그쳐주지 않았다.

마침내 큰 물결이 잔잔해지듯이 큰 바람이 산들산들해졌을 때 놀라지 마라! 좀 크고 좀 작은 두 사람의 발소리가 하나는 달아나고 하나는 쫓아가는 듯이 들렸다. 그런데 돌이 할아범은 의심쩍다는 듯이 머리를 기울이다가 또 아니라는 듯이 머리를 좌우로 흔들었다. 그러나 발소리들이 점점 가까운 곳으로 들려올 때 할아범은 다시 한번 머리를 기울이지 않을 수 없었다. 그리고

'저 나막신 소리는 서방님의 발소리이고 저 마른신 소리는 저―편 후원에 한 채 빌려 있는 젊은 아씨의 발소리일 텐데 괴이한 일도 많아? 그 남편은 나막신을 신는 법이 없었는데 혹 엊저녁에 저 아씨가 음악회라나? 갔다 오다가 사 오셨나? 그러고 보면 이상해……. 서방님도 음악회를 가셨었고?! 또……' 하고 의심은 했으나 돌이 할아범은 퍽 대범한 위인인지라 흐리마리하고 있을 때 쫓아가던 발소리와 바위 위에서 날아내리던 소리는 복도에서 제각기 들리는 것을 알았다. 그래서 그는 아주 안심까지 했다. 험한 산비탈을 이용해 지은 이 산정은 옛날 어느 음모 많은 황족의 은소였던 듯해 아득해지기 쉬운 숲속이 많고 달아나기 쉬운 복도가 많아서 같은 속도로 달아나더라도 붙들리기 어려워 하나는 나막신을 신고 뚜걱뚜걱 소리 먼저 내고 하나는 마른신을 신고 다람쥐와 같이 발빠르게 달아남이 아니겠느냐. 할아범은 왕자와 같이 인품 있어 보이는 젊은 주인을 의심하는 것보다는 후원에 한 채 빌려 있는 젊은 부부의 소행이리

라 하고 짐작해버렸다. 그러나 그 짐작하는 한편으로는

'뒤채에 계신 젊은 부부는 평생 재미없이 사는데 이 이른 아침부터 숨기내기야 하실라구……. 혹시 그때 모양으로 달아나다가 붙들리시는 것인지도 모르지. 그같이 얌전하고 싹싹한 아씨가 부부 정의를 모르고도 살아가시지……' 하는 생각도 했다.

2

그러나 할아범은 저의 늙은 눈을 의심치 않을 수 없었다. 그는 눈앞에 어느덧 와 서 있는 젊은 주인의 아주 딴사람이 된 듯이 평화스럽고 활발한 모습을 이윽히 우러러본 것이다. 열심과 기쁨으로 충만한 그 주인에게

"서방님 벌써 기침해십쇼" 하고 할아범은 늙은 얼굴에 의심을 가득히 머금고 허리를 굽혀서 절하는 대신 눈을 비비며 청년의 행동을 살폈다. 그러나 그는 들은 체 못 들은 체하면서 두 손을 가슴 위에 얹고

"아—니 할아범, 이 뒤채에는 젊은 처녀가 들어 있었었나. 그 물고기와 같이 생기 찬 처녀 말이야……!" 하고 희망에 드넘치는 심정을 완연히 보이면서 거푸 물었다. 할아범은 곧이곧대로 대단히 머뭇거리면서

"아니올시다. 그는 성조차 남편의 성을 따른 서영옥이라는

부인이랍니다. 남편은 아무것도 하는 일 없지마는 평안도에서 몇째 가지 않는 재산가라던가요. 한데 그 아씨가 두 달 전에 대단히 이 정자를 좋게 보시고 처음에는 한 칸 방만 빌려서 혼자 와 계시겠다던 일이 그렇게 내외분이 오셔서 살림까지 하시게 되었답니다" 하고 어느덧에 재미있는 이야기처럼 한다. 기운차던 청년은 낯빛이 변하면서 실심失心한 듯이

"그래 그 부부는 대단히 잠이 많으시지" 하고 다시는 뒤도 안 돌아보겠다는 듯이 수정정 마루로 올라가버렸다.

돌이 할아범은 또 한 번 머리를 갸웃거릴 수밖에 없었다.

여름날이라 아침결에는 청량했으나 거짓말처럼 정오부터 따가운 볕이 대지를 내리쪼였다. 젖었던 대지에는 태양열에 의한 증발로 찌는 듯한 습기조차 있었다. 신대新垈 우물가에는 한 모금의 물을 얻어내 생명을 축이자고 사람들이 몰려왔다. 그중에는 트레머리한 미인 두서넛이 물을 한 모금씩 얻어먹고 우물가에 섰다가 그들에게 인사하는 돌이 할아범에게

"박영옥 씨 계십디까"

"아니, 서영옥 씨요" 하고 물었다. 돌이 할아범은 물을 꿀꺽꿀꺽 들이마시면서

"네, 어서 들어가보십시오" 하고 늘 쓰던 친절한 어조로 대답을 했다. 하지만 그들은 머뭇머뭇거리다가 그중에 제일 키 작은 이가

"여기는 이따금씩 오건마는 올 적마다 길을 찾아 들어갈 수

가 없어요" 하고 돌이 할아범에게 이번에도 길 인도를 해달라는 듯이 청했다.

3

할아범은

"네, 할아범이 또 앞서지요" 하고 앞서서 산정 안으로 들어갔다. 녹음의 푸른 길을 한참 걸어 들어갔을 때 전부 유리로 장식한 수정정에서 풍채 늠름한 청년이

"돌이 할아범 ―"을 낭랑한 음성으로 부르다가 할아범이 그 높은 층대 아래 가 설 때

"할아범, 오늘 저녁으로 개성 갈 터인데 그 전에 이 뒤채에 계신 주인 어른에게 만나도록 말해두어요" 하고는 뒤미처 오는 여자들을 보고 외면해버렸다. 수정정 모퉁이를 돌아서서 서북으로 산길을 한참 더듬노라면 수음이 캄캄한 곳에 집 한 채가 동남을 향하고 ㄱ자로 놓여 있었으니, 해묵은 밤나무 그늘이 창에 햇빛을 비추지 않는 산간 방 속에는 그 주인 서병호가 무엇을 지키는 듯이 아랫목 보료 위에 앉아 있고 그 아내 영옥이가 윗목 책상 앞에 앉아서 돌부처가 된 듯이 두꺼운 책을 보고 있었다.

아내의 독서하는 모습을 독한 눈빛으로 꿰뚫어지도록 바라

보던 서병호는 좀 노한 음성으로

"여보, 당신 아침 또 안 잡숫소? 아이고, 저 얼굴색 봐라. 세포 하나하나가 다 ― 새파랗게 죽는 것 같구려. 제발 하루만이라도 그 책 좀 이따가 보아요" 하고 키 작은 통통한 몸집을 일으켜 윗목으로 올라오면서 까무잡잡한 얼굴에 약간 상냥한 빛을 올리고 달랬다. 아내는 그 말을 들었는지 말았는지 한참 가만있다가

"할멈, 밥상 들여오우 ― 내 수저는 내려놓고!" 했다. 지난날의 백모란 같았을 화려한 얼굴에 초초한 심사를 간신히 낯빛에만 올리지 않는 그는 불쌍한 정을 자아내도록 여위고 수척한 여자였다.

"당신 또 아침 안 먹을라우?" 하고 주인은 퍽 근심스럽게 다시 물었다. 아내는 공연한 동정이라는 듯이

4

"아이 그러지 말고 어서 당신만 잡수세요. 그래도 나는 누구의 동정을 받을 값이 남았습니까?" 하고 검은 눈을 엄하게 뜰 때

"영옥아" 하는 그 동무의 음성이 들렸다. 아내는 창백하던 얼굴을 잠깐 붉히고 동무들을 말없이 맞으면서 할아범을 보고는 보드라운 음성으로

"할아범 또 수고해주셨구려" 했다. 할아범은

"저 우리 주인이 이 댁 서방님께 오늘 저녁때까지 뵐 수 없겠습니까 하고 여쭈어 와요" 했다. 그 말을 들은 서병호 씨는 서슴지 않고

"이제 곧 가 뵙는다고 말하여두게" 했다. 할아범은 서 씨의 답을 얻어가지고 지금 온 길로 돌아가버렸다. 일행 삼 인은 방 안에 들어와 앉았다. 손님들 중에 눈치 밝은 키 작은 이가 서 씨에게

"이 댁에 또 부부 싸움 하셨습니까. 서 선생님 — 어젯밤에 영옥이가 저 혼자만 음악회에 갔었지요? 그 일이 지금 불화의 원인이 아닙니까? 호호" 하고 묻는지 비웃는지 말했다. 서 씨는 아주 승세한 듯이

"원 그런 일이 어디 있어요. 그 비 오는데 음악회에 간다고 나더러는 가잔 말도 없이 자기 혼자 갔다 오는구려. 그게 남의 아내 된 버릇입니까" 하고 지금에야 골을 내본다는 듯이 했다.

"그런 아내는 쫓아내시지요" 하고 우습지도 않게 먼저 말하던 이가 대답했다. 서 씨는 퉁명스럽게

"그도 내 돈 없앤 것이 아까워서 못 하갓세이다" 하고 고향 어조로 본심을 토했다.

"영옥이는 그렇게 당신에게 놓여나지 못하도록 당신에게 빚을 졌습니까 호호" 하고 그이는 또 말했다. 그리고 용서치 못하겠다는 듯이 입을 꼭 다물었다. 영옥이는 더러운 것을 보는 듯

이 눈살을 찡그렸다. 다른 이들은 눈치로 만류하려 했다. 이때에 바깥어멈이 건넌방에 밥상을 차려놓고 주인을 부르러 갔다. 주인은 잠깐 인사하고 자리를 옮겼었다.

"이 댁에 아침이요, 점심이요?" 하고 그중 나이 많은 친구가 영옥에게 물었다. 또 키 작은 이가 활달하게

"영옥아 너 정신 있네, 없네?" 하고 한편으로는 나이 많은 이에게 대답도 되게

"아침을 이때껏 안 먹었지! 공부고 무엇이고 살아야 하지 않니?" 했다.

5

"순희야, 너 오늘도 그러면 또 이야기 못 한다. 사람 귀찮게 굴라고 너더러 오랬니?" 하고 비로소 입을 열면서 영옥은 큰 눈에 눈물을 핑 돌렸다. 눈물겨운 영옥의 표정을 본 순희라는 이는 깔깔 웃으며 친구에게

"이 애 좀 보아요. 무슨 이야기인지 한다고 나를 세 번째 오라고 하는데 올 적마다 나더러 가볍다고 하면서 정말 이야기는 안 하는구려. 그래서 나는 이 계집애가 정말 동무가 그리워 그러나 하고 무심히 동무 삼아서 숙정이와 영혜까지 데리고 왔더니 또 이 모양이구려" 하고 또다시 웃었다.

두 친구는 먼저 돌아간 뒤에 주인은 쓸쓸한 표정으로 오늘 신문지를 들고 저 ─편 송림松林 속으로 보이지 않게 가버렸다.

 영옥의 동무 순희는 영옥이가 건넌방으로 무엇을 가지러 간 동안에 영옥이가 읽던 안리 포앙카레의 『만근의 사상』*이라는 책을 뒤적였다. 그 책 속에는 책장마다

 '너희들 어떻게 곤란하더라도 희망하여라' 하는 포앙카레의 격언이 연필로 쓰여 있었다. 감각이 날쌔고 활발한 순희는 그 동무가

 "무엇을 이렇게 희망하누" 하고 그 심경을 암연히 헤아려보았다. 그는 생각했다.

 '이 애가 변했다. 혼인 안 할 때보다! 또 엊저녁 일도 변조가 아닐까? 의복을 잘 선택해 입기로 유명한 애가 시커먼 더러운 흑모시 치마를 왜 입고 왔었나? 그래도 음악을 잘 들을 줄 아는 청중의 하나였으니까 고마웠지만 필경 내가 아직 몰랐던 비밀을 저 혼자 가지고 있던 것이다. 옳지, 그 애와 내가 우연한 일로 감정이 상해서 일 년간 절교 상태에 이르렀던 일이 있었다. 그동안에 그 애가 고학한다고 하던 일이 긴가민가하게 아직 내 기억에 남아 있는 듯하다.'

---

* 앙리 푸앵카레의 저서 *Dernières Pensées*(1913)로 추정된다.

6

 이렇게 천만리나 먼 칠 년 전에 대한 상상의 날개를 펼칠 때 꿈인가 놀라게 한 만주 파는 여자 고학생이 하얀 숄로 얼굴 윤곽을 가리고 방으로 들어오면서

 "저는 고학생이올시다. 이것을 좀 팔아주십시오. 당신 같은 어른이 이것을 잡수시리라고는 생각지 못합니다마는 저를 도우시는 줄 아시고……" 했다. 그 여자 고학생은 여름에 검은 치마와 자주 저고리를 입었다. 그 앞에 내려놓는 목판에는 만주의 그림자도 없었다. 순희는 눈을 날카롭게 떠보았다. 대리석으로 깎은 듯이 선 콧날과 그 검은 보석 같은 두 눈, 젖을 빨고 싶어 하는 작은 입, 그것은 영옥의 것이었다. 누가 서울 안에 하나라고 칭찬한 아름다운 조건이었다.

 "이 애가 더운데 무슨 장난이냐. 너 그 전에 고학한다고 하더니 그 모양이냐? 호호" 하고 웃을 수밖에 없었다.

 "아니야, 얘! 내가 그중 희망에 찼던 왕녀시대란다. 나는 이때 누구를 만났었다. 나는 그이를 못 잊고 있다. 그때 만났던 이를 나는 사랑한다. 그러나 나는 칠 년간이나 그이를 남모르게 지키고 있었지만 그만 낙심되어서 그 더러운 학교장의 음모를 입게 되자 팔 개월 전에 이 서 씨와 결혼했다. 그런데 그이는 며칠 전에 귀국하셨다고 신문에 쓰였더니 어제 아침에 개성에 오셔서 이 정자에 계시다가 공교롭게 내가 음악회에 갈 때 동행해

주셨다. 서로 아는지 모르는지 말도 하지 않으면서 내가 이 정자문을 나설 때 같이 나서서 보조를 같이하시다가 같이 전차에 올라서 갔었다. 그이는 내가 칠 년 전에도 이 꼴을 하고 뵈었으니까 분명히는 나를 모르실 터인데 아마 내 모양이 그이의 마음속에 숨어 있는 무엇을 이끌어낸 듯한지 나를 퍽 주목하시더라. 여기 있는 할아범에게 들으니까 그이의 아내는 이 년 전에 세상을 떠나고 그이는 본래 손 적은 집에 태어나셔서 친척도 많지 않으신 터인데 죽은 처가에서 그 재산을 정리하신다더라. 그렇지만 나는 할 수 있는 대로 그이를 모르는 체하려고 하는데 내 마음속 밑으로 솟아오르는 내 순정이 그이를 향하고 넘쳐흐르는 듯하다. 내가 이 외에 더 어찌하면 좋을까? 나는 서병호 씨를 퍽 사랑하려고 힘을 써왔다. 하지만 더 이상 나를 학대할 수가 없어졌다" 하고 창연히 말을 끊었다.

7

"그렇더라도 그 누더기 옷이나 벗고 이야기하려무나. 이 더위에" 하고 순희는 측은한 눈물을 흘렸다. 그는 더 감격한 음성으로 호소하듯이

"아니다! 내게야말로 이 옷은 곤룡포란다. 나는 그 전에 교사 노릇 할 때는 그렇게까지 안 했지만 서 씨와 결혼한 뒤로는

방향 잃은 동경에 내 마음이 아플 때마다 이 옷을 입어보고 위로를 삼았다. 내가 칠 년 전 겨울에, 그 이듬해 겨울이면 졸업할 학교 월사금이 밀려서 학교에 못 가게 되었을 때 나는 하는 수 없이 지금 이 모양을 하고 정거장 앞에 섰었다. 그때 외국으로 가노라고 하던 이십삼사 세의 학생에게 나는 먼저 하던 모양을 했더니 그이는 동행하던 이에게 말을 해서 돈 오 원을 얻어주었다. 돈을 주면서 그이는 공부 잘하라고 거듭 말했다. 그 돈 오 원으로 얼마만 한 결박을 줄였겠니. 그 봄에 나는 아주 좋은 성적으로 졸업하지 않았니? 그때 그는 내게 생기를 불어넣었던 것이다. 그이가 막 떠나려고 할 때 나는 플랫폼까지 갔더니 아무쪼록 나더러 공부 잘하라고 하면서 오륙 년 후에는 내가 돌아올 테니 그때까지 공부 잘해서 사회를 위하여 일 많이 하는 여자가 되라고 하더라. 그러면서 나중에 나더러 고운 얼굴 전체를 못 보았으니까 혹 이후에 알은체해주지 않으면 자기는 모를지 모른다고 내가 얼굴 가린 것을 섭섭히 알더라. 그러자 종이 울려서 우리는 점점 떠나서 보이지 않게 되었다."

8

"순희야, 내가 지금 어찌하면 좋으냐. 나는 시방 앉으나 서나 편치 못할 뿐이다. 그는 지금도 나를 퍽 주목은 하시지만 그렇다고 내가 그의 마음 전부야 어찌 알겠니. 또 그때만 하더라도 그이가 돈 많은 이여서 나를 동정해주셨는지 나는 도무지 헤아릴 수 없다. 그러면서도 내가 그이를 못 잊고 있는 것은 사실이다. 아아 그이를 나는 사랑한다. 또 그이가 나를 사랑하도록 희망한다" 하고 영옥이는 한끝에 이른 흥분으로써 하소댔다.

"영옥아 영옥아, 너는" 하고 순희는 벗을 위해 울면서

"너는 서 씨에게서 나와야 한다. 애정 없는 부부생활은 매음이 아니냐" 하고 그는 벗에게 의리부터 가르쳤다.

이때 마침 저편 길로 이들의 무대를 향해 걸어오는 청년 두 사람이 있었다. 인사를 잊을 만큼 흥분된 그들은 그 놀라운 인기척을 살필 수가 없었다.

"아차 저 색시다! 내가 칠 년 전에 남대문역에서 보았던 그이다!" 하고 영옥이와 순희가 사람 몰래 의논하고 있던 곳을 쳐들어온 사내 두 명이 있었다.

"영옥이는 어데 갔습니까?" 하고 한 명이 말했다.

순희는 무엇을 결심한 듯이 올맺은 작은 얼굴을 말갛게 해가지고

"서 선생, 미안합니다만 이후로는 다시 영옥이를 찾지 마십시오. 그는 영원히 선생님의 곁을 떠나버렸습니다. 부디 저 하늘 나는 작은 새에게 자유를 주는 자연의 마음과 같이 영옥이도 자유스럽게 해주십시오. 그는 한 가난한 여자로서 얼어 죽는 것을 네어 죽는 것보다 무섭게 알았던 여자입니다. 그는 불행한

때에 서 선생님의 열정에 속았던 것입니다. 아니 그이의 마음속 밑에 있던 동경조차 일시 그를 잊었던 것입니다. 그러나 인류의 영원을 계통해온 우리의 이상이 끊어질 듯 끊어질 듯하게 이어 오는 것같이 외부의 사정으로 실현 못 되던 일들도 내부의 반항으로 불순한 연결은 끊어버리고 다시 순화해서 목적지를 향해 싸워나가려고 수단을 다하여봅니다" 했다.

이 광경을 본 풍채 좋은 청년은 좌우 손을 맞잡고 기쁨과 두려움이 서로 어우러지는 듯이 맞비볐다. 영옥이는 돌아와서 숙인 머리를 들지 못하고 있었다. 서병호는 노기등등해서

"뭐요, 영옥이가 나를 버리고 가겠습니까. 믿고 갈 데가 없어서 내게로 왔던 영옥이가 병으로 나를 싫어하면 했지. 당신이 꾀어낸 것이구려" 하고 순희에게 도전했다.

"이것 보십시오" 하고 순희는 음성을 높이면서

"사람은 언제든지 자기를 믿고 사는 것입니다. 외롭고 갈 데 없는 사람일수록 자유를 구하는 마음은 더욱 커지는 것입니다. 내가 꾀어냈다는 그런 말씀을 하시는 당신은 적어도 영옥이와 나, 두 사람의 인격 외에 세기와 시대도, 자기도 모욕하신 것입니다" 하고 더 빨갛게 되었다. 서 씨는 도전하듯이

"아니요" 하고 부르르 떨다가

"여자 된 버릇이 남자 앞에서 어려운 문구를 늘어놓는다고 장한 것이 아니오. 어서 내 아내를 찾아내시오. 설마 저기 돌아서 있는 저 거지 계집이 서영옥이는 아니지요" 했다.

순희는 부르쥐었던 작은 주먹을 더 딴딴히 쥐고 다시 떨리는 입술을 열어 "여기 서 있는 처녀는 박영옥이라는 저 — 칠 년 전에 남대문역에서 만주를 팔다가 외국 가던 학생에게 구원을 받은 거지 계집애입니다. 서 무엇이라는 자의 지독한 청혼에 속아서 몸을 팔고 그 종이 된 이는 결코 아니지요" 하고 순희는 번개같이 몸을 움직이며 영옥을 돌려세우며

　"자 — 저기에는 칠 년 전에 너와 만났던 어른이 계시다. 너는 지금 저 어른에게 네 생사를 물어라" 했다. 청년은 용맹스럽게

　"얼마나 오래 고생하셨습니까. 저는 공부하는 것만 목적이 아니었건마는 약한 종족의 하나였으니까 공부할 책임도 커서 귀국하기까지 지체되었습니다."

9

　"저는 그때에 불란서에서 조선서 오는 ××일보를 보고 당신이 박영옥이라는 재원인 줄을 알았지요. 실례되지만 당신은 내게 빼어내지 못할 무엇을 주셨습니다. 그러나 나는 학문을 닦는 신세인지라 또 당신의 처지를 분명히 몰랐으므로 이런 어려운 처지에 서게 되었습니다. 영옥 씨, 아니 가장 아름다운 이! 불쌍한 당신을 나는 사랑합니다. 그러므로 나는 어젯밤과 오늘 아침에 당신을 괴롭힌 것입니다. 자 — 지금은 그 숄을 벗으시오"

했다. 영옥은 돌아서서 숄을 벗고 최 씨를 마주 보고 섰다. 그 얼굴은 깊은 설움에 질려 있다.

"이 음란한 것들 나가거라!" 하고 청년의 태도를 이상하게 보던 서병호 씨는 광인같이 소리쳤다.

"여기는 최종일의 집은 아닙니다만, 여기 모인 사람들 중에는 당신밖에 이 집을 속히 나가야 할 사람은 없습니다" 하고 웃으면서

"저 이름도 모르던 처녀는 내 마음속에서 우러나는 가장 아름다운 말씀들을 다 드려야 할 내 영원한 동경입니다. 왕녀 같은 처녀가 아닙니까. 저이더러 누가 정조 잃은 처녀라 하겠습니까. 더군다나 팔 개월간 사람을 금전으로 사는 줄 아는 누구와의 부부생활이 더 저이를 깨끗하게 하였을 것입니다. 그것은 지옥에 빠진 자들에게 하늘 높이가 보이듯이 잃고 우는 어린 여자에게는 지키고 기뻐하는 일이 한껏 부러웠을 것입니다" 하고 최종일 씨가 말을 마칠 때, 지난날의 흰 목단 같았을 영옥의 얼굴이 여지없이 수척했으나 흑보석 같은 눈을 단 사랑 초초한 처녀의 얼굴이 분명했다.

그 이튿날 눈이 점점 흐려 그만 뜨거운 눈물을 흘렸다.

서병호 씨는 미끼를 잃은 동물같이 중얼거리며 욕심에 흐린 눈으로 영옥을 보고

"흥, 너도 스물다섯이나 되어서 말라빠진 꼴 하고" 했다. 영옥은 입을 비죽비죽하면서

"나는 당신을 불쌍히 여겨서 사람 하나 살리는 줄 알고 당신을 도왔던 것입니다. 저 최종일 씨가 내가 가리킨 정온情溫이었습니다" 하고 비로소 말했다. 한참 가만히 있던 순희는 서 씨를 보고 비웃는 듯이

"흥, 사람은 생명 있는 유기체라나" 했다.

그들은 서로 생명을 걸고 오래 싸웠다. 서 씨는 실패할 수밖에 없었다.

이날 저녁에 동숭동 최종일의 산정에는 큰불이 일어났다. 좋은 집이 탄다고 사람들은 서러워했다. 그러나 그 불더미 속에 소리 들려 이르되

"사랑하는 이여, 아름다운 말 전부는 너의 이름이다" 하고

"나는 사랑한다!"

"나는 사랑한다!" 하더라.

이 글을 7월 9일 음악회에 동반하여준 YS에게 준다 — 퍽 곤란한 초고였다.

(7월 16일 초고)

분수령

희종은 세 시 사십 분에 그저 밤새운 피로를 고치려고 목욕탕에 갔다.

그는 자신의 회색 옷에 싸인 모습이 거울 속에 비쳐 보일 때 무엇인지 말할 수 없이 저상한 감상 속에 젖어드는 것을 의식했다.

그의 세계에는 아주 깊은 어느 곳으로부터 아주 높은 어느 곳까지 장송곡보다 더 처량한 멜로디 —가 낮추 낮추 울려오는 듯이 고달픈 비애 속에 숨 막히는 것 같았다.

그는 나른해진 행동으로 옷을 벗어서 광주리에 담아놓고 목욕탕으로 들어가……다가 옷을 벗어버린 그의 전체가 다시 거울에 비쳐 보일 때 한층 더 나른한 기분에 취해짐을 깨달았다.

그는 기지개를 한 번 하고 목욕탕 안으로 들어갔다. 목욕탕 안 한편에는 서른이 넘었을지 말았을지 침울하고 무던한 태도를 가진 여자가 어린 딸의 작은 몸을 씻겨주면서 한편에 물통을 세 개나 늘어놓고 장난감을 그 위에 띄워둔 채 그리로만 정신이

팔리는 어린이에게

"법순아, 어서 씻고 가자. 벌써 아버지 오실 때 아니냐" 하며 타이르고 있었고 한편에는 일본 여자들 서넛이 늘어앉아서 서로 등을 씻겨주고 감사한 예를 하다가 희종의 고상한 자태를 쳐다보고는

"왕녀와 같이 귀여운 처녀" 하고 이야기했다.

희종이 차분히 조선 사람 모녀가 앉은 바로 두세 걸음 앞에 앉아서 손발을 씻을 때, 비록 여위고 창백하나 가지런히 구조된 날씬한 체격이 대리석상 같아 사람들은 눈이 부신 모양이었다.

어머니가 한눈파는 틈을 본 어린이는 비누질을 실컷 잔뜩 하고 늘어놓았던 통들을 발길로 이리 밀고 저리 밀다가 다시 하나씩 양손에 들어서 옮겨놓느라고 열이 났다.

희종은 귀여운 어린이의 천진스러운 태도를 바라볼 때 마음껏 냉정하려고는 했으나 무엇인지 그 좁은 가슴속에 영원히 쇠로 잠가버린 비밀 문이 자꾸 흔들리는 것 같았다.

그는 아련히 목욕통 속으로 들어가 더운물에 몸을 담그면서 어젯밤 선형이 일으켜준 문제를 또다시 생각해보았다.

⋯⋯그는 이제 와서 내가 내 생활 규율을 지키기 위해 남녀 관계라든지 정과情果 문제 같은 것을 말할 수 없노라고 해도 들은 체 못 들은 체 자기 말만을 주장하려고 했다.

무엇인지 선형이라는 인간은 마성의 남자같이 두려움을 일으키는 이성이다. 그의 천성은 남녀의 관계밖에 흥미 없는 것이

분수령 45

아닐까? 인정도 없고 신념도 없고 이상도 없이 단지 남녀의 관계밖에 아무것도 모르는 하층동물을 내가 어찌해야 할 것인가?

그러나 나는 그와 연결했던 과거를 가진 것이다!

그렇다고 내가 지금 그와 결탁해가지고 무엇을 해야 할까?

아니다 아니다, 모든 과거는 거듭 오지 못할 것이요. 온갖 과실은 다시 짓지 못할 것이다. 사람의 이상이 자기를 완전한 신의 뿌리로 보며 도덕을 근본으로 한 공생계에서 영원한 생존을 계속하려는 것으로 관념할 때 선형은 영원히 내 세계에서 사라져야 할 것이다.

마성의 것! 열일곱 살이 겨우 된 어린 소녀에게 고약한 인생의 비밀을 새겨 얕은 호기심으로 제 야욕을 만족하고 그나마 죄의 종자를 배게 해놓고도 모든 문제를 등한히 했으며 심지어 희종의 어린 몸이 죽고 살 것도 무시하지 않았었느냐.

그런데 지금 와서 모든 과거를 용서하라고? 사람이 참으로 뉘우치고 용서할 수가 있을까. 심히 드문 일에 지나지 않을 것이다…….

희종이가 목욕통 밖으로 나와서 몸에 비누질을 하려고 할 때 통 장난에 싫증이 난 어린아이는 희종의 옆으로 와서 희종의 목욕 용기를 들여다보았다. 몸을 씻던 희종은 고요한 어머니의 음성으로

"이 고무가 이상하냐" 하면서 얼굴 문지르는 고무를 집어 주고 자식을 향한 듯한 지애를 느꼈다. 자기에게도 그런 딸이 있

을 것이었다.

"아이, 그것은 왜 주십니까" 하고 어린이의 어머니는 고달프게 무엇을 연상하는 희종의 심경에 경종을 울렸다. 그 소리가 마치 어린 내 딸을 애무할 특권이 내게만 있노라는 것처럼 희종을 놀라게 했다.

희종은 놀라운 얼굴빛을 겨우 감추고 쓸쓸한 웃음을 웃을 때 어린이의 어머니는 또다시 딸에게

"거 언니 어서 드려라. 네 장난감을 가지고 놀지 않고 그러니" 하면서 희종을 보고 만면에 웃음을 띠고는

"이 애는 아무것이나 보면 부럽답니다. 아이, 이쁘시기도 하시지. 몇 살이나 되셨습니까" 했다.

"스물네 살이올시다" 하고 희종은 화평한 얼굴로 어린이를 탐내듯이 또 한 번 내려다보았다. 어린이는 어머니의 말이 무서운지 고무를 손에 들고도 어떻게 가지고 놀지 생각이 냉큼 안 나는 모양으로 희종의 얼굴만 쳐다보았다. 어린이의 어머니는 다시 말을 이어

"아이고 어려도 보이시지. 나는 아직 십칠팔 세밖에 안 되어 보이기에 이 애더러도 언니라고 일렀지요. 이 애에게도 마침 당신 같은 언니가 있답니다" 했다.

"그러세요" 하고 희종은 자기의 남모르는 번민이 지나친 것 같이도 염려되었다.

어머니는 딸의 손에서 기어이 고무를 빼앗아서 희종의 손에

쥐여주었다.

마침 네 시를 쳤다.

'지금쯤 선형은 왔다가 가리라' 하고 희종은 염려했다. 희종과 선형은 이때 만나자는 약속이 있었던 것이다. (그들은 전에 부부였었다.)

그렇지만 그는 급히 목욕탕 밖으로 나가서 옷을 입고 바삐 자기의 여관까지 갈 수가 없었다. 그는 도리어 천천히 몸을 씻었다. 그는 어릴 때는 어머니의 손과 유모의 손에 씻겼을 것이요, 자라서는 자기가 날마다 씻고 문질러서 조화 있게 발육되고 탄력 있고 윤택한 피부를 소유하게 된 자신의 신체를 애무했다.

"아름다운 이"라고 일본 여자들은 거듭 희종을 탄미하면서 그만 목욕탕 밖으로 나갔다.

어린이와 그 어머니는 아직도 때를 밀고 있었다. 그들은 목욕이라면 마치 한 껍데기 벗기는 것같이 씻고 또 씻고 하는 사람들 중의 하나였다. 어린이는 들입다 씻겨주려는 어머니의 손을 피해 부리끼*로 만든 장난감을 가지고 놀았다. 그 장난감들 중에는 타원형으로 이상한 통을 만든 다음에 그 가운데 가느다란 관을 세워서 밑으로 물을 저축할수록 위로 뿜어올리는 분수기가 있었다.

고사리 같은 작은 손으로 물을 웅크려다가 통에 넣으면 물은

---

* 블리크(blik). 네덜란드어로 양철을 뜻한다.

가느다란 관으로 올라가서 세 갈래 네 갈래로 뿜어오르다가 다시 내려오는 것이었다.

희종은 물 담기는 저수기를 바라보고 뿜어오르게 된 구조와 물 갈리는 이치를 생각하다가 자기의 번민과 그만 혼동해 저것도 우주의 한 전상轉相으로 지금 내 환경을 방불케 한다고 범연히 느꼈다.

× ×　　　　　　× ×
　× ×　　　　　　× ×

그는 이 봄에 동경 T여자학원 ××과를 마치고 자기의 외로운 생애를 어디나 안전한 곳에 의지하도록 도모하던 것이었다. 선형이와 아주 혼인을 해버릴까. 더 연구를 해나갈까. 신앙의 생활 또 봉사적 생활? 그는 바로 네 갈래로 길 갈린 분수령 위에 위태롭게 선 것이었다.

그는 단지 선형을 위해 조선에 돌아와서 중대한 승낙을 하지 않으면 안 될 이 시간에 외국인이 경영하는 목욕탕 속에 앉았다. 그도 난처한 청년이었다.

일분일초를 다투어 조금 느리고 조금 빠른 일거일동이 그의 일생을 어느 편으로나 치우치게 할 것이었다.

그는 자기를 향해 서로 이기려고 손짓하는 두 갈래의 길을 똑바로 볼 수 있는 것이다.

한 갈래의 길 앞에는 선형이가 서 있고 한 갈래의 길 앞에는 희종의 이상이 서 있다. 하나는 시뻘게서 부르고 하나는 새파래서 부른다. 한 길에는 불길에 데일 염려가 있고 한 길에는 얼음에 얼 염려가 있다.

그는 불에 타 죽을 만큼 얼음에 얼어 죽을 것을 무서워는 한다. 그러나 선형에게 유연留戀되는 바로 인해 자기의 이상을 헐어버릴 수는 없을 것이다. 하나 그는 완고스러운 결혼기피증에 걸렸던 만큼이나 자신 안에 무엇이 아직 선형을 요구하고 있었다. (그는 두 번 혼인하기를 꺼리는 여자였다.)

한 길에는 질투, 부패, 퇴폐를 의미한 버릇이 형형색색으로 보이고 한 길에는 인내, 고난, 진보를 의미한 성질의 청교도적 생활이 전개되어 보인다.

그는 이 지독한 대조를 보고 과거와 유연되는 선형의 일을 아주 끊자고 하면 지금 이 자리에서 더 느린 행동으로 일어서야 할 것이었다.

× ×　　　　　× ×
　× ×　　　　　× ×

"애기의 장난감은 이쁘기도 하다" 하면서 희종은 어린이에게 말을 걸고는 다 씻고 맑은 물까지 끼얹었던 몸을 다시 목욕통 속에 담갔다.

"언니, 이거 줄까" 하고 어린이는 분수기를 희종을 향해 쳐들었다.

"그것은 아기 장난감이니 아기가 가져야지. 언니는 더 큰 분수령分水嶺을 마음속에 가졌단다" 하고 희종은 그만 차게 웃어버렸다.

어린이의 어머니는

"이 동네 계십니까. 늘 이 목욕탕에 오셨어요?" 하고 물었다.

희종은 서슴지 않고

"동경 있다가 잠깐 다니러 왔답니다" 했다.

어린이의 어머니는 동경이라는 말이 반가운지

"동경 계셨어요? 거기서 공부하십니까. 이 애 오빠들도 동경서 공부한답니다" 하고 묻지 않은 말까지 대답했다. 아마 그는 누구의 후취 부인인 모양이었다.

"언니, 동경 있어요? 오빠도 동경 있지요" 하고 어린이는 점점 희종에게 낯익어지는 모양이었다.

"그러세요" 하고 어머니에게 먼저 대답을 한 희종은

"아기도 동경 가고 싶지 않으냐" 했다.

어린이는 희종의 말에 흥미를 가지고

"언니, 나도 가요. 언제 가요, 언니" 하며 조르는 속이었다.

"오늘 밤에 언니는 더 공부하러 동경으로 간단다" 하고 희종은 진정으로 어린이에게 고백했다.

희종이가 목욕탕 문을 나섰을 때는 어린이 모녀도 이미 돌아가버렸던 것이다.

    그는 여관으로 돌아가자마자 짐을 실어가지고 용산으로 향해 나갔다. 길가에는 아카시아 향기가 높아져 있었다.

일요일

취운정翠雲亭에도 가을이 깊어서 상록의 그늘 아래 누렇게 황든 수풀 사이를 차렵 옷 입은 한량들과 버섯 따는 여인들이 오락가락했다.

 삼월 제삼 일요일 정오 때 재동서 취운정을 향해 올라오는 길 나들이를 살펴보면 드물지 않은 산보객 틈에 검고 낡은 무명옷을 입은 부부 같은지 남매 같은지 수수한 남녀 두 사람이 있었다.

 남자는 최한손이라 하고 매일같이 이 학교 저 학교의 단추를 갈아 달고 일 년이면 삼백육십여 일 치더라도 하루도 학교에 가는 날이라고는 없었고 여자는 조운경이라 하는데 소위 여학생이랍시고 ××여학교에 이름을 적고 학교에서 배웠는지 거리에서 배웠는지 포타멘트* 버릇 있는 유행 창가와 건방진 곁말들을 외워가지고 최가나 이가나 자기를 한번 거들떠보기만 하

---

* 포르타멘토. 한 음에서 다른 음으로 옮겨길 때 아주 부드럽게 연결하는 창법.

면 다행으로 여기며 흐려빠진 눈알을 이리저리 굴렸다.

그런데 최남과 조녀는 마치 숙녀와 군자의 상대로 하루에도 열천 번씩 있는 유로 '영원한 사랑'의 약속을 단단히 맺고 일 개월이라는 이래 하루가 멀다는 듯이 서로 찾고 서로 부른 것이었다. 오늘은 일요일임을 빙자 삼아 그들에게 어느 날이나 일요일 아닌 때가 없었으련마는 많은 사람 틈에 섞이기가 소원인지 남편과 아내가 동행하는 격식을 차려 여기에 이른 것이었다.

그들은 바위 아래 샘물터까지 와서 허물어져가는 다락 안을 들여다보며 버선을 깁고 앉아 있는 눈먼 거지에게 바가지를 빌리려고 했다.

거지는 자기의 앞을 쓰다듬어보다가 답답한 듯이

"수복아 수복아, 저 어른들에게 바가지를 빌려드려라. 수복아, 어디 갔니?" 하며 없는 아이에게 일렀다.

"아이고 그만두오" 하고 젊은 여자는 동행하던 남자에게

"한손 씨, 우리 손 말갛게 씻고 손으로 떠먹읍시다" 했다.

"아무렇게나 운경 씨 생각대로 해보지요. 나는 목도 마르지 않소" 하고 한손이라는 남자는 싫지 않은 표정으로 대답했다.

저들은 훌륭히 오늘의 '사랑하는 체'의 연극을 가장 정답게 흥행하는 것이었다.

거지는 자기 힘에 모자라는 공덕을 남에게 쌓으려고 하다못해 미안한 듯이 도로 버선을 집어 들며

"아마 우리 수복이가 들고 밥 먹으러 갔나 보오" 했다.

"네, 고맙소. 앞이 보이지 않아서 답답하겠구려" 하고 청년은 인정스럽게 불쌍한 이를 동정했다. 눈먼 거지는 감사한 듯이

"말을 다 하겠습니까" 하며 버선을 깁느라고 앞을 쓰다듬었다.

"한손 씨, 이리 오소. 이 물맛이야 참 좋소" 하면서 그의 동행은 그에게 물 마시기를 권했다. 한손은 부르는 곳으로 발걸음을 옮겼다.

저들은 나란히 물터 앞에 앉아서 손길을 옹크려 물을 떠먹고 일어나서 불쌍한 눈먼 여인을 거듭 돌아다보며 산비탈 위로 올라갔다.

저들은 이십 내외로 보이는 허름한 청년이었다. 그중에 남자는 중키에 구부정하고 여자는 작은 키에 우둥퉁해 보였다. 저들은 전생부터 미美에 대한 아무런 이상도 없었던 듯이 하층동물적 본능에만 살겠다는 꼴을 했다. 그 대신 저들의 행동은 무엇을 하려고 하던지 고통이 적을 것 같았다. 하고 싶은 바를 억제하지도 못하고 달리 하려고 하지도 않을 것이었다.

저들은 구불구불한 산비탈을 이리 오고 저리 가고 하며 지조 없는 길이라고 한 고개를 넘었다가 한 비탈 미끄러지던 중에, 어느 편 한 골짜기에선지 들려오는 여인의 울음소리 같은 것을 들었다.

저들이 공연한 호기심으로 울음소리 나는 곳을 찾아가서 바위 밑에 몸을 감추고 엿볼 때 낭떠러지 바위 밑에 샘물 흐르는

소리가 한층 고요하고, 한옆으로는 하늘 높이만 안다는 듯이 키 큰 청년이 지옥의 수귀 '하데스'에게 기름과 살을 다 빼앗겼는지 창백한 시든 피부와 여윈 긴 체구 위에 어딘지 훤칠한 그림자를 남겨둔 마른 얼굴을 위로 우러러 눈을 감고 섰고 한옆으로는 그 머리 그 어깨 사랑스럽고 귀엽게 보이는 여자가 청년을 등지고 흐득흐득 느껴 울었다.

목석인가 의심할 만큼 남자는 언제까지든지 하늘을 우러러 묵상을 계속하고 여자는 언제까지든지 얼굴을 두 손으로 묻고 울음을 계속했다.

솔바람이 산마루 너머로 스쳐가고 스쳐왔다. 높은 솔나무 가지에는 다람쥐들이 인적을 엿보았다. 모든 것은 무엇을 엿보는 듯이 잠잠했다. 나뭇가지를 물어가던 까치조차 무엇을 엿보는 듯이 부동의 자세로 서 있는 이를 지키고 앉아서 날아가기를 잊어버렸다.

다만 작은 샘물 소리만이 역시 한때이리라 ─는 듯이 앞을 향하고 끊임없이 흘러내려갔다.

우는 여인의 설움은 점점 깊은 골에서 넘쳐 흐르는 듯이 힘 있고 소리 없어졌다. 깎아 세운 듯이 서 있는 높은 이의 얼굴에서도 눈물이 그 해쓱한 뺨을 굴러내려왔다.

마침 오포午砲 소리가 산골짜기까지 울려왔다. 이때는 근처를 맴돌던 새들도 날개를 펴고 다람쥐들도 꼬리를 감추었다.

어디에서인지 절간 종소리가 멀리로 울려오는 듯했다.

높은 이는 대리석에 생명이 돌듯이 긴 한숨을 내뽑고 그 빛나는 눈을 바로 뜨고 무엇을 불쌍히 여기는 듯이 우는 이의 옆으로 가서 어깨 위에 기다란 손길을 올려놓으면서

"희정 씨, 우리는 모든 때를 놓쳤지요" 하고 슬프고 슬프게 그러나 위로하는 듯이 일렀다.

"희정 씨는 공연히 공부 공부 하고 나는 공연히 이상 이상 하고 마치 괭이 찾느라고 밭 갈 때를 놓치듯이…… 참 우리는 너무도 순진하고 너무도 우직하였던 것이오."

우는 이를 위로하는 이의 손길 아래서 한 걸음 물러서며 울음과 말을 섞어서

"모든 때는 흘러가고 모든 믿음은 깨어졌습니다. 그동안에 우리들은 정처 없이 방황하던 것이 아닙니까. 그런데 우리의 미련은 또다시 의미 없는 만남을 남몰래 해가지고 사람의 눈을 속여 이곳에서 헛된 뉘우침을 하는 것 아닙니까. 우리의 사이는 오해로 막혔고 죽음으로 서로 저주하다가 과실로 또다시 뉘우치려는 것이 아닙니까. 그러나 우리는 병들어 앞날이 멀지 않고 그나마 생에 대한 아무런 애착조차 없으면서 우리가 지금 이 자리에 무엇을 하고 있답니까."

우는 이의 울음은 더 흑흑 느꼈다. 높은 이는 한 걸음 우는 이의 몸 가까이 따라나서며

"그러나 희정 씨, 우리들은 과거에 파란을 겪었다 할지라도 꼭 한 법칙 아래 같은 정도의 번민으로 살아오지 않았습니까.

희정 씨와 나와는 본래부터 금욕주의자였고 또한 교리의 신을 섬기며 그 회당에서 늘 만났던 것 아닙니까. 우리는 아무런 생리적 요구를 느끼지 않고 회당에도 같이 다니고 놀러도 같이 다니고 공부도 같이하고 번민도 같이하여 생각이 일치되고 행동이 융화되다가 우리 환경의 사정으로 갈라졌을 때 당신이 나를 얼마간 저주하고 못 미더워하셨지만 한 골에서 흘러내리던 물이 지형에 따라 한참 갈렸던 것이 아닙니까? 그러나 우리의 과실은 차라리 너무 삼가던 데 있지 않습니까?

사람은 완전을 찾아가는 미성품未成品이어서 완전을 구하려고 생명에 걸어 동경하면서 나 자신을 완전에 가깝게 끌어올리려고 힘쓰는 것이지만 지금 우리의 눈에 비치는 것은 제일 의식 없이 다만 천진스럽게 사귀고 헤어지지 않으려고 하는 것이 아닙니까. 우리는 그 주책 없고 합리하든지 불합리하든지 헤어지지 않으려고만 억지 쓰는 사이를 늘 두 가지로 보게 됩니다. 즉 우리가 피곤할 때는 그것도 관계치 않다가 또 건강할 때는 더럽다고…… 결국 더러운 것은 사실입니다마는 우리는 무슨 일로 이같이 슬퍼합니까. 우리가 한곳에서 공부하다가 한 진리를 숭상하다가 똑같은 사정으로 헤어졌었지만 또다시 한곳에서 만나게 되어 같은 병으로 신음하며 같은 목적으로 살아나가지 않습니까. 그러나 우리는 후회가 있지요. 그것이 즉 우리를 병들게 해 우리는 이후에 살아나갈 앞날이 멀지 않다는 것입니다. 하지만 우리는 그럴수록 동지가 필요합니다. 즉 어느 때 죽든지 죽음을 아름답게 맞자는 한 쌍의 결의가 필요한 것입니다" 할 때에 여자의 울음소리는 더욱 높아졌다. 마침내 참다 못했던지 남자는 여자의 곱게 야윈 얼굴을 들어 눈물을 씻겨주었다.

× ×　　× ×

"아이고 얄궂어라" 하고 운경은 한손에게 속삭였다. 한손은 인기척을 내지 말라는 듯이 운경에게 손질을 해 보이고 운경의 손목을 이끌고 산비탈을 가만히 내려갔다.

운경과 한손은 비탈길을 걸어 내려가면서

"우리는 이렇게 공부 안 하고 놀기만 해서 어쩔까."

"글쎄, 피차에 학생생활을 해가면서 자주 만날 수도 없고…… 안 만나도 공부 안 되고 만나도 공부 안 되니 난처한 일이야. 그까짓 것 우리 공부 그만하고 시골로 가서 농사나 지어먹을까."

"아이 어쩌구 괜히 공부한다고 고생만 해쌓고 그냥 내려갈 수 있는고."

"공부한 사람에게도 별일이 없는 것이오. 방금 거기서 울던 사람이 왜 우는지를 아시겠소. 그들은 공부를 많이 한 이들이요. 그러나 슬퍼하는 정경을 보시오. 소위 학문이 얼마나 사랑을 행복되게 하는가를. 우리는 좋으면 그저 웃고 서러우면 또 울고 사랑스러우면 서로 끌어안고 잘못하면 서로 싸우고 때리기까지라도 하다가 불쌍하면 또다시 서로 위로하고, 서로 헤어지지만 말고 같이 사는 것만이 필요한 것이오. 그 외에 복잡한 아무런 일도 소용없소. 기왕 이렇게 된 바에 시골로 가서 농사나 짓고 재미나게 삽시다. 인제 우리 따위는 공부하기 틀렸소" 했다.

그들은 화평한 낯빛으로 서로 이르고 물으면서 일요일을 즐기는 것이다.

꿈 묻는 날 밤

바람도 잔 오월 밤은 아무 소리 없이 땅 위에서 음울하게 흠칫거리는 것 같았다.

달도 없는 — 그믐밤에 남숙이는 어떻게 무슨 맛으로 밥을 먹었는지, 나중에 물을 마신 것만 생각해낼 수가 있었다.

그는 도서관에서 늦게 돌아왔다. 거기서 그가 책을 볼 때에는 이와 같이 음울한 밤이 될 줄은 미리 뜻하지 못했었다.

그래서 그는 집으로 돌아가면 저녁을 먹고 나서 오늘 본 소설의 평을 쓰려고 가만히 생각했었다.

그러나 책상 위에 좀 흐트러져 놓여 있는 종잇조각들과 필통을 거듭 바라보기에도 그의 심사는 너무나 답답했다. 그는 자기가 일상생활을 여자답게 정리하지 못하는 것을 모르는 바가 아니지만 구태여 반성해야 한다고 생각을 하면

"그는 기쁨 없는 여자다. 그가 앞서 나가는 길에는 무슨 행복이 있어서 그를 기다리는 것도 아니다. 문학을 힘써나간대야 그는 약하므로 자연히 그렇듯이 이 대지를 튼튼히 밟고 나간 자

취를 빌려서라도 기록해 내놓을 용기가 없다. 그것보다는 그의 마음속에 숨은 한 그림자에게 '내 힘으로 네 불행을 낫게 할 수 있겠느냐' 하는 말이 듣고 싶다. 그러나 그것 역시 확실한 믿음을 어찌 가지랴. 다만 마음이 그를 못 잊고 그렇듯이 달리 자기의 행복을 못 찾는 데 지나지 않는 일이니까. 하지만 아무 힘으로도 맘에서 그 그림자를 뽑아 던질 수 없는 것은 아무런 방면으로나 쉽게 그 사랑을 상대자에게 알리지 못하겠다는 의지보다는 몇 배 굳셀 뿐 아니라 알리고 못 알리는 것은 그 도덕률의 완전한 자유다. 그는 거기에 따라서 영리한 사람이 되고 미련한 사람이 된다" 하고 그의 이성이 제삼자의 자리에 앉아서 그에게 심판을 내린다.

그는 여기까지 반성하면 언제든지 이 땅 위에 생활을 근면히 해나가자 하고 몇 벌 없는 새 옷을 정성껏 개켜서 그릇에 넣고 싶고 소제도 다시 정성껏 해놓고 글이라도 써보고 싶었지만 이 날조차 그러지 못했다.

'공연한 일이지. 그 사람이 알면 웃음감이나 될 것을. 그것이 정말이지. 하지만 내가 본 꿈들은 혹 맞을 수 없을까. 나는 그렇게 허튼 꿈을 많이 꾸는 여자도 아닌데……' 하는 생각이 불 일듯 가슴에 일어났다. 그는 그 일을 누구에게 묻고 싶었다. 그이는 어떤 동무의 남편인데 한학자인 동시에 서양철학의 이치에도 어둡지 않았다.

그는 공연히 오슬오슬 떨려서 닫혔던 미닫이를 다시 한번 열어 보았다. 봄날 그믐밤은 한없이 음울하고 어두웠다. 그는 필운대까지 어떻게 갈까 하는 염려가 없지 않았으나 입었던 옥양목 겹저고리를 벗어놓고 얇은 솜저고리를 입고 거울을 보았다. 그는 자기의 얼굴, 더욱이 밤 거울에 비쳐 보이는 얼굴을 좋아한다. 며칠 전에 그가 음악회에 가느라고 새 옷을 갈아입고는 막 문밖을 나서는데 여자 서넛이 지나다가

"아이고 저렇게 이쁜 얼굴도 늙겠지. 아이고 이쁘기도 하지" 하던 생각과 또 어렸을 때 자기가 아주 행복스러운 아이였을 때 그 어머니가 집을 팔아도 땅을 팔아도 네게 어울리는 옷을 입히고 싶고 네게 맞는 음식을 먹이고 싶다 하던 생각이 났다. 그는 다시 거울을 보고 저고리 앞을 고치며

'나는 어릴 때보다 얼마나 미워졌을까. 참으로 나는 늙겠지. 아니 그보다 벌써 그—때 비해서는 늙었지. 내가 평양서 학교에 다닐 때는 오고 가는 길이 자유롭지 못해서 공연한 사람들이 발길을 멈추고 내 길을 막은 일도 드물지 않았지. 그런 귀찮은 일을 다시 바라는 것은 아니지만 확실히 그때 그런 힘이 내게 지금 없는 것은 밝은 사실이지' 하고 생각하면서 다시 공연한 모양을 낸다는 듯이 아무렇게나 옷고름을 매고 흰 목도리로 그 내려진 어깨를 싸고 방문을 나섰다.

안국동 네거리를 지나서 그는 경복궁 앞으로 향했다. 꽃향기에 무르녹는 어느 나라의 서울을 생각했다.

남숙은 속으로

'아 ─ 답답스러운 밤이다. 아는 일을 다시 물으러 가는 것 아닌가. 그런 일이 실현된다 할지라도 그런 뒤에야 또다시 무슨 전투적 기분이 일어나랴. 적어도 앞으로 앞으로 싸워나가는 것이 사람의 생활인데 꿈이 아니면 하늘에 그 훌륭한 꽃들이 어찌 피었으랴. 아주 공중에 피어 매달렸던 것 아닌가. 벌써부터 세 사람의 아버지……를 도덕적 대상으로 생각한대야 생각하면 그뿐으로 관념에 머무르게 두면 좋을 것이고, 남의 생명으로 아는 남편인 동시에 아버지인 것을 앗아다가 나 자신의 남달리 예민한 감성에다가 짐을 지우고 염증을 사게 될 근본을 만들 필요야 왜 있으랴. 보다 나은 뜻이, 즉 내 도덕률에서 우러난 생각이 나를 고귀한 행동으로 싸워나가게 할 것 아니냐. 실리에 눈이 어두운 사람들은 내가 내 대상에게 내 몸을 가져가지 못하는 제도와 인습 속에서 내 몸이 찢기듯이 아픈 상태로 구태여 살아가는 나의 생활관념을 비웃겠지만, 그것도 없으면 내 영혼은 비었다 비었다 모 ─ 든 것이 헛되다 하고 내 생활에서 내 이 지구를 향해나가는 애착, 즉 이 나라 사회와 같이 발전해나가자는 생활의식까지도 내 생활의 토대인 것을 전부 헐어버릴 것 아니랴. 점잖은 심정이면 알고 비겁한 행동을 왜 하랴. 나는 다만 모 ─ 든 것을 감추고 그것을 풀어서 내 형제와 동포에게 넓은 사랑을 베풀면 좋을 것인데……' 하고 그는 앞서 나가던 발걸음을 뒤로 돌려놓으려 했다.

　남숙은 그 자신이 불 비친 앞에, 경복궁 앞에 이른 것을 알았다. 봄날 밤 안개에 엉클어진 캄캄한 어두움을 둥그런 전등들이 몽롱히 깨물고 느리게 오고 가던 전차들을 겨우 보이게 했다.

'거친 서울아 왜 이리 어둡는고. 사람이 안 사는 것이 아닌데 생각 없는 마음이 아닌데 왜 이리 캄캄하냐. 네 어두움을 밝힐 도리가 없느냐' 하고 남숙은 생각할 때 그 눈에 눈물이 맺히는 것을 깨닫고 돌아설까 앞으로 갈까 하고 망설였다. 지금껏 어득어득 사람들이 그 옆을 지났어도 어두움으로 인해 그 모습을 남에게 보이지 않았지만 희미한 불빛에 나오니 전문학교 학생 같은 청년들이 지나다가 제각기의 외국말로 제가끔

"길 잃은 양 같구나"

"놀랄 만치 아름답다"

"아름답다"

"곱다 그 몸매!" 뒤떠들면서 지나갔다. 남숙은 놀리는 듯한 소리들이 불쾌해서 속으로 '못된 것들, 사내들이 남의 얼굴만 보나!' 하고 얼결에 얼른 간다는 것이 필운대를 향하고 경복궁 모퉁이를 지나서 자꾸만 걸어갔다. 걸어갈수록 그 길은 어둡고 무시무시했다.

남숙은 얼마만큼 가서 둔덕진 길을 어루만지듯이 기어올라가다가 아카시아의 향긋한 향기에 취하는 듯 지척을 분별하지 못할 만큼 어두운데 '거진 다 왔다' 하고 생각하면서 밤공기는 해롭다 들었건만 아카시아의 그 향긋한 것을 깊이 들이마셨다.

님숙이가 정희철 씨의 집 문안에 들어설 때 아침을 정오에

먹는 이 가난하고 호화로운 집에서는 방금 저녁을 먹고 치우다가 뜻밖에 남숙이가 들어오는 것을 보고

"아이고, 이 밤에 어떻게 오세요" 하고 경상도 악센트로 맞아들였다.

남숙은 거기서 이 이야기 저 이야기 하다가 이 집에 기숙하는 서모의 반갑지 않은 서슬에 기가 탁탁 막혀와서 그 높고 애처로운 음성으로

"선생님" 하고, 어울리지 않는 안경을 쓰고 한학자식으로 몸을 흔드는 정희철에게

"세상에도, 사람이 사는 이 세상에도 가슴이 뚫릴 듯이 시원한 일이 있는 것을 좀 보았으면" 하고 공연히 자기에게 웃음을 주고 이상한 시선을 던지는 듯한 서모를 그 옆눈치를 날려서 경멸히 보고

"내 너무 답답해서 꿈 해몽하러 왔어요" 하고 고운 모양에 어울리지도 않는 신산스러운 한숨을 길게 내뽑았다.

"저런 말 보아, 참 놀랍지" 하고 정 씨는 무슨 시구詩句나 되는 듯이 그 쓰라린 말을 기뻐했다. 그 대신 서모는 제게 묻는 말이나 되는 듯이 아는지

"남숙 씨, 무슨 꿈이요? 내 해몽해드리지요" 하고 무릎을 남숙의 옆으로 내밀었다. 남숙은 불쾌했다. 서모처럼 싫은 위인하고 인사한 자신의 호기심이 정말로 불쾌했다.

남숙은 이 정 씨 부부와는 동경 유학 시절부터 친해왔다. 그러

므로 아무런 격의가 없다. 그런 중에 남숙은 또 이 부부를 한없이 신뢰하므로 아무런 고통이든지 좀 말해보기를 꺼리지 않았다. 그러므로 여기 오는 사람은 웬만하면 거진 다 인사하게 되었을 뿐 아니라 특별히 서모라는 위인은 남숙의 동무들 중의 한 여자인, 더욱이 그 자신이 정조 있는 체하면서 (사실 그렇게 불품행한 것은 아니지만) 공연히 그 마력인가 매력인가를 시험하기 위해서 부질없이 게슴츠레한 시선을 던지고 간간히 숨은 욕을

"사랑한다는 남편이 있으면서…… 음험한 계집" 하고 듣는 그 벗과 무슨 관계나 있던 것처럼 들었던 까닭에 은연중에 호기심이 일어나서 몇 마디로

"박정순이를 아세요?" 하고 책하는 듯, 조사하는 듯이 묻게 되어서 비로소 인사하고 알게 되었다.

그러나 남숙은 그 벗의 어리석은 성격을, 무식함을

"남은 책하기 좋아하지만 제 자신은 왜 저리 둔하고 미련한고. 일종의 새 귀족의 자랑인가. 불필요한 일이 왜 저리 좋은고" 하고 비웃던 터이므로 그 서모라는 것이, 미더운 남자의 숨겨진 애인(정부)이라 하더라도, 흥미 없을 뿐 아니라 경멸히 보여서

"같은 것들" 했던 기억이 났다. 남숙은 그렇지만 그 성격으로 갑자기 성을 내보일 수도 없는 터이므로

"선생님 자 — 해몽해주세요. 며칠 전에 꿈을 꾸니까 하늘에 함박꽃이 오롯한 남빛으로 그뜩 피어 있었어요. 그런데 나는 와이 씨하고 그 하늘 밑에서 고개를 마주 숙이고 절을 하는

지 기도를 하는지 했는데 조금 후에 어찌 되었는지 와이 씨가 무슨 강단에 올라서서 나를, 아이고 그 무슨 변명인지 해주는데 사람들은 물 끓듯 떠들어요. 아마 나를 뭇사람이 들입다 악인으로 모 ─ 는 것 같았어요" 하고 그 자신이 꿈에 취한 듯이 캄캄한 하늘을 보면서 이야기하고 정 씨를 보았다.

정 씨는 여전히 몸을 흔들다가

"그것참 시인의 꿈이로군. 그대로 시를 쓰시지요" 하고 드문드문 나오는 수염을 비빌 뿐이다.

그 대신 서모는 무슨 시기나 일어나는 듯이

"오 ─ 와이 씨, 와이 씨, 동경서 그 어떤 책사 하던 사람을 망쳐놓고 미국 가서 있다는 이은영이와 동거한다는 와이 씨" 하고 사뭇 떠들었다. 남숙은 기가 막혀서 더 참을 수 없는 듯이 한 번 힘껏 눈을 흘기고

"그 이름이 와이 씨가 아닐뿐더러 그 여자와 같이 간 그 와이 씨도 아닙니다. 그 사람이 아닙니다" 하고 일어섰다. 서모는 그 눈 서슬에 황겁해서

"잘못했습니다" 하고 정 씨는 형세가 위험하다는 듯이

"와이 씨 아니지요" 하고 남숙의 마음속을 들여다보는 듯이

"그런 여자와 배합할 와이 씨가 아니지요" 하고 이어서 그를 위로했다. 그래도 남숙은 그 자리에 다시 앉아지지 않았다. 그는 일어선 채로 저 ─ 편 마루 앞으로 향해서 신발을 찾으려는 듯이 발자국을 옮겼다.

"왜 그러시오" 하고 정 씨는 물었다. 방 안에서 급하다고 남편의 두루마기를 짓던 부인은

"벌써 가시오. 남숙 씨 왜 오시자마자 가세요" 했다. 이 틈에 서모는 남숙의 치맛자락을 잡고 있다가 남숙이가 몇 발자국 더 옮겨놓은 뒤에 잡아당기며

"왜 그러세요. 그 와이 씨 아니면 내가 잘못 들었나보오" 하고 가지 말라는 듯이 미련을 보였다.

남숙의 온몸에는 피가 끓어올랐다. 앞이 새빨개졌다. 그 세포 하나하나가

"이 괘씸한 것" 하고 무엇을 처넘기려고 하는 노염의 명령에 따라서 바르르 떨며 무엇을 찾았다. 남숙은 빨개서 파래서 떨었다.

"이런 버르장머리를 어디서 가르칩디까" 하고 그 눈을, 그 무섭게 빛나는 눈을 부릅떴다.

× × × × ×

남숙은 정신없이 문밖을 나섰다. 그는 치밀어올라 '정조 번롱을 하려고 드는구나. 괘씸한 것' 하고 말없이 한숨으로 내뱉었다. 그 마음은 눈물지었다. 그리고 모—든 받아온 유혹에 다시 놓였다. 그는 무시무시한 그믐밤의 어두움에 온몸이 둘려 안기는 듯 겁이 나서 급급히 걸었다.

'쓸데없는 일을 알면서 묻는 귀족(불필요한 것을 가장 즐기

는 것을 가리킴)이 왜 있느냐. 시라도 쓰지. 아니다. 시는 그렇게 쓰는 것일까. 역시 생활을 근면히 해나갈 그 생기 있는 새로운 정신으로라야 쓸 것 아니야. 아아. 나는 사람 아니다. 희망이 없다. 그러나 그렇기에 분발하는 것 아니냐' 후회하고 낙심하고 분발하면서 생각할 때는 등불이 많이 어른거리는 곳에 왔었다.

    남숙은 다시 밝은 곳을 지나던 차 선로를 넘어서서 어두운 길을 달음질해서 집에 돌아와서는 방에 들어갈 때 그날의 모욕을, 그 자신으로부터 얻은 그 못 잊을 모욕을 두루 살폈다. 그리고 그 생각을 반드시 밀어붙일 수 있을 때까지 밀어붙이는 것이 옳다고 생각했다. 그에게는 자 막대기와 저울이 쓸데없지 않은 것임을 비로소 알고 단꿈을 그대로 쓰는 시는 역시 사람의 생활의 한쪽을 그려놓은 것일지라도 사람의 생활에서부터 터를 닦아야 할 이 시대에 임박한 사람들에게는 아무런 도움도 못 되고 다만 절벽 틈이라도 기어올라갈 만한 신앙과 자신의 거룩한 순정을 옮겨서 그 자신의 위엄이 떨어지지 않을 이상적 대상을 확실히 알아놓고 그 사랑을 곱게 곱게 펴서 무리 앞에 놓도록 장하고 용감한 정조貞調로 쓸 것을 깨달았다.

    음울한 봄밤은 그 마음을 아프게 하고 그 마음을 깨우치고, 어디서 무심코 분별없이 몇 사람이 번롱되는 대로 밤 열두 시를 쳤다.

(1924년 4월 서울서 초고)

의붓자식

희곡

인물

성실 23세의 단아한 여자. 꿈을 보는 듯한 표정. 밀짚색의 잠옷을 입었음.

부친 60세의 고집이 세고 사리에 어두운 노인.

여동생1 22세의 풍부한 육체의 소유자. 유행하는 화려한 의복을 입었음.

여동생2 18세의 사랑스러운 여자.

의사1 34, 5세의 정직을 표하는 듯한 남자.

의사2 25세의 청년. 호리호리한 체격에 회색 양복을 입고 머리를 숙여 자주 삼가는 태도를 가지나 그 행동 언어는 심히 민첩해 상대자에게 감동을 줌.

여교원 25세의 정직을 표하는 여자(성실의 동무).

여하인1

여하인2

소동1

소동2

제1장

봄날 아침(3월 3일).

무대, 얼마큼 넓은 침실을 나타냄. 그러나 창문 없고 전면의 미닫이만 열어젖혀서 관을 자못 옆으로 갖다놓은 것 같다. 배경, 보이는 전면에 밀짚색의 하늘한 비단 휘장을 늘였다. 오른편에는 가늘고 긴 대리석 침대가 놓였고 중앙에는 하얀 견사로 만들어진 보를 씌운 둥그런 탁자가 놓였고 그 위에는 금 쟁반과 책 한 권과 수선화 화병이 보인다. 무대 왼편에는 벽에 붙인 피아노가 호피 위에 놓였고 피아노 위에는 앉은뱅이꽃 광주리가 보인다. 막이 열리면 미닫이를 닫은 방 앞에 쪽마루가 보임. 소동2, 말없이 등장해 좌우의 미닫이를 열어젖힘. 방 안에는 성실이가 침대 위에 잠자고 방바닥에 다다미 깔 듯 편 황색 비로—드 보료들이 아직 꺼지지 않은 전등에 찬란히 보임. 소동2, 말없이 고요히 퇴장.

성실 (몸을 일으켜서 홀로 미소를 짓다가 사방을 휘 둘러보고 입을 삐죽삐죽하며) 아 — 또 영호 씨의 꿈을 꾸었구나. 어디였는지 이 방 같지도 않고 아주 넓은 곳이었다. 하늘 위도 땅 위도 분간할 수 없이 이 세상에서는 보지 못하던 꽃이 참으로 연하게 참으로 향기롭게 피었었다. (홀연 의심하는 표정) 무엇인지 몹시 어렴풋하지만 장례의 노래가 들리는 것도 같았다. 그런 가운데서 어렴풋하게 영호 씨와 내가 마주 기도하듯 머리를 굽혔다. 아아 오늘은…… 그이가 오실지도 모르겠다. 작년같이 (침대 아래 내려서며 피아노 앞으로 가서 피아노 위의 꽃 광주리를 내려서 향을 맡아보며) 똑같은 꽃을 주셨으니까!

여동생1 (여동생2와 등장) 형님, 그 꽃이 영호 씨가 주신 것이요? (가까이 와서 맡아보며) 어쩌면 이렇게 좋은 향내가 날까? 지금 이런 꽃이 어디 있었을까? (부러운 듯이)

성실 궁전에. 호호 나도 몰라요.

여동생2 언니들도! 그것을 모르셔요. 온실에서 핀 것이라나요.

여동생1 어느 온실에서.

여동생2 그거야 누가 안담. (웃다 그치고 꽃 광주리를 들고 맡음)

여동생1 형님 (성실에게) 오늘부터 피아노 가르쳐주세요.

성실 그림은 어찌하고 또 피아노를 시작한대.

여동생1 그렇지만 영호 씨는……. (눈물지음)

성실 그이는 그림도 좋아하실걸.

여동생2 둘째 언니는 어제 그림 오늘 음악 내일 문학! 참 변덕도 좋으시지. 아버지 말씀대로 바느질이나…….

여동생1 웬 참견이야, 아니꼽게.

여동생2 언니 노했어요? (미안한 듯이)

여동생1 듣기 싫어. (여동생2의 손에 들린 꽃 광주리를 탁 쳐서 방바닥에 떨어뜨림)

성실 아서요. 모처럼 애써 예물하신 것을.

여동생1 그럼 잘못되었나보다. (울며) 형님도 형님이고 그이도 그이지요. 나와 약혼을 해두시고는 형님과만 편지 왕래를 하시고, 또 예물을 한다 어쩐다 하니 대체 어찌 되는 일인지 알 수가 없어. 오늘은 아버지께 여쭤볼 테야.

성실 아서요. 그전부터 아는 이니까 그렇지. 그렇지 않으면 동생의 낯을 보아서 다른 사람들과 같이 내게 예물을 하는지 누가 안담.

여동생1 그러게 언니는 훌륭하세요. 이 남자 저 남자한테서 편지가 오고 예물이 왔다 갔다 하니까. (오른편으로 퇴장하면서) 아니꼽게 피아노나 친다고 그 꼴은 볼 수가 없네.

여동생2 큰언니.

성실 응, 편지가 웬 편질까. 별말을 다 듣겠다.

여동생2 둘째 언니가 또 오늘은 말썽을 피우려나봐요. 엊저녁부터 잠도 안 자고 똑 미친 것처럼 야단이에요.

성실 …….

여동생2 그런데 언니, 영호 씨는 본래 큰언니의 친구였지요.

성실 (자성하는 듯이) 내가 어찌했단 말인고. 내가 어찌했단 말

인고. (머리를 숙이고 생각함)

여하인1 큰아씨, 저 마님께서 (세숫물 대야와 양치 그릇을 들고) 큰아씨가 몸 편치 않으시다고 세숫물을 떠다 드리라고 해서 떠내왔습니다.

성실 (귀찮은 듯이) 애야, 물 떨어진다. 세숫물은 왜 들고나와 그러니. 누가 중병을 앓느냐.

여하인1 그래도 마님께서 떠다 드리라고 하세요.

성실 그러면 염려 말고 목욕탕에 갖다놓아라.

여하인1 그럼 좀 이따가 마님 보시는데 영감마님 눈에 띄지 않으시도록 합쇼. (퇴장)

성실 무슨 일일까.

여동생2 (머뭇머뭇하다가) 저…… 엊저녁에 아버지께서 약주 잡숫고 오늘 언니의 생신이라고 이십 원을 어머니께 드렸는데. (말을 뚝 그치고 성실을 바라봄)

성실 아 — 살아가는 재미를 모르겠다.

여동생2 참, 언니. (고개를 숙여 눈물지음)

성실 어찌할꼬. 몸은 약하고 갈 곳도 없고!

여동생2 엊저녁에도 어머니와 둘째 언니가 공연히 나를 들볶았지요. 큰언니의 비위만 맞춘다는 둥 말질을 한다는 둥. (흑흑 느낌.)

성실 그래, 어떻게 하라고 그러디.

여동생2 차라리 어떻게 하라고 일러나 주면 좋지요.

성실 어찌할꼬. (피아노 앞에 가 앉으며) 동생아, 저 옆방에 가서 의장에 걸린 두루마기를 좀 갖다주려무나. (가볍게 기침하고 피아노 치며 노래함)

동생아 동생아

찾아다오 내 방문을 (여동생2, 두루마기를 등에)

찾아다오 내 자리를

자리는 좋은 자리 이끼 아래 (또 기침)

여동생2 (불안한 듯이) 또 그런 노래를 하십니까.

성실 (점점 급히 연이어 기침을 하며 피아노 위에 엎드림)

여동생2 형님, 또 피아노 아래로 피가 흐릅니다그려.

성실 오 ― 괴롭다. 이번에는 손에서 피가 나지 않고 목구멍에서 목구멍에서.

여동생2 오오, 목구멍에서! 의사를 불러올까요.

성실 그래라 그래라.

여동생2 (달음질해서 마루 위를 왔다 갔다 하다 오른편으로 퇴장)

소동1 (오른편으로 걸어나오며) 그러면 큰아씨는 지부황천地府黃泉으로 가시려나. 마님께서 밤마다 물 떠놓고 비시더니 점점 가운뎃아씨 세상이 되어온다.

성실 (기우듬히 일어나며 벌겋게 물든 건반을 손수건으로 씻고) 얘야.

소동1 네!

성실 나를 목욕탕까지 좀 붙들어다오.

(성실, 소동1에게 붙들려 퇴장)

(부친, 의사1 등장)

부친 엊저녁에는 머리가 아프다고 밤들어서 선생님을 모셔오더니 오늘은 또 피를 쏟았답니다. 딸인지 무엇인지 어멈도 없는 딸이 삼십이 가깝도록 제 아비의 속만 태웁니다. 하하하.

의사1 그러실 리가 있습니까. 맏따님께서 그저 따님 중에 제일은 못 되지만 아직 어리시고 재주가 용하셔서 서울 안에서 다 부러워하지 않습니까. 그저 너무 심려를 하셔서 자주 병석에 누우시는 것이 불쌍하신 일이지요.

부친 (침대 앞으로 가서 보고) 이 애가 어디를 갔나. 성실아, 성실아.

의사1 (방 안을 휘 둘러보다가 피아노 앞에 꽃 광주리가 떨어졌음을 보고) 저기 꽃 광주리가 떨어졌습니다그려.

부친 (꽃 광주리를 쳐들며) 어이구 이 물, 이 애가 어째 이것을 그대로 버려두었을까.

의사1 그 꽃은 아마 영호가 장래 제 부인 되시는 이의 형님에게 예물한 것이지요.

부친 댁에 이런 고운 꽃이 피었습니까.

의사1 네, 영호가 자기 손으로 온실에서 길렀습니다.

부친 대단히 귀한 것이올시다그려.

의사1 천만의 말씀이올시다. 그런데 둘째 따님, 아니요, 제 아주머니 되실 이는 요새 무얼 하십니까. 도무지 뵐 수가 없습니다그려.

부친 꼭 들어앉혔습니다. 그 애는 제 형과는 달라서 가정에 합당하도록 해야 하겠기로 요새는 그림 그리던 것도 그치라고 했습니다. 제 의복은 많이 지었지요. 그, 그런데 (좀 주저하며) 혼례를 언제나 지낼까요.

의사1 글쎄요, 댁에서 좋으신 때 하면 저희에게도 좋겠습니다. 당사자는 부끄럼이 많아서 아직도 그런 말은 들은 체 만 체 하지요마는 제가 무엇이라 하겠습니까.

부친 그러면 이달 안으로 일을 치러버릴까요. 급한 듯합니다마는.

의사1 그러시지요. 신식 혼례야 구식 혼례와 달라서 간단하니까요. 언제든지 좋으시지요. 아마 그 일에 대해서는 제 아내도 부인께 의논할 듯합니다. 매우 가까우신 터이니까요.

성실 (심히 설운 표정으로 등장)

부친 이 자식아, 좀 어떠냐.

의사1 두통은 없으십니까.

성실 무엇인지 머리가 서늘한 것 같아요. 그리고 조금 전에는 공연히 목에서 피가 나왔어요.

의사1 하하 (깨닫는 바가 있는 듯이) 그 안되었습니다그려. 그런데 혈색은 어땠습니까.

성실 (괴롭고 귀찮은 듯이) 모르겠어요.

부친 그 그, 저 애 모친이 피를 쏟는다 어쩐다 하더니 저도

닮아서 그런 것이로군. (혼잣말같이)

의사1 (놀라는 듯이) 부인께서도 그러십니까.

부친 아니요, 저 애 어머니야 어디 있습니까.

의사1 하하 깜짝 잊어버렸습니다그려. 그렇겠습니다. 성실 씨, 그럼 시방 봐드릴까요.

성실 네. (침대 위로 올라가며 두루마기를 벗어서 한편에 놓는다.)

의사1 (가방에서 체온계를 내어서 흔든다.)

(무대 한참 고요함. 부친, 의사1, 침대를 가려서 진찰함)

의사1 (진찰을 마치고) 과하지는 않습니다. 시방이라도 치료만 잘하면 염려 없습니다.

부친 네. 그러면 아직 다른 사람에게 전염된다든지 그런 염려는 없습니까.

의사1 글쎄요. (가방을 접으며) 혹시 또 저를 부르시려면 저는 오늘 또 문밖에를 나가니까 저 대신 영호를 불러주십쇼.

부친 그러지요. 감사합니다.

(의사1, 퇴장. 부친, 성실, 전송함)

부친 그러기에 그 피아노인지 무엇인지 그만두라니까. 엊저녁에도 공회당에서 그 짓을 하고 오늘은 저 모양으로 앓으니.

성실 (침대 위에 엎드림)

부친 무엇보다 새 사돈댁에 부끄럽다. 어디 꼴이 되었느냐. 저런 병신을 누가 데려갈 리도 없겠고 딸이라니 늘 부모하고 같이 있는 법도 아닌데 네 몸을 네가 돌봐서 앓지 않을 도리를 해야지 낸들 어찌하란 말이냐. 의사의 비용인들 적으냐.

성실 (엎드려 흐느낌)

부친 그리고 이를 때 한꺼번에 일러두는 말이다마는 영호로 말하면 네 동생의 남편 될 사람이 아니냐. 그런데 (좀 주저하며) 이를테면 너무 지나치게 친하게 지낸단 말이야. 너희끼리 먼저 사귀었더라도 영호 아주머니와 너의 시방 어머니가 정해 놓은 것을. (성실, 흑흑 느낌)

성실 아버지 아버지 너무하십니다. 그렇게까지 말씀 안 하셔도 다 알아요.

부친 아는 일을 왜 그렇게 실수를 한단 말이냐.

성실 저는 아무런 일도 하지 않았습니다.

부친 그만두어라. 듣기 싫다. 그럼 네 어머니와 동생이 거짓말을 한단 말이냐. (슬금슬금 퇴장)

여하인2 (등장하며) 아이고, 아씨 또 우시네. 아씨 동무 학도상이 오셨습니다.

성실 이리로 들어오시라 해라. (일어나며 눈물을 씻음)

여교원 (등장하며) 성실 씨, 왜 어디 편찮으시오?

성실 용서하시오. 이 꼴을 보여서.

여교원 또 우셨구려. 그저 눈물의 골짜기를 걸어가시오. 그 가운데서 성실 씨의 예술이 배양될 것입니다.

성실 세라 씨, 저는 참으로 울기에도 싫증이 납니다. 제 온몸은 제 눈물에 다 녹아지는 것 같습니다. 저는 이제는 살 수가 없습니다. 마치 온대의 생물이 한대로 옮겨져서 늘 사모하던 온대의 사랑을 다시 안 이후로는 또다시 한대에서 살 수 없는 것 같이.

여교원 성실 씨, 시방 이리로 오다가 영호 씨를 뵈었습니다. 그런데 아주 신색身色이 말이 못되었어요. 저를 보았는지 못 보았는지 그대로 머리를 숙이고 지나가시는데 몹시 번민하는 이 같습디다. (성실의 안색을 살핌)

성실 (말없이 머리 숙임)

여교원 그런데 성실 씨의 설움은 그로 원인된 것이 아닙니까. 언제 말씀하신 것도 들었지요마는, 저는 작년 가을에 제가 가르치는 학생의 집 이 층에서 내려다보다가 그 집 후원 울타리 밖 길에서 성실 씨와 영호 씨가 서로 가다가 마주쳐서 몹시 머뭇머뭇하고 어려워하시는 것을 본 일이 있습니다. 그때 두 분의 얼굴이 파랗던 것, 저는 시방도 잘 기억합니다. 감격해서 죽는다는 것은 그러하던 당신들의 지난 때를 말하는 것이 아닌가 합니다. (무서운 것을 보는 것같이 진저리를 침)

성실 세라 씨! 제 가슴이 찢어지는 것 같습니다. 저는 조금 전부터 세상과는 딴 생각을 가지게 되었습니다. 참말 사랑은 세상에 드물게 있는 것으로 알았습니다. 세상에 주로 있는 소위 사랑이라는 것은 육적 충동과 호기심 만족에 불과한 것으로 피하지 않으면 안 될 것으로 생각했습니다. 그러기에 저는 결혼을 꺼립니다.

여교원 그렇습니다. 그러나 그 생각은 사라지지 않을 수 없습니다. 그가 당신을 이 세상에서 멀리하는 것입니다.

성실 그럼 세라 씨는?

여교원 그런 생각은 세상의 의붓자식이외다. 그는 참을 수 없는 영육이 합일치 못하는 아픔이외다. 저는 일찍이 궁글어진 생활을 유지하기 위해서 실은 제가 애타게 구하던 사랑을 이 입으로 이 손으로 거절했습니다. 성실 씨, 그 후로는 모든 부랑한 이들과 부끄럼 없는 이들과 광인들과 걸인들까지도 조금도 알지 못하는 사람들로는 볼 수 없어졌습니다. 성실 씨, 저는 매일 밤마다 그런 이들이 헤맨 길거리를 찾아다녔습니다. 아무 곳에서도 저는 그를 다시 찾을 수 없었습니다.

성실 (몸서리를 치며) 오 ─ 얼마나 무서운 말씀이십니까? 그 알지 못하는 이는 자기의 이성으로 자제하려고 하지는 않았습니까?

여교원 그이는 영호 씨와는 딴 사상을 가졌습니다. 그이는 무엇이든지 체험하려고 하던 이였습니다. 영호 씨는 그이와 달라서 무엇인지 먼저 알고 입을 다무는 이가 아닌지요.

성실 네, 그렇습니다, 그렇습니다. 그이는 결코 말하는 이가 아닙니다. 그리고 무엇이든지 모르는 이가 아닙니다. 그의 날카로움은 고요하면서도 무서운 큰 힘을 가졌습니다.

여교원 성실 씨, 모든 인생은 움 돋아나온 사랑의 힘의 동그라미 안에서 몸을 맞추도록 벗어날 수가 없는 것이 아닐까요.

성실 그렇습니다, 그렇습니다.

여교원 그러나 성실 씨, 그는 얼마나 예절을 좋아하고 우둔함을 꺼리고 용서라는 것을 모르는 것일까요.

성실 사랑을 말씀하십니까. 그래서 세라 씨가 거절한 그이는 두 번째 당신에게 돌아오지는 않았습니까. 그 후로는 다시 만나지도 못하셨습니까.

여교원 그 후에도 만나기는 만났습니다. 그러나 사랑에 애타서 애소하던 아름다운 그이는 다시 볼 수 없었어요.

성실 그러나 세라 씨, 우리는 어떻게 그같이 짧은 사랑을 자신의 실생활 위에 머무르게 할 수가 있겠습니까. 그는 마치 추위에 닫힌 유리창에서 화사한 빙화를 부젓가락으로 긁어내서 본다는 것과 같은 일이 아닐까요. (여교원, 성실, 극히 번민하는 것같이 보임)

여교원 우리는 자기의 사랑을 실생활에 이끌어서 이용할 수는 없다 하나 또 그러지 않을 수도 없습니다.

성실 그러나 우리는 우리의 실생활에서는 우리의 사랑을 잃어버렸습니다. 이미 다른 사람의 생활에 붙여진 것을 다시 찢어서 돌려 오려면 얼마나 그 아름다움을 잃게 되겠습니까.

여교원 (한숨) 그러기에 불행한 우리들은 지나온 우리의 귀한 시간을 붙들어 영원을 건설하고 우리의 육체로 그 가운데 수도니修道尼같이 생활케 해야겠습니다. 그리고 그 생활을 자기의 행복으로 알 수밖에 없습니다.

성실 (한숨) 단테는 그러한 이의 왕이지요.

여교원 (자문자답하듯) 그러한 생활에 안정을 얻을 수가 늘 있었으면 좋겠지. 그러나 단테에게도, 그 영원한 사랑을 대표한 이에게도 두 사생아가 있었다. 그 육신이 나은 조반니 그 정신이 나은 돌노래.* (하품)

성실 세라 씨, 저는 단테의 『신곡』보다는 레오날드반시의 「몬나리사」**가 사실이 희미해서 좋습니다.

여교원 극히 이지적이면서도 신비스러운 것 말씀이지요.

성실 네. (괴로운 듯이 두 손으로 가슴을 움켜잡고) 용서합쇼. 어찌 곤한지요. 연일 복습을 했더니 오늘 아침에는 토혈까지 했습니다. (침대 위에 눕는다.)

여교원 그럼 누우십쇼. 그렇게 괴로우신 줄을 모르고 이야기를 많이 하시도록 했습니다그려.

성실 (침대 위에 누우며) 용서합쇼. (가볍게 기침하다가 점점 급해짐)

여교원 (품에서 시계를 꺼내 보고) 그럼 치료 잘하십쇼.

성실 (작은 음성으로) 언제나 또 뵐 수가 있으리까.

여교원 (작은 음성으로) 또 오지요.

성실 언제라십니까, 세라 씨.

여교원 성실 씨, 너무 비탄하지 마십쇼. 또 오지요.

---

* '조반니'는 일부 비공식 문서에서 단테의 아들로 언급된 조반니 알리기에리(실존 여부 미확인), '돌노래'는 단테가 쓴 시 「The Rime Petrose」를 이르는 것으로 보인다.

** 레오나르도 다 빈치의 「모나리자」

성실 (몸을 일으키려다가 기침함) 오 괴로워요. 일어날 수 없습니다그려. 이대로 실례합니다. 부디 안녕히……. (기침에 말을 마치지 못함)

여교원 너무 서러워 맙쇼. 또 쉬 오지요. (왼편으로 퇴장)

성실 세라 씨, 세라 씨. (몸을 일으키며) 잠깐만 기다립쇼. 벌써 가셨다. (팔로 얼굴을 가리고 다시 눕는다.) 몹시 아득하게 하던 때는 갔다. (혼잣말함)

여하인2 (밥상을 이고 등장. 왼편 쪽마루에서 걸어나오며) 네기, 땀나라. 오늘은 서편에서 해가 떠오르지도 않았는데 웬일일까. 늘 — 식은 밥 데운 것만 드리던 아씨를 급히 한 상 차려드리라니. 참 그야말로 생일 쇠시겠군. (미닫이 앞으로 와서 어깨를 쭈뼛하고) 아씨 아씨, 진짓상 내왔습니다.

성실 거기 놓아라.

여하인2 거기가 어디랍쇼.

성실 아무 데나.

여하인2 (상을 내려놓으며) 아이고 아씨 또 우시네. 저러지 말고 출가라도 하시지. 밤낮 우시랴 앓으시랴. 아씨 다 닳아빠지겠네.

성실 무엇이라니. (침대에서 일어나며 위엄 있게)

여하인2 아이고 아씨, 노여우셨네. 이다음에는 아니 그러오리다.

성실 애, 그렇게 말을 함부로 하면 못쓴다니까.

여하인2 아씨께서 늘 앓으시니까 출가나 하시란 말씀이외다. (얼굴을 돌리고 비웃음)

성실 점점 말답지 않은 말만 하는구나. 어서 들어가거라.

여동생2 (달음박질하며 등장) 형님, 왜 그러십니까.

성실 저 애가 내 감정을 상하게 해서 그런다.

여동생2 애, 버릇없이 왜 그래, 주책없는 년! (성실에게) 형님은 너무 말 없으시니까 저런 것들이 딴 세상 사람같이 여기고 그래요.

여하인2 (심술 난 듯이 퇴장하면서 오른편 마루 끝에서) 원! 신식 개화한 아씨라고 짜증이나 낼 줄 안담. 짜증이야 누가 낼 줄 몰라. 짜증을 내려면 계모 양반께나 내보지 공연한 이 양반더러 왜 그러셔.

여동생2 형님 그까짓 것들의 말을 아랑곳하지 마셔요.

성실 그런 것이 아니라 내 생활이 너무 참혹해서 그런다.

여동생2 그러니 어떻게 하우. 어서 염려 마시고 진지나 잡수. 언니나 나나 다 어머니 없이 자라난 탓이지요.

여동생1 (먼저와는 다른 표정으로 등장. 그러나 여동생2에게 시선을 주지 않음) 형님 좀 어떠세요? 아침에 제가 잘못했으면 용서해줍쇼. (부끄러운 듯이 고개를 숙임)

여동생2 (성실의 얼굴을 살핌) 새삼스럽게. (비웃음)

성실 (잠깐 말이 없음) 왜 그러냐?

여동생1 형님, 내 지금껏 너무 형님께 버릇없이 굴었습니다.

오늘 자성해보니까 얼마나 부끄러운지요.

성실 그래, 지금이 제일 좋은 때라고 동생은 내게 왔나?

여동생1 아니요. 이렇게 형님 앞에 뉘우치기는 좀 늦었다고 생각합니다. 그래도 안 그러는 것보다는······.

성실 아니다. 동생은 그 대가를 받고자 하는 것이다. 동생은 평소에 교만하고 부끄럼 없던 것을 이런 때 이용했어야 할 것이다. 언제든지 사람은 제삼자에게 자기가 누릴 행복을 구하여서는 옳지 않다. 어느 때든지 제삼자는 방해자가 아니면 무능력자이니까.

여동생1 그러나 형님이 아니십니까. 형님은 내 일에 대해서 제삼자라는 그런 냉정한 지위에 앉아 계실 수는 없지 않으십니까.

여동생2 언니는 어머니 되시는 제일 튼튼한 후원자가 계시지 않으십니까.

여동생1 (여동생2에게 눈 흘기고) 너는 참견할 것 없다.

여하인1 (급히 등장) 작은아씨 들어오시랍니다.

여동생2 누가.

여하인1 영감마님께서요.

여동생2 거짓말이다. 영감마님께선 벌써 출입하셨다. 큰형님을 그대로 두고 들어갈 수는 없다.

여동생1 내가 있지 않으냐. 동생은 마찬가지다.

여하인1 급히 급히 들어오시래요. (성실에게) 큰아씨, 작은아

씨더러 들어가라십쇼. (퇴장)

성실 동생아, 되어가는 일을 그대로 둘 수밖에 없다. 들어갔다가 나오너라. (여동생2, 입을 비죽비죽하며 퇴장)

여동생1 저어 형님, 사람이 행복하고 안 한 것은 사람의 임의로 못 하지요. (천천히 머뭇머뭇 말함)

성실 글쎄, 낸들 알 수 있나! (밥상 앞에서 식사함)

여동생1 만일 어떤 사람이 한 이성을 상사想思해서요, 어쨌든지 그 이성이 아닐 것 같으면 행복을 못 얻겠다고 달떠질 때 그 이성이 갚아주지 않을 경우에는 그 어떤 사람은 영원히 행복을 못 얻을 것이 아니오니까.

성실 그 어떤 사람은 눈이 더 밝아질 수가 있겠지.

여동생1 눈이 밝아지다니요.

성실 그 자신과 상대자를 분명히 볼 수가 있겠지.

여동생1 그럴 것 같으면 제가 영호 씨를 원한 것은 눈이 밝지 못한 일이지요.

성실 동생이 그 일에는 지혜를 많이 가졌을 것 같아도…….

여동생1 형님, 저는 요새 이 큰 번민 가운데 빠졌습니다. 저는 천치가 되었습니다.

성실 (밥숟가락을 놓고 한숨) 그럼 영호 씨는 동생과 약혼한 것을 처음부터 찬성 안 했더란 말인가. (혼잣말같이) 그럴 일도 없을 듯한데…….

여동생1 영철 씨의 부인과 어머니가 합의해서 그랬다나

봐요.

성실 그러면 동생이 어머니께 졸랐나.

여동생1 (말없이 머리 숙임)

성실 그런데 영호 씨가 동생에게 대하는 태도는 어떤지.

여동생1 길에서 만나도 모른 체하셔요.

성실 (생각함)

여동생1 그이는 부모 없이 그 아주머니 손에 자랐기 땜에 아무런 명령일지라도 다 들었대요. 그런데.

성실 아 — 그이는 오랫동안 가슴에 북받쳐오르는 반항을 참았다.

여동생1 (소리쳐 느낌) 형님, 제게 지혜를 빌려주시오. 저는 이 일 년간은 영호 씨를 생각지 않고는 제 행복을 꿈꿀 수는 없었습니다.

성실 (생각함)

여동생1 영호 씨는 그 아주머니의 말은 안 들어도 형님의 말은 들을 것이외다. 영호 씨를…… 내게……. (흐느낌)

성실 (생각함)

여동생1 형님의 말이면 그이는 들을 것이외다. 영호 씨를 내게로 전하여주시오. 형님 같은 병 앓는 이는 그를 행복되게 할 수 없습니다.

성실 (입을 감쳐물고) 나는 영호 씨를 내 소유로 알지는 않는다. 그는 절대로 큰 힘을 기진 한 사람이다. 나는 그를 좌우할

모책을 쓸 수가 없다.

여동생1 그런 형님이면 다만 두고라도, 나와 약혼한 영호 씨를 빼앗지 않는다고만 약속해주시오.

성실 그것은 용이한 일이다. 나는 영호 씨와 약혼치 않을 것이다. 결혼생활, 육적 관계는 내게 큰 금물이다.

여동생1 그러실 것 같으면 형님은 동생을 위해 이같이 애타게 구하는 보답을 얻어주시는 것이 좋지 않습니까.

성실 나는 동생의 연애문제에는 제삼자이다. 그리고 무능력자이다.

여동생1 그러면 형님은 이 동생에게 조그만 지혜도 빌려주지 않으시고 노력도 안 써주시겠습니까.

성실 나는 무능력자이다.

여동생1 아아 그러면 나는 형님을 천대 만대 저주할 수밖에 없습니다. 사람이 이렇게 곤궁해졌을 때 조그만 힘도 안 빌려준다는 것은 인정이 아니외다.

성실 나는 네 연애 혹 결혼문제에는 방해자는 아니나 무능력자이다. 다만 네 눈이 더 밝아지고 네 귀가 더 밝아지기를 바랄 뿐이다.

여동생1 나는 장님이나 귀머거리가 아니외다.

성실 너는 고요히 너 홀로 생각하면 내가 말하지 않아도 다 알 것이다.

여동생1 나는 그런 불안한 생각을 하려고는 안 합니다.

성실 먼저도 말했거니와 자기가 누릴 행복은 자기가 얻어야 할 것이다. 제삼자에게 구할 것은 아니다.

여동생1 세상이 다 캄캄해진다. (분한 듯 낙담한 듯)

여하인2 (등장하며) 큰아씨, 진지 다 잡수셨어요? (밥상을 들고) 가운뎃아씨, 마님께서도 생각이 있다고 들어오시랍니다. (여동생1, 하인2, 퇴장)

(무대 잠깐 고요함. 성실, 번민하는 듯이 엎드림. 무대 뒤에서 여동생2의 울며 부르짖는 소리 들림. 오십 세 여자의 꾸짖는 소리도 들림)

성실 (머리를 쳐들며 귀를 쳐들며 귀를 기울이고) 저 소리는 동생의 울음소리다. (눈물지음) 세상에는 저렇게 아프게 부르짖는 사람들뿐이다. 얼마나 무서운 일일까. 아아 저렇게 아프게 부르짖을 때엔 몹쓸 매를 맞나보다. 조물주는 확실히 무책임하다. 인간이 모든 책임을 지고 갈 수밖에 없다. 모든 것은 사람으로부터 시작했다. (기침. 다시 방바닥에 엎드림. 기절함. 무대 뒤로 사람 때리는 소리 들림)

부친 (등장. 외출했던 모양으로) 저 애가 (어깨를 쭈뼛쭈뼛하고 무시무시함을 보이며) 죽어 넘어졌나. 저것 (아주 무서운 듯이 걸어가 서서 성실의 몸을 흔들어보며) 아이고, 이 애가 정말 죽었구나. 폐병이란 이렇게 속히 죽는 것인가. 젊은 것이 가엾기는 하다. 그러나 내게 섭섭할 것은 없다. 제게는 내가 야속하게 한 일이 없으니까. (다시 성실의 몸을 흔들고 무시무시한 듯이 가슴을 짚어보고) 아직 온기가 있다. (급히 무대 끝으로 걸어나오며) 얘들이!! 얘들이!!

여하인1 (오른편으로 등장)
소동1 (왼편으로 등장) } 네, 부르셨습니까.
소동2 (왼편으로 등장)

부친 큰아씨가 기절하셨다. (소동2에게) 의사를 불러오너라. (소동1에게) 더운물을 끓여 오너라. (여하인1에게) 너는 이리로 와 아씨를 붙들어 상 위로 올리자.

(소동1, 2, 퇴장. 부친은 두 팔을, 여하인1은 두 다리를 처들려 함. 성실, 몸을 비꼬며 소리쳐 부르짖음)

성실 동생아, 얼마나 아팠니. 용서해라. 나는 가서 말리지 못했다. 동생아, 인생이란 그렇게 아픈 것이다. 기름이 말라서 등불이 꺼지기 전에 우리는 돌아가자. 거기는 자비하신 어머니가 기다리신다. 손을 다오. 손을 다오. 오오 안 믿는다. 어찌하랴. 우리들의 사이에 궂은 때가 격하여 골짜기를 지었구나.

(부친, 여하인1, 간신히 성실을 붙들어 침대 위에 누임. 성실, 가위눌린 것 같이 고요해짐. 부친, 성실의 머리 편으로 우두커니 섰고 여하인, 발치로 쓰러질 듯이 섰음. 여동생2, 얼굴에 상처를 받고 등장)

여동생2 아버지. (심술 난 듯이)

부친 왜 그러니. 웬 심술이 일어났느냐.

여동생2 나는 인제 참을 수 없습니다.

부친 무엇을 못 참겠단 말이냐.

여동생2 아버지는 장님이로구나. (혼잣말같이 부르짖음)

부친 이년 버릇없이.

여동생2 아버지 아버지, 내 얼굴을 못 보십니까.

부친 울어서 부었구나. 집안이 망하려니까 계집애가 울기는 왜 밤낮 울어. 옷이 없니 밥이 없니.

여동생2 아버지는 장님이로구나. 아이고 답답해라. 나는 인제 살 수 없다. (소리쳐 울음)

부친 허허 이것 내가 늘그막에 죄를 받나보다. 남의 집 과부를 얻어서 딸 둘을 낳아 데려왔더니 하나는 병신 하나는 독사 같은 년. 또 마누라는 마누라대로 벌써 십팔 년 전 자살해 없어진 첩을 못 먹어 내게 야단. 허허 이것 내가 죄를 착실히 받는걸.

여동생2 아버지 무엇입니까. 자식 앞에 부끄러운 줄도 모르고. 아버지는 우리 어머니를 죽였지요. 남의 부잣집 과부를 속여서 두 번이나 아이를 배게 하고. 그리고 어머니가 죽으니깐 그 자산을 다 가져다가 둘째 언니 모녀만 넉넉히 쓰도록 하시고. 우리는 먹든지 굶든지 매를 맞든지 눈을 흘기우든지 모르지 않으셔요.

부친 허허 요 년이 점점 악독해져가는구나. 제 어멈도 독한 계집이었다. (성실, 정신을 차린 듯이 일어남)

성실 우리 앞에서 어머니를 욕하는 것은 그쳐주십쇼. 우리에게 우리 모친은 우리의 고향이고 사랑입니다.

(다시 드러누움. 오 분간 고요함. 의사2, 고요히 천천히 등장. 부친, 기가 막힌 듯이 서 있음)

부친 영호 군, 오랜만일세그려. 어째 그 저간에 한 번도 볼 수 없었나.

의사2 네, 그 저간 안녕하셨습니까. 무엇 하는 것 없이 그리 되었습니다.

여동생2 (눈물 씻고) 선생님, 안녕하셨습니까.

의사2 탄실이, 공부 잘했소?

성실 (몸을 일으키려다가 탁 쓰러지며) 용서합쇼.

의사2 병인이 일어나실 수 있습니까. (진단 가방을 열며 성실의 침대 앞으로 가서 떨리는 음성으로) 좀 어떠십니까. (성실, 아주 괴로운 듯이 말하지 못함)

여하인1 아씨께서 조금 전에 기절을 하셨어요.

의사2 (주사함) (주사를 맞히고) 탄실이, 왜 이렇게 되도록 내게 알리지 않았소?

여동생2 아침에도 관계치 않았는데 아마 몹시 놀라셨나봐요. (의사2, 가방을 접어 탁자에 놓음)

부친 그 애가 폐병을 앓아서 그렇지.

의사2 그렇기도 하겠지만 몹시 쇠약하셨습니다.

소동1 (원편 끝에서) 네기, 벌써 끓여가지고 나올 것을 (물 주전자를 보이며) 마님 땜에 늦었네. 사람이 죽어간다는데 요것 해라 조것 해라 심부름만 하라니 물을 끓일 수가 있었나. (무대 앞으로 걸어나오다가 어깨를 쭈뼛하고) 노랑 병 든 의사가 오셨네. 저이가 가운뎃아씨 신랑 되실 이인가. 신부는 절구통 같고 신랑은 곰방

대 같담. 큰아씨나 작은아씨 같으면 좋지. 큰아씨는 제비 같고 작은 아씨는 꾀꼬리 같은데 하필 절구 부인이 좋을까.

부친 이 자식 주절거리지 말고 속히 가져오너라.

소동1 (물 주전자를 갖다가 탁자 위에 놓고 퇴장)

여동생2 (의사2에게) 형님께 더운물을 따라 드릴까요.

의사2 빨간 포도주가 좋지요.

부친 (여하인1에게) 애, 네가 가서 찬장에 있는 포도주를 가져오너라. (여하인1, 퇴장)

여동생1 (잘 차려입고 등장. 의사2에게 정성스럽게 머리 숙임. 의사, 우두커니 이부자리만 바라봄)

여하인1 (포도주를 가져옴)

의사2 (포도주 병을 받아 들고) 고뿌가 없습니다그려.

여하인1 (달음박질 퇴장)

의사2 고뿌 가져오거든 이 방이 조용하도록 병자만 남겨놓고 다 나가셔야겠습니다. 가벼운 병이 아니니까 좀 주의시킬 말이 있습니다.

부친 그러지. (천천히 퇴장. 여동생1, 퇴장. 여동생2, 퇴장하려다가 멈칫 섰음)

여하인1 (고뿌을 가져오고 퇴장)

의사2 (고뿌에 포도주를 따름)

여동생2 형님에게 술을 드리십니까.

의사2 탄실, 염려 마오. 형님을 주정꾼을 만들지 않을 터이

니. (미소 지으며) 이것 마십쇼. (성실에게 줌)

성실 (떨리는 손으로 받음)

의사2 (다 마시기까지 바라봄. 여동생2, 안심한 것같이 퇴장) 성실 씨, 어찌하셨습니까. 엊저녁에 그렇게 몇천 사람을 느껴 울리던 힘으로 오늘 웬일이십니까.

성실 불쾌했습니다. 왜 그렇게도 불쾌했는지요.

의사2 또 집안에 파란이 일어났었습니까. 탄실의 뺨에 상처가 심하지 않습니까.

성실 저는 아직 모릅니다. 아까 어떻게 했었는지 생각이 잘 안 납니다. 부실이와 무슨 의논을 하던 것밖에 생각이 나지 않습니다. (혼잣말같이) 그것도 무슨 말을 했던지요.

의사2 성실 씨, 일전에 내가 편지한 것과 같이 자기가 사랑하는 사람이 아니면 자기를 위해서 죽는대도 문제가 아니지요.

성실 (일어나며) 인제야 정신이 좀 납니다. 그러나 저는 영호 씨의 편지를 받아본 일이 없습니다.

의사2 (얼굴을 숙임)

성실 어떻게 하셨는지. (머리 숙여 생각함)

의사2 성실 씨, 요사이 제게 이상한 감정을 가지시지 않으셨습니까.

성실 일 년 전부터 그런 일을……. (부끄러움)

의사2 참 둘이 다 동경서 지낼 때엔 기꺼웠지요.

성실 에 ― 참 그때는 일요일마다 기숙사에 오셨지요. 그 뒤잔등만 부옇게 된 교복을 입으시고요.

의사2 저는 그땐 토요일이면 잠을 못 자고 좋아했어요. 종다리를 찾아서 구름 위에나 올라가는 것같이 그 기숙사 옆길에 벌써 들어서면 성실 씨의 피아노 소리가 들렸지요. (피아노를 가리키며) 그때도 저 피아노였지요.

성실 에 — 그때 저는 피아노 치고 영호 씨는 다른 학생들과 술래잡기하셨지요. 얼마나 몸이 빠르셨는지요. 한 번도 범은 안 되셨지요. 그러다가 나중에는 속아서 한 번 되셨지요.*

의사2 그때 성실 씨는 사람이 나쁘시던 것……. 지금도 저 혼자 웃어볼 때가 있어요. 그때 어찌했습니까. 자백해보시오. 에이, 성실 씨.

성실 무얼요. 무라카미 상이 눈을 뜨고 숨으시오 하는 것을 보았지요.

의사2 네 잎 구로 — 바 찾기 내기할 때도 안 속였소?

성실 호호.

의사2 하하 내가 따놓은 것을 그때 어떤 가느다랗고 긴 손이 와서 집어 갔지요. 그리고 언제는 또 당신이 네 잎 구로 — 바를 많이 따서 책갈피에 말렸다가 동무들에게도 나누어주고 무라카미 상의 오라버니에게까지 주었다가 뜻 있는 것이라니깐 대경실색하셨지요.

---

* 옛 술래잡기 노래에 '꼭 꼭 숨어라, 범 장군 나간다'라는 구절이 있다.

성실 그때 저는 아무것도 모르는 천치였어요.

의사2 시방은? (성실, 의사2, 머리 숙이고 웃다가 점점 슬픈 표정으로 변함) 저나 당신같이 쓴 생활 가운데도 한때 기꺼움은 있었지요.

성실 네, 가냘픈 그림자같이요.

의사2 제가 성실 씨를 뵌 것은 '음악절계'였지요. 그 곡조는 무엇이었던지. 옳아, 그것은 슈―만의 「사육제」의 '희롱'*이었지요.

성실 그 가운데는 영호 씨와 같은 고독한 영혼이 번잡한 길거리를 걸어가지요.

의사2 당신과 같은 그림자가 지나기도 하지요! 그때부터입니다. 나의 고독을 향락도 못 하게 된 것이······.

성실 같은 말씀을 몇 번 하시는지요. (잠깐 고요함)

의사2 나는 참 성실 씨의 의사로 왔습니다.

성실 ······미움이 조금씩 다른 사람들의 세상에 영생을 주려고 의사로 오셨습니까.

의사2 기다리시지요. 나는 시방 우리의 지나온 뒷길을 한 번 더 돌아다보아야겠습니다. 삼 년 전 이맘때였습니다. 성실 씨를 크신 뒤로 처음 뵙기는 그때였습니다. 음악회를 마치고 돌아오시는 길에 무라카미 상의 소개로 나와 인사를 하고 세 사람이 그 우에노공원을 지나올 때 빨간 동백꽃이 많이 떨어진 것을

---

* 슈만의 「사육제」는 21개의 짧은 소품으로 구성된 피아노 모음곡으로, '희롱'은 그중 7번 곡 코케트(Coquette)로 추정된다.

보고 무라카미 상은 연애하는 처녀 같다고 하니까 당신은 연애란 추악한 것이라고 앵둣빛 같은 얼굴을 숙였습니다. 그래서 나는 내 생각과 같은가 안 같은가를 알아보려고 어째 그러냐고 물었더니 어두워지니까 마비해지니까,라고 하셨습니다. 그때 나는 용기를 훨씬 내어서 무엇으로 그런 줄을 아느냐고 물었더니 대답하지 않으셨습니다. 그 후로는 매주 성실 씨를 방문하게 되었습니다. 그러나 성실 씨는 내게 아무 이야기도 하지 않았습니다. 오히려 내가 너무 친절히 할까봐 겁을 내셨습니다. 그리고 무슨 일이 있어도 한 주에 두 번은 만나주시지 않으셨습니다.

성실 저는 제 행동에 아무 의미를 가지지는 않았습니다. (먼저와는 다르게 극히 이지적으로 보임)

의사2 당신은 그런 어려운 표정을 짓지 않으실 때가 오겠지요. 성실 씨는 지금도 그때 맘이 조금도 변치 않으셨습니다그려. 저는 성실 씨의 의사로 왔습니다. 성실 씨는 전지轉地하셔야 될 것이외다. 빨간 동백꽃이 떨어진 것을 연애하는 처녀로 보지 않는 곳으로, 사람 사람들이 각종의 아름다움으로 기분 따라 변하는 곳으로, 마비라는 것과 어두움을 모르는 곳으로, 미워하는 이 세상을 위해서는 한마디 풍설도 남기지 않고 가셔야 할 것이외다.

성실 내 가슴에 미동하는 병균일지라도 남기지 않고 가겠습니다. (엎드려 흑흑 느낌. 의사2, 포켓트에서 가루봉지를 꺼내서 손 빠르게 고뿌에 넣고 포도주를 따름)

의사2 때가 지났습니다. 이것을 마시고 주무십쇼. 그러면 이 경성 안에서는 다시 못 뵈옵겠습니다. 새로운 땅에서 다시 뵈옵시다.

성실 이리 주십쇼. 이리 주십쇼. (고뿌를 받아서 주저 없이 마심) 저는 먼저 갑니다. 영호 씨…….

의사2 안녕히 주무십쇼. (급히 퇴장) 곧 가겠습니다.

성실 가서 기다리겠습니다. (침대 위에 사지를 주욱 펴고 바로 눕는다.)

(천천히 막)

의심의 소녀

1

 평양 대동강 동편 기슭을 이 리쯤 들어가면 새마을이라는 동리洞里가 있다. 그 동리는 그리 작지는 않다. 그리고 동리의 인물이라든지 가옥이 결코 비루하지도 않으며 업業은 대개 농사다. 이 동리에는 '범네'라 하는 꽃인가 의심할 만하게 몹시 어여쁘고 범이라는 그 이름과는 정반대로 지극히 온순한 팔구 세의 소녀가 있다. 그 소녀가 이 동리로 온 것은 두어 해 전이니 황 진사라는 육십여 세 되는 젊지 않은 백발 옹과 어디로선지 표연히 이사해 와 산다. 그 후 몇 달을 지나서 범네의 집에는 삼십 세가량 된 여인이 왔으나 역시 타향인이었다. 업은 없으나 생활은 흡족한 듯이 보이며 찾아오는 내객이라고는 일 년에 한 번도 없고 동리 사람들과 사귀지도 않는다. 그런 까닭에 이 동리에는 범네의 집 일이 한 의심거리가 되어 하절 장마 때와 동절 긴 밤에 담뱃대 털 사이의 이야깃거리가 되었다.

범네라는 미소녀는 그 이웃 소녀들과 사귀기를 간절히 바라는 것 같다. 혹 때를 타서 나물하는 소녀들을 바라보고 섰으면 이웃 소녀들은 범네의 어여쁜 용모에 눈이 황홀해져서 서로 물끄러미 바라보고 있을 때에 백발 옹은 반드시 언제든지

"야, 범네야, 야, 범네야" 하고 부른다. 범네는 가엾은 모양으로 뒤를 돌아보며 도로 들어간다. 또한 의심을 일으키게 하는 것은 삼 인이 각각 타향 언어를 쓰는 것인데 옹은 순연한 평양 사투리요, 범네는 사투리 없는 경언京言이며 여인은 영남 말씨다. 또 범네는 옹더러는 '할아버지', 여인더러는 '어멈'이라고 칭호한다. 모르는 촌 소녀들은 그 여인이 범네의 모친인가 했다. 촌사람들도 이렇게 외에는 범네의 집 내용을 구태여 알려고도 하지 않았다.

2

그들이 이사해 온 지 만 이 년이나 지난 하절이다.

어떤 장날 마침 옹은 오후 한 시경에 외출해 어슬어슬한 저녁때까지 집에 돌아오지 않았다. 범네는 심심함을 못 이겼던지 싸리문 안에서 문을 방긋이 열고 내다보고 섰다. 그때 동리 이장의 딸 특실이가 그 어머니를 찾아 방황하는 모습을 보고, 살며시 문밖으로 흰 얼굴만 나타내어 자기를 쳐다보는 특실이를

향해 미소하며 은근하게

"네가 특실이냐?" 특실이는 반갑게 그 토지어로

"응, 너희 하루바니 어디 가셨니?" 물었다. 범네는 어여쁜 얼굴에 웃음을 띠우며

"벌써부터 성내城內에 가셨는데……" 하고 말 마치기 전에 은행피 같은 눈꺼풀을 붉혔다. 두 소녀는 잠깐 잠잠하다가

"너는 아바니는 안 계시니?" 하고 특실이가 물으니 범네는

"아버지는 서모하고 큰언니하고 서울 계시구……" 또다시 눈꺼풀이 붉어진다.

"지금 같이 있는 이는 너의 누구가?"

"외할아버지하구 밥 짓는 어멈이다……" 두 소녀의 담화가 점점 정다워갈 때에 멀리서 옹의 점잖고 화평한 모습이 보였다. 범네는 특실이를 향해 온정하게

"내일 또 놀러 오너라" 하고 걸음을 빨리하여 옹의 옷소매를 붙들며 옹의 귀가를 무한히 기꺼워한다. 옹은 범네의 손목을 이끌어 싸리문으로 들어가며

"심심하던?" 한다.

범네가 이같이 특실이와 이야기한 것도 이 년이나 한 동리 앞뒷집에 살았지만 비로소 처음이었다.

3

 혹독한 여름 한가운데에 기다리던 가을이 기별 없이 와서 맑고 시원한 바람에 오동잎이 힘없이 떨어지는데 연년이 변치 않고 돌아오는 추석 명절이 금년에도 돌아왔다. 도시에나 시골에나 성묘 가는 사람이 이른 아침부터 그칠 새 없이 각기 조선부모祖先父母, 부처자녀夫妻子女의 떠난 넋을 위로하기 위해 술이며 음식을 준비해 남녀노소를 막론하고 북촌 길로 향한다. 새마을 동리의 범네와 옹도 누구의 묘에 가는지 그중에 끼어 있다. 어느덧 해는 모란봉 서편에 기울어지고 능라도 변에 연연한 잔물결은 금색을 띠었다. 이슬아침과 주간에 그리 분주하던 성묘인들도 지금은 끊어져 벌써 청류벽 아래 신작로에는 얼근히 취해 혼자 중얼거리며 돌아오는 사람이 사이사이 보이기 시작했다.

 대동강 건너 새마을 동리를 향하고 바삭바삭 모래를 울리는 늙은이와 어린아이 두 사람의 그림자가 보였다. 심히 피로해 귀촌하는 옹과 범네였다. 범네의 발뒤꿈치에 내려 드리운 검은 머리가 제 윤에 번지르하다. 대리석으로 조각한 듯이 흰 두 뺨에 앞이마 털이 한두 올 늘어져 시시로 불어오는 청풍에 빗날려 그의 아름다움을 더했다. 풋남색 비단 치마에 담황색 겹저고리 입고 분홍 신을 신었다. 실로 새마을 동리 소녀들과는 달리 '군계 중의 학'이다. 옹도 무언無言, 소녀도 무언. 소녀의 어여쁜 얼굴에는 어린아이에게는 없을 비애에 지친 빛이 보인다. 강기슭에는 저녁밥을 준비하는 촌부들이 있다. 처음 보는 바가 아닌데 이날은 더욱이 호기심을 일으켜가며 주목한다. 그중 한 아이

"어드매 살던 아이인지 곱기도 하다." 또 한 아이

"늘 보아도 늘 곱다. 한번 실컷 보았으면 좋겠다." 또 한 아이는 하하 웃으며

"범네야 어디 갔다 오니?" 하고 묻는다. 범네는 촌부들을 향해 눈만 웃으며 입 다문 채 옹의 뒤를 따른다. 이때에 대동문 밖 우뚝 솟은 커다란 벽의 이 층 양옥에서도 이편을 향해 망원경을 눈에 대고 바라보는 외국인인지 조선인인지 분별하기 어려운 신사가 있다. 신사는 급히 심부름꾼 아이를 부른다. 아이가 주인의 명을 받아 문 앞 녹색 작은 배에 제등提燈을 달고 속히 저어 강기슭을 향해 배를 대었을 때는 옹과 범네가 새마을에 들어갔을 때이다.

신사는 새마을 가는 길을 두고 다른 동리의 길로 향했다. 그 신사가 낙심한 안색으로 강기슭에 돌아왔을 때는 동천에 둥근 달이 맑은 광선을 늘여 암흑한 곳 몇 만민萬民에게 은혜 베푼 때이니, 평양 대동문 밖에는 전등 빛이 반짝반짝 불야성이요, 강 위에는 오늘이 좋은 날이라고 뱃놀이하는 작은 배가 루비 같은 등불을 밝히고 남녀 소리를 합해 수심가를 부르며 오르락내리락한다. 신사는 실심한 듯이 강가에서 바라보고 섰다. 한참 만에 힘없이 배에 올라 도로 저어 저편에서 내려 조 국장의 별장으로 들어갔다. 신사는 그 별장 주인일 듯싶다.

4

 강기슭에서 신사의 모습을 본 촌부 중에 '언년 어멈'이라는 남의 일 참견 잘하는 사람이 있다. 보고 싶은 범네도 볼 겸 범네의 집을 찾아가 신사의 일을 고했다. 옹은 별로 놀라지도 않으며 천연스럽게 언년 어멈에게 감사했다. 언년 어멈이 돌아간 후 두 시간가량이나 지나 옹과 범네는 동리 이웃에게 고별하려고 이장의 집을 방문했다. 옹이 이장의 집을 방문한 일도 이사 왔을 때와 이번뿐이다.

 동리 머슴들이 상자 일고여덟 개와 기타 가구를 강기슭으로 나르고 옹과 범네의 뒤에는 그 집 여인과 인심 후한 이웃 사람들이 별로 사귀었던 정도 없지만 전별餞別차 따라 나온다. 강가에는 마침 물아래로 가는 배가 있다.

 잔잔한 파도는 명랑한 달밤의 색채를 비추었다.

 뱃사공이 준비가 다 되었다 알릴 때 옹은 서서히 전별 나온 이웃 사람들에게 고별했다. 동리 사람들은 소리를 합해 떠나는 길의 안녕을 빌었다. 그 소리에 산천山川까지 소리를 합했다. 범네의 흰 얼굴은 달빛을 받아 몹시 처창히 보였다. 백설 같은 담요를 두르고 오슬오슬 떠는 모양이 감기에 걸린 것 같다. 범네도 떠는 목소리로 인사를 마치고 옹의 손을 잡고 차박차박 걸어 뱃머리에 오르다가 고개를 돌리며 둥글고 광채 있는 눈으로 동리 사람들을 한 번 더 본다……

밤은 깊어 사방이 적막한데 옛적부터 몇억만 년의 비밀을 담은 대동강 물이 고금古今을 말하려는 듯이 가는 물결 소리를 낸다. 배 젓는 노 소리는 물에서 철썩철썩 심야의 적막을 부순다. 배가 물아래를 향해 십여 간間쯤이나 갔을 때에 특실이가 "범네야, 잘 가거라!" 하니 저편에서도 범네가

"특실아, 잘 있거라 ─ " 한다. 그 소리가 양금洋琴 소리같이 떨려 들린다. 촌사람들은 배가 멀리서 희미하게 보이고 노 소리가 안 들릴 때까지 그곳에 서서 의논이 분분해 물이 밀어 그들의 발을 적시는 것도 몰랐다. 이장은 저녁때 일을 언년 어멈에게 듣고 머리를 기울여가며 생각하더니 한참 만에 언년 어멈을 향해

"그래, 그 신사는 어디서 옵디까?" 물었다. 언년 어멈은 시력이 좋은 편이라

"저기 보이는 우뚝 솟은 이층집에서 시꺼먼 것을 눈에 대고 보더니······."

이장은 또 한 번 머리를 기울였다. ······한참 만에 이제야 비로소 수년 내의 의심을 푼 듯이

"알았소. 범네는 재작년 봄에 자살한 조 국장 부인이 낳은 가희 아기구려." 일동은 무슨 무서운 말을 들은 듯이 눈이 휘둥그레진다. 이장은 한숨을 지으며

"불쌍한 아이!" 하고 부르짖는 듯이 말했다.

5

 이는 몇 해 전 가정의 파란으로 인해 자살해버린 조 국장 부인이 남긴 외동딸 가희이니 외양과 심지가 과히 아름다우므로 그 반대로 외조부가 개명해 '범네'라 한다.

 가희의 어머니는 평양성 내에서 당시 유명한 미인이었기 때문에 피서차로 왔던 조 국장의 간절한 소망에 이끌려 그 부인이 되었다. 부인은 재산가 황 진사의 무남독녀이니 십사 세에 모친이 별세해 부친 황 진사가 재혼도 하지 않고 금지옥엽같이 기른 바이다. 누가 알았을까. 그 화려한 가마가 형극으로 얽은 것일 줄이야. 조 국장은 세세로 양반이라, 농화에 교하고 사적에 묘하다.* 그는 세 번 처를 바꾸고 십여 명의 첩을 갈기도 했다. 화류에 놀고 촌백성의 계집까지 희롱하고 그의 별장에서는 주야를 가리지 않고 놀았다. 부인이 그에게 시집가 그 딸 가희를 낳았다. 육(肉)의 미는 스러지지 않기가 어려운 것이므로 남편의 난행은 부인의 불행과 같이 자랐다. 새로 들어온 첩은 남편의 사랑을 앗았다. 남편은 친척 관계도 끊었다. 전처의 딸은 매사에 틈을 타서 부인을 모함했다. 사랑을 원해도 얻지 못하고 자유를 원해도 얻지 못하고 이별을 청해도 안 들어 의심받고 학대받고, 갇혀 비관하던 나머지 병든 몸을 일으켜 평양의 별장에서 자살

---

* "꽃을 가꾸는 솜씨가 교묘하고 활을 쏘는 솜씨가 뛰어나다." 여자를 유혹하는 데 능하다는 뜻을 담고 있다.

했다. 길바닥에 인마人馬의 발에 밟힌 이름 없는 작은 풀까지 꽃 피는 4월 모일에 인세人世의 꽃일 이십사 세의 젊은 부인은 단도로써 목숨을 끊었다. 가련한 부인의 서러운 죽음이 멀리로 가까이로 전파되어 모든 사람이 흐느꼈다. 고어에 '사람은 없어진 후 더 그립다' 하는 것같이 그 후 조 국장은 얼마큼 정신을 차려 얼마큼 서러워도 했다. 그러나 늦었더라. 그 후 조 국장은 부인 살아 있을 때보다도 가희를 사랑했다. 그러나 그 외조부 황 진사는 조 국장의 첩이 총애를 한몸에 감으려고 하는 간책이 두려워 가희와 함께 가엾은 표랑의 객이 되었다. 언제쯤이나 표랑객인 가련한 가희에게는 화창한 봄날이 돌아올는지 —

절기는 여름, 가을, 겨울 세 계절이 지나면 반드시 따뜻한 봄이 오건만 —

불쌍한 어머니의 불쌍한 아이?

(1916년* 춘원 선생이 『청춘』 잡지에 뽑으신 것)

---

* 1917년의 오기로 추정된다.

조모의 묘전에

1

춘채는 유명한 고故 운계 여사의 어여쁜 손녀였다. 운계 여사라면 반도의 유일한 여자 묵화가이셨다. 생전에 어여쁜 춘채를 늘그막의 명예로 희망으로 광명으로 위안으로, 다만 여왕같이 귀히 귀히 양육했다. 임종에는 다만 보드랍고 섬약한 춘채를 심기 사나운 장남 부부에게 부탁해 자기의 재산을 상속케 하라고 유언하고 반명半暝했다.

운계 여사는 일찍이 친자식 아닌 장남과 차남을 분가시키고 장남의 서자庶子 춘채를 슬하에 총애하며 그 붓끝으로 쾌족快足한 생활을 더욱이 불렸다.

사람인 이상에 누가 장차의 운명을 미리 짐작하랴?!

운계 여사가 임종하던 늦가을에 그 손녀를 위해 김장한 깍두기, 김치가 눈 속에서 미처 산미를 가하기도 전에 장남 박상철은 재산가 김용달과 터를 잡고 영업했던 대사업이 실패로 돌아갔다. 그 책임에 상철이는 대대로 물려받은 재산과 춘채의 재산까지 몰수해 충당하지 않으면 안 될 경우에 이르렀다.

 춘채는 조모가 별세한 설움에 애달픈 눈물이 마를 새 없이, 요즈음의 일같이 즐거웠던 어린 시절의 추억과 어디까지든지 행복이었던 조모 생전까지의 생활을 억제해 한 옛적으로 미루고 약혼의 선고를 받은 지 십사 일이 지나 떡 치는 소리, 기름 냄새, 사람들의 웃음소리, 이야기 소리가 요란히 사람들의 각(覺)을 미혹케 하는 오늘 결혼식 바로 전날에 이르렀다. 신랑은 김용달의 외아들 김수영이란다. 그는 본처와 서로 뜻이 맞지 않은 것을 빙자해 모든 종류의 여자들을 희롱한, 결국은 도리어 어떤 여자의 희롱물이 되고 종국에는 배척을 받아 절정에 달한 분노가 일가에 파란을 일으켰다. 본처를 박대하고 학대하고 자식들을 구타하고 부모의 명을 어기고 반항했다. 그 일대 비극은 수영의 사나운 자포자기한 시선이 조모의 관 앞에 비탄하며 슬피 우는 춘채의 모습으로 평화롭게 향한 것이었다. 그리고 일 개월 반 동안 노력한 결과는 희극이 되어 춘채의 불행을 일으켰다. 수영에게는 박 씨의 패가할 운명이 좋은 기회였고 요행이었다. 춘채의 생모 없는 것이 기꺼웠고 춘채의 연약한 것이 기꺼웠고 학대받는 것이 기꺼웠다. 이는 운계 여사가 멀리 떠난 지 몇 달이 못 되어 변화할 비극의 싹이다.

2

 서촌 솔옷 동리 박 참서 집에는 혼인식 준비가 한창이다. 뒤뜰에 작은 산을 두고 조금 높은 대 위에 즐비한 가옥은 운계 여사의 설계도대로 건축되어 풍아롭다. 앞뜰 얼음 언 위로 하얗게 눈 쌓인 연못 언덕에 한 그루의 수양이 마른 잎을 단 채 고아하게 벗누어 제 긴 머리를 십이월 한풍에 날린다.

 대청 유리창 너머 겨울볕이 고요히, 보드랍게 단청을 입힌 과자그릇 과실그릇을 더욱 향기롭게 비췄다. 큰 시계가 오후 두 시를 알린다. 대청 왼편 안방에서는 방금 한 무리의 손님을 접대해 안사랑으로 보내고 난 뒤에 나이 사십가량 된, 심지칼같이 눈썹 지은 부인을 새로 들였다. 지금까지 부엌 샛문을 내다보고 하인들에게 음식 지휘를 하던 상철의 부인이 인기척에 돌아 일어서며

 "아이 형님, 어서 오셔요" 하며 반갑게 만난다. 그에 부인은 웃음을 지으며

 "얼마나 분주합니까? 그런데 애기는 좀 두통이 나았어요?"

 "네, 오늘은 나은 모양이에요. 애가 너무 고집스러우니까 제 이마를 다듬었어야 할 것을 두 번이나 오시도록……" 말을 마치지 못해서

 "그건 괜찮지만 내일이 혼인날인데 뽑은 자리가 불긋불긋하지 않을지요? 춘채 아기 이마에 솜털이 많아요?" 한다.

대청에서 멀리 떨어져 연못을 비스듬히 앞두고 시적詩的으로 오뚝 선 방 안으로 짙은 황색의 긴 장막을 들치고 유리창을 여는 섬섬한 백어白魚 같은 손가락이 보인다. 얼마 지나지 않아 고대의 남색 짙은 치마가 풀썩하자 창밖 바람에 흰 저고리의 긴 자주 고름이 빗날리며 비단 스치는 소리 부석부석 고운 그림자를 뒤쪽 마루로 감춘다. 두 자 넘는 검은 머리채를 옆에 끼고 둥그스름한 옥안玉顔을 숙이고 분란한 중문 안을 어느 틈에 지나 대문을 향하고 제비같이 달아날 때 대문 안에서 걸인에게 음식 주던 침모針母의 딸 이쁜이가 발을 동동 구르며

"아이, 언니 어디를 가셔요" 묻는다.

3

적설이 오륙 촌寸 되는 산길을 헤매는 두 여자는 춘채와 이쁜이다. 적설이 오륙 촌이다. 산 위에서부터 불어내리는 찬 바람이 저승에서부터 들리는 주악奏樂 소리같이 소나무 숲에 불어들린다. 차창槎蒼한 소나무 숲 사이로 한겨울의 양기가 비쳐 석상 위 눈을 쓸어내리는 남빛 치맛자락이 한 가지 그림자를 그렸다. 지면에 그득한 백설의 반영反映과 분묘 주위를 움직이는 남색의 반영에 눈이 부시다.

쌓인 눈을 방석 삼고 꿇어앉아 분향하는 저 여자는 휘황하도

록 화려하다. 가을철 푸른 하늘같이 공허하고 무념스러운 눈동자로 위를 우러러보는 큰 눈! 고요히 합장한 모양은 천녀天女같이 속세와는 달라 보인다. 석상 위 이생과 저생을 왕래할 향 연기는 차차 짙어져 위로 위로 올라 흩어져 신경을 예민케 한다. 이쁜이는 겁을 집어먹은 안색으로 사방을 살피며 늙은 소나무를 등지고 위로 곧추 전율하고 섰다. 춘채는 고요히 일어나 두 번 절하고 정숙히 그 조모의 묘전墓前에 고한다.

"할머님 할머님 ─ 할머님이 애지중지하시던 춘채이올시다. 할머님의 대양보다 깊고 넓은 사랑의 품 안에서 자라 할머님의 가산을 상속해 때때 절절節節이 할머님 전에 성묘할 손녀의 행운의 길이 다한 줄 살피시옵소서. 손녀의 어린 시절에 손녀를 잠들게 하시려고 하시던 할머님의 역사 이야기 속 왕소군王昭君의 운명은 손녀의 운명이요, 비단 찢는 소리를 듣고 웃음을 지었다는 포사褒姒의 초라한 심리는 이 손녀의 마음이 변해 감정적으로 기운 심리올시다."

석양에 천세千歲를 지나 더욱 깊이 향색을 더한 남색의 광채, 모든 색과 색을 혼합해 순결한 백설의 섬섬한 광채는 미와 영화를 지극히 찬란하게 한다. 이쁜이는 일종의 말할 수 없는 소감에 선녀 같은 춘채의 얼굴을 황홀히 바라보고 섰다. 한결같이 낭랑한 음성은

"이날이 다하면 할머님과 같이 행복을 누리던 박 씨 댁을 떠나 치욕의 혼인과 더불어 김 씨 댁 문안에 머무를 손녀의 비운

을 할머님이시여 — 아십니까? 모르십니까? '타박네'가 산과 물을 건너 그 어머니의 몸 진 곳으로 다박머리가 길어 백발이 되도록 걸어갔다는 당진의 옛말을 저승은 멀다는 것으로 생각했더니 할머님께서 가실 때는 이승과 저승 사이가 종이 한 장보다 얇아 보였었나이다. 할머님 생전에는 막연히 그 손녀에게 범접지 못했던 것을, 죽음이야 무참하여이다. 별세하신 후 이 개월 차지 못한 양육의 은의恩義로 고독한 손녀의 간절한 소원을 거절하고 어버이의 명령을 불복한 다음, 할머님의 사랑의 손길이 시시로 어루만져주던 손녀의 등에 적모嫡母의 채찍이 빗발 내리듯 하였었나이다. 할머님께서 금지옥엽같이 길러주신 십칠의 생명이 원수 되어 금전에 바뀌어 물품같이 유탕자遊蕩子의 희생이 되어가는 손녀의 운명을 어찌하오리까. 할머님이시여, 굽어 살피시옵소서."

그 음성은 떨려 들린다. 안색은 파랗게 질렸다. 신체는 의연히 동요치 않는다.

"이 비참한, 운명에게 저주받은 손녀를 영구히 치욕 보이지 않는 당신의 분묘 속에 은닉시켜주시옵소서."

말소리를 그치고 숙였던 고개를 바로 한 그는 감격한 것같이 공상적 눈으로 우러러본다. 저편 하늘에서부터 겨울 찬 구름이 엉기엉기 이편을 향해 몰려온다. 홀연 산기슭 아래를 내려다보던 이쁜이는 분묘 앞으로 달음질해 가서 춘채의 어깨를 흔들며

"아이 춘채 언니, 아어 나는 잊어버리고 또 언니의 이름을 불

조모의 묘전에

렀지. 저 산 밑에 영감마님과 마님이 올라오십니다."

"아아 —" 묵묵하다. 춘채는 생각 외로 태연하다. 비범한 그 눈을 스르르 감으며 슬며시 그 앉은 눈 위에 쓰러진다. 청색을 띠는 혈색 거친 얼굴! 뻣뻣해지는 사지는 지금까지 살아 있던 춘채 같지 않아 이쁜이는 놀람과 두려움에 소리쳐 울며 부르짖으며 언니의 몸을 흔든다. 금색을 띠는 석양빛이 그 신체를 비출 뿐!이다. 이쁜이의 애달프다 못해 산 밑으로 달음질해

"마…… 마…… 니……님 언니……가…… 기절했……어요" 하는 울음 반 말 반 소리의 그 — 산울림이 우렁차다.

4

춘채는 기절했던 이후 병세가 더해 불치의 병의 침략을 받게 되었다. 아침저녁으로 괴로운 힘 없는 기침, 숨참, 각혈은 그 동리에 긴 병이라고 전해져왔다.

꽃의 시드는 것과 떨어짐을 애석해하는 것은 시인의 심정이다. 유탕자는 깊은 산에 나날이 시들어 말라가는 산백합을 돌아도 안 볼 뿐 아니라 봄철에 다만 이삼일을 만개했다 일시에 눈보라의 풍정風情을 본받는 도화桃花의 이름 있는 기생을 첩으로 삼았다. 상철 부부는 춘채를 김수영과 약혼시켜 그 부채를 담당치 않고 춘채의 상령스럽고 정직한 심지에 감화를 받아 이제 가

련한 실낱의 생명을 학대치 않는다. 하나 오늘이나 내일이나 끌어가며 채 끊어지지 않는 것이 춘채 자신에게는 귀찮았다. 춘채가 지루한 병석에서 지루한 겨울을 지내고 얼마큼 차도를 보였다가 다시 무거워진 것은 사월 중순이었다. 하나 두뇌는 건전했으므로 어여쁜 행동의 언어로 주위 사람들을 느끼게 했다. 그는 바람 시원한 어떤 날 저녁에 멀리 바라보이는 녹빛 호수 같은 보리밭을 망연히 보다가 붓대를 들어

```
보리 이삭에 봄바람이야          내 가슴에까지 불어
갔던 봄철 돌아옴을              마음껏 느끼게 하도다.
지난 봄철과 같이                영원에 돌아간
나의 자랑 나의 행복             모든 과거의 환영들이
연못가에 청자색 이끼로           몽롱히 나타나도다.
오오 나의 유시幼時는 꽃이면      저 심홍深紅의 우미인초였지.
보리 이삭에 봄바람이여           불어 불어와서
연엽蓮葉의 백로白露를 진주같이   영원한 허무의 세상에
괴로움 애달픔 다 같이           고요히 구을려라.
```

춘채가 병들어 누운 이후로 매일 가는 학교에서 돌아오는 길을 급히 서두르는 것은 이쁜이였다. 그래서 춘채의 하소연에 매일 어여쁜 소리로 장송가를 부른다. 춘채는 그 노랫소리에 매일 고요한 수면을 탐했다. 일시 감정에 치우쳤던 춘채의 혼은 이쁜

이의 온순한 위로에 소생해 천국을 이상理想하는 어렴풋한 신앙이 최고도에 달했다. 오늘도 스스로 지은 글을 읊다가 피곤한지 이쁜이를 간신히 불러 옆에 앉히고 자리에 누웠다. 그 병실에서는 이상한 조율의 노랫소리가 들려 춘채는 잠자는 것같이 영영한 안면安眠을 이루었다. 엷은 햇빛이 창을 비춰 신비하게 저 아직 어린 혼을 보호하는 것 같다. 이로부터 칠 일 후에 꽃을 덮은 관이 운계 여사의 묘전에 묻혔다. '숙녀박춘채지묘淑女朴春菜之墓'라고, 춘채는 그 조모의 묘전에 영원히 묻혔다. 춘채는 새 예수교인이더라.

해 저문 때

K는 오랫동안 용돈을 갖지 못했다. 그는 하는 수 없이 그 선대의 지기인 듯한 C 댁에 가서 남부끄러운 돈 한 장을 꾸어 오면서 비로소 양화 수선하는 집에 들러 두 달이나 전에 부탁한 양화를 찾아 신었다.

해져버린 양화에 밑창만 고쳐 단 것이 이상스럽게 발에 맞지도 않았다.

뚜벅뚜벅 소리를 안 내려고 하면 할수록 더 남부끄러운 발소리가 들리는 것이었다.

K는 기회를 놓친 의용병같이 풀 없이 정동 네거리 미국영사관 뒷길로 걸어가는 것이었다. 어느 풍류남의 사람 흉내인가 하여 귀 기울이려 하지 않았던 것이 이날만은 여지없이 피로한 심신이 고개를 돌리면서 아주 황홀했다.

쓸쓸한 거리 끝에
임 오실 리 없거늘

그리운 정 넘쳐서

오신 듯 달떠진다

행여나 같은 모양

눈앞에 버려지리

K의 그리운 남자! 그는 젊고 씩씩한 청년이었다. 본래 음악학교 연구생으로 하지 않아도 될 방황의 길을 나섰던 것이었다.

주머니에 돈은 없고 인품만 있었던 까닭에 그의 향상심이 일상 우울증으로 변해갔던 것이었다. 설상가상으로 많은 유혹이야말로 감당하기 어려웠다. 그는 두어 번이나 불량배의 미인계에 빠져 그리운 K와도 이 년 동안이나 작별한 것이었다.

비슷한 체격 비슷한 걸음걸이일지라도 K의 습관인 숙녀 기풍이

"당신이 나의 반가운 페─터 씨 아니오─" 하고 묻고 싶은 말 한마디를 못 걸었다. 그러나 어두움 속에서라도 그 자신의 발소리가 그이의 것을 닮아가는 것을 어찌할 수 없었다.

어스름 저녁때 청년의 말 못 할 반가움이 설움으로 북받쳐 올라오는 것이었다. 청년은 발 빠르게 앞서갔다.

담뱃불이 반짝반짝 두 그림자를 지켜주는 별빛 같았다. K는 자기의 하숙집으로 감사한 사례를 하면서 들어갔다. 그의 신변이 위험한 때 순간의 환영이었을지라도 반가웠다.

K의 가슴속 어느 날 어느 시 페─터와의 정다운 사이가 잊

힐 리 없었다. 인간의 희비극 일절을 다 페―터에게 이르는 것이었다. 그중에서 가장 정다운 편지 몇 장을 적으면

삼월 십육 일 평양서
당신의 K

그리운 페―터 씨, 나는 지금 나의 출생지인 평양에 돌아와 이곳의 아름다운 황혼을 즐기고 있습니다.

오― 페―터 씨, 요전까지 연회색 빛이던 목단봉 일대의 마른 나뭇가지들은 금향색으로 불그레한 빛을 띠어가나이다. 부벽루 위에 서서 능라도 근처를 굽어보노라면 인공으로는 본도 뜨지 못할 자연의 조화를 그 아름다운 그림 속에서 찾았나이다. 맑고 깨끗이 흐르기로 유명한 강물 밑에 마름(고초藁草)들이야말로 말할 수 없이 아름다웁더이다. 마치 유록색의 조화랄지요! 마탄강의 물소리도 의구히 은은한 듯합니다.

그러나 이전 청명한 천기와 풍부한 물산을 지니고 있던 평양성은 지금 의외로 몹시 더딘 문명의 보급을 꿈꾸고 있나이다.

평양성 내를 한 걸음만 나서도 사면이 밭이고 장대현長臺峴 석비레 언덕바지에 오래된 천주당만이 뚜렷이 보이고 그 언덕 아래로 큰 기와집이 즐비하던 평양은 물론 아니요, 나즈레한 강변 집들이 여름이면 수해를 입어가면서도 분에 넘친 선창세를 받도록 흥정거리가 많던 이전의 평양과는 색채가 달라졌더이다.

인가가 너무 들어앉아버린 평양 시가는 미관을 잃어버린 듯도 싶지요. 따라서 이전에 내가 즐기던 석음(Dämmerung)*의 흑화黑畵 같던 숲도 그 우아한 맛을 잃어버린 듯합니다.

맑고 아름다운 풍광, 티끌이 일도록 깨끗한 한길, 자연 그대로 헐지 않은 목단봉 일대, 그 외 행로에 더러운 것을 버리지 않던 열성이 지금은 한 옛적의 옛말이 되어버렸습니다.

그러면 페—터 씨, 내가 그곳에서 그중 작은 유치원 생도로 소학교에 입학하던 때는 좋지 않았겠습니까?

Alles neu macht der Mai,

macht die Seele frisch und frei.

Lasst das Haus,

kommt heraus,

Windet einen Strauss.

Rings erglänzet Sonnenschein.**

그전 학교에서 배운 노래를 이따금 부릅니다.

페—터 씨, 그전에 페—터 씨는 내가 가는 곳마다 가만히

---

* 독일어로 어스름, 여명, 황혼을 뜻한다.
** 'Alles neu macht der Mai'라는 제목의 독일 민요의 한 부분. "모든 것을 새롭게 하는 5월./영혼을 상쾌하고 자유롭게 해요./집을 떠나,/밖으로 나오세요./꽃다발을 엮으세요./사방에서 햇살이 빛나요."

해 저문 때 131

오신다고 말씀하신 일이 있습니까? 비행기 많이 다니는 하늘을 우러러 그리운 말 하소연하다가도 페―터 씨가 우리에게로 오셔서 쓸쓸하실 것을 생각하면 돌연 고개를 숙입니다.

평양에도 어느덧 봄이 와서 목단대 부근은 산책인의 유흥에 겹습니다.

페―터 씨, 당신은 어디서 살고 싶습니까. 나는 평양 출생이라도 평양에 어느 반가운 친척 하나 사는 것이 아니라 나를 희생시켜 살겠다는 구더기 같은 인생들이 보일 뿐입니다. 그들에게는 아무런 희망도 약속되어 있지 않은 것입니다.

페―터 씨, 내 글씨가 서툴러지고 문장조차 거칠어지는 것을 어떻게 생각하십니까.

이것이 평양의 생활 정경에서 생긴 산물인 것을 어찌하리까?

사 개월 동안이나 머물면서 우리들의 흥미 많은 학업을, 또한 생활을 전개시키기에 불편한 지대임을 알고 떠날 준비를 분주히 하나이다.

물산의 풍부와 생활의 안존을 잃어버린 평양! 공연한 허명만 세상에 떨치고 그 실상 무위무능한 유민이 턱없이 이익만을 바라다가 허기가 진 모양입니다. 지금까지 점복占卜을 숭상하는 것이 웃음거리입니다. 그러나 그들은 명랑성만은 지니고 일상 쾌활해 보입니다.

나의 사랑하는 P 씨, 당신은 그동안 한량없는 원한을 가지셨을 것입니다. 그러나 나는 누구나 천주를 섬기기에 적당한 이

천주의 집에서 떠나지 않으실 것만을 빌고 바라고 있나이다.

그러나 내가 P 씨에게 고향을 보여드리고 싶었던 무언 가운데 유언이 효력을 잃은 허사일까마는 지금 내 경우 내 심지로는 P 씨에게 사죄하는 수밖에 없답니다. 그야 누구든지 사람이면 그중 사랑하는 자기 친구를 자기의 고향에 부르고 자기의 집에도 청하지 않습니까. 그러나 나는 십 년 만에 고향에 돌아오면서 천하의 고아임을 느끼는 형세, P 씨를 천주의 집 외에는 부를 도리를 몰랐나이다.

페―터 씨, 당신을 내 마음속에서 영원히 잊어버리지 않으려는 열성을 아십니까. 그리고 나의 외로움을 아십니까. 그전에는 어찌 살아왔는지, 또한 어떠한 환경에서 생겨났는지 말씀드리고 싶지는 않습니다. 그저 생겨나오면서 무한한 애수를 품고 있는 것은 선천적 환경으로부터 내게 전해진 것이 사실입니다. 그리고 또 나는 내 전반생前半生에 커―다란 죄악이라고는 갖지를 않았던 것입니다. 나의 어학 선생님은 나를 다른 사람에게 비평하기를

"그 얼굴에서는 조그만 악의도 찾을 수 없다" 하신 것이 내 마음에 맞은 비평입니다.

페―터 씨, 당신 계신 곳 가까이 다니면서 나는 한층 더 단정한 여자가 된 것이 사실입니다. 그리고 신앙생활을 시작한 것이 사실입니다.

페―터 씨, 나는 당신 같은 친구를 금전과 바꾸지 않습니다.

(또 실상 사람을 물품과 바꾸는 수야 있습니까?)

나 알기에 내가 그중 당신께 유익하게 할 것이요, 인습에 얽매인 신세로라도 그중 사랑하겠노라는 것입니다. 그리하여 내 마음속에 나와 페—터 씨와의 우정을 버리지 않으려 함은 마치 이 자아와 성당과 사회를 사랑하는 일과 같을 것입니다.

오월 십 일

K로부터

나의 페—터 씨에게

외로운 신세에 의지할 곳 없는 심지가 나날이 당신에게로만 순화되어가는 것을 느낍니다.

그리하여 나의 의복은 이전과 다름없습니다. 그뿐 아니라 거리를 지나가면서 여자들에게까지 양복洋服을 권하고 싶은 생각이 납니다.

조선의 옷 제도는 거추장스러운 것이 결점입니다. 만일 조선 부녀들 생활에 의식주의 편리를 도모해준다면 공동으로 무슨 사업 하나가 생겨날까 하는 것이 사실입니다.

그렇다고 나는 결코 P 씨 없이 ××××들이나하고 불유쾌한 것을 참아가며 살아갈 생각은 티끌만큼도 없습니다.

그들은 나와 소학교 시절부터 성적 다투던 버릇이 남아 지금은 내가 조선 안에서 생활상 안정이라도 얻었을까 겁이 나는

지 내 신상에 대해 갖은 인간 포학은 다 공상하고 있는 모양입니다. 그러므로 나는 이 사회언론계에 글을 써주고 유쾌한 때를 가져보지 못했습니다. 그러나 그뿐이겠습니까.

근 십 년간, 조선을 떠나 있던 재작년에도 나를 알지도 못하는 못난 교도들이 자신들의 경영지에 나의 악평을 써서 나는 분한 대로 동경 앵전경시청*에 고발한 일까지 있지 않습니까?

그—때 M보 기자로 있을 때도 어느 방향 기사에 나는 분명히 '영국 검교檢橋'라 써주었는데 영국 런던 캠브리지 운운했지요.

전번 다시 M보에—'생활의 목표'라고 글을 썼더니 구태 '생활의 기억'이라고 고쳐버리고 글의 내용도 반 넘어나 의미 없이, 하다못해 심지어 유년기의 회상 가운데 닭 간을 주더라 썼더니 찌꺼기로 고쳐버리는 따위 수두룩이 잘못하고 맙니다.

일일이 저들의 악행을 적어놓는다면 황무지에 잡초를 하나 둘 뽑는 것이나 같을 것이지요? 저들은 이전에도 나의 젊음과 약함을 기회로 갖은 험담, 갖은 악설을 다 내 일신상에 모아놓으려고 하던 것입니다.

페—터 씨, 당신은 나 모르는 동안에 나에게 굳이 약속되어 있는 이가 아닙니까? 그렇지 않으면 어찌하여 당신은 이 미개한 곳에 나를 보호하려 오신 것입니까?

* 도쿄 사쿠라다경시청

그런 것을 저 암흑한 무리들은 나와 페―터 씨의 깨끗한 우정을 빼앗아가려고 갖은 악의를 다 품는 것이지요? 그리고 방해하는 것이지요?

우리의 맑은 생활감정이 그들의 더러운 계획에 용기를 잃고 앞길을 막아버릴 것 같지는 않습니다. 이 믿음이야말로 내가 성당에 발 들여놓기 시작한 이래로 얻은 보물입니다.

그리고 지금까지 잊어버렸던 말씀이지요마는, 나는 이전에 입던 의복이나 잡은 것을 하나도 소유하지 못하고 대부분 남에게 주고 말았습니다. 유행을 잃은 의복은 좋지 않습니다.

다만 페―터 씨를 그리는 마음만이 한량없이 늘었을 뿐입니다.

페―터 씨, 당신이 이같이 인정에 주린 여자를 상상이나 하실 것입니까?

나는 이 며칠 전에 수은동 뒷골목에서 어린아이를 하나 거두어주었지요. 그 아이에게는 어딘가 나의 모습이 있다고 하더니 자세히 들여다보면 P 씨의 모습도 완연합니다. 그 어린아이는 어찌나 나를 따르는지요. 잠시도 나를 떠나고 싶지 않으므로 일이나 되는 길을 나를 따라 터덜터덜 걸을 때가 많습니다. 나는 단지 그 어린아이와 P 씨를 사모하는 마음만을 소유하고 있습니다. 이전의 생활을 전부 저들의 사기에 잃었으므로 나는 일상 외국에 살고 싶습니다. 그 원인을 끄집어내자면 목표 없는 생활의 압증壓症이랄까요.

가령 어느 동리에 대학을 졸업한 부부와 약간 자본을 가지고 영리를 할 줄 아는 무지한 아내와 남편, 이렇게 두 쌍 부부가 있었더라고 하면 생활상 좋은 목표가 되기 쉬운 것은 전자보다 후자일 것이니 결국 전자는 생활상 곤란하고 후자는 생활상 여유가 있어 보이므로 그 동리 사람이 일치하여 전자보다는 후자의 생활 상태를 이상적 생활 표본으로 삼을 것입니다.

그리하여 그들의 이상 속에는 학식도 연구도, 또는 양심의 발로인 고상한 예술의 표현도 아주 필요하다고 생각을 못 하게 될 것입니다.

따라서 생활상 창작이라고는 꿈꿀 수도 없이 남의 것을 훔치려는 피상적 모방에만 급급하는 수밖에 없을 것입니다.

그러므로 그들은 남의 얼굴 표정까지 본뜨다가는 그만 미개한 상태의 애인 쟁탈전도 사양치를 않는 모양이랍니다.

페 ― 터 씨, 나와 내가 구해준 시몬의 약하고 어린 두 몸이 인간생활 수평선에 가닿으려면 이 험한 생활의 고해를 어찌해야 하겠습니까? 때마다 앞이 암암할 뿐입니다.

오오 페 ― 터 씨, 어디 계십니까? 미개한 인간의 일들이 남의 육체미를 흠잡으려 하기를, 자기 집 도마에 사다놓은 고기 한 점같이 여긴답니다. 일상 성당에를 다닙니다. 그리하여 악의를 가져보았던 일은 하나도 없습니다. 어디 계시든지 천주의 보호 밑에 사시는 것은 우리 기원의 성취일 것입니다.

손님

1

 단속적으로 비 많이 오던 작년 칠월 십삼 일, 누구든지 이 해에 서울 살던 이들은 그 사납게 바람비 부딪치던 무서운 날을 잊지 못할 것이다.
 이날 이른 아침부터 서대문 밖 심 장로 집에서는 일기가 점점 사나워지는 것도 헤아리지 않고, 맨 처음에는 딸 삼 형제와 사내동생이 다 같이 발을 벗고 나서서 어제 먼지 털어놓은 자리를 문창살마다 유리창마다 한꺼번에 길이 나도록 물걸레와 마른걸레질을 했으나, 한 시간도 못 되어서 갑순이는 모친이 병원에 갔으므로 그 대신 부엌일을 돌보게 되고 을순이는 부친이 대필을 시키려고 불러 간 뒤로는 삼순이와 순오가 아래위층 유리창이며 심지어 수통 앞까지 전속력으로 반듯하게 치워놓았다. 뒤에 위층에서 아버지의 대필을 마치고 내려온 을순이는 그 동생을 놀리는 어조로, 자기는 숫제 안 하던 일같이 "작은아씨 무섭구려. 아주 그렇게 일하는 것 보니까 개미 같구려. 저 아씨가 저렇게 힘을 내다가는 내일 일이 무섭지" 하고는 삼순이가 머리에 매었던 수건을 풀고 손을 씻으려고 부엌으로 가려는 뒤를 쫓아가서 그 전신을 뒤로 젖혀서 꼭 끌어안으려는 흉내를 내고, 미미히 웃으며

"얘, 아주 대열성이로구나. 암만 생각해도 그 많은 정열을 그 찬 키 ― 위에는 못다 쏟아놓겠니? 그래서 인제부터는 사람의 하 ―트를 하 ―프를 흔들어놓자는 작정이지. 그래, 마음껏 해보아라. 사람은 내 불러다주마. 그렇지만 이 바람, 이 비풍에 어디 누구를 오라 하겠니. 더군다나 그 변화 있는 손님이 올지 말지. 그러나 삼가야 한다. 사람은 우리가 지금껏 생각해오던 하나님이 아니니까. 또 너는 나와 다른 사람이고" 하면서 삼순이가 그 익은 앵두알 같은 얼굴에 불쾌한 기색을 올리고

"언니는 별소리를 다 하지. 공연히 사람을 놀리는 셈이요, 빈정거리는 셈이요? 참 순결치도 못하오" 하는 소리를 들었는지 말았는지

"언니" 하고 큰 소리를 내면서 부엌으로 내려갔다. 삼순이는 그 둘째 언니의 뒤를 따라서 같이 부엌으로 가기는 너무나 서먹서먹했다. 그뿐 아니라 그 존대한 자존심을 욕보여서, 그러지 않아도 꼭 다문 입을 피가 나라는 듯이 한층 더 깨물고 뜰앞 수양 가지가 이리 불리고 저리 불려서 부딪힐 때마다 우지끈 딱딱 소리를 내고 꺾이는 것을 불쾌해서 참을 수 없는 듯이 바라보다

가 유리창 부딪는 소리가 나자 그 부친의

"왜, 비 오는 날 청소를 하느라고 다 치워놓은 것들을 열어서 파손을 하니" 하고 꾸짖는 소리에 놀랐다. 하늘은 점점 검푸르죽죽해졌다. 바람은 점점 사나워졌다. 누구든지 '칼멘'* 같은 미신가는 아니지만 불길한 징조같이 생각 안 될 수 없었다. 삼순은 무엇을 생각했는지 그 얼굴에 자줏빛을 올리고

'아아 이 오실 손님은 나를 아주 살려놓든지 나를 죽여놓든지, 끝을 볼 것 같다. 이렇게 나를 움직여놓는 사람이 소로민**같이 나를 지배할 사람인지 아닌지도 또 나를 민중의 앞에 내놓아서 인도해줄 사람인지 아닌지도 나는 모르고, 그이가 귀족이면서도 민중의 설움을 알고 시인이면서 시를 안 쓰고 다만 천지는 사라져도 사람의 속에 자유를 구하는 마음은 안 없어진다는 칸트의 말 번역한 것 같은 한마디에, 퍽 성질이 너그러워서 그 공장 사람들을 잘 지도한다는 칭찬 한마디에 조선의 소로민인 것 같아서 이러는 것 아닐까. 아니다, 딱히 무슨 조건을 가진 것 같지도 않다. 아아, 내가 타락하는 것 아닌가. 무슨 일로 나는 그 좋아하던 피아노가 치기 싫어졌는가. 어째서 외국 사람마다 흉보는 이 조선 사람의 마음들과 부딪쳐보고 서로 알게 되자는 생각이 들었나? 그렇지만 지금은 벌써 소로민의 시대가 아니고 훨씬 앞서서 직접 행동할 시대인데 이 나머지 얼마 동안을 살든

---

* 오페라 「카르멘」에 등장하는 집시 여인 '카르멘'
** 이반 투르게네프의 소설 『처녀지』(1877)에 등장하는 인물 '솔로민'

지 죽든지 먹든지 굶든지 생각할 대로 전심으로 해보고 모로 갈까 바로 갈까 결정하고 곧 행동할 때인데. 그러나 나는 내 생각에 믿음을 가질 수가 없어서 누구에게 물어보자는 것이 아닐까. 아무렇든지 속 깊이 사람을 만나자는 뜻은 있었어도 누구를 지정해서 만나려고 감동해보지 못했던 내가 오늘 이렇게 참 그 난봉 같은 둘째 언니의 말처럼 대 열성을 내어서 손수 청소를 다 하지 않았나' 하고, 우두커니 섰을 때 순오가 눈물 자국이 아직 마르지 않은 얼굴로

"작은누님" 하고 급히 내려와서, "아버님께서 불러오라구" 하면서 무슨 근심이 있는 듯이 삼순을 보았다. 삼순은 순오의 뒤를 따라서 이 층으로 올라갔다. 그 뒤로 갑순이와 을순이는 밀떡 부친 것을 쟁반에 담아 들고나와서

"삼순아"

"순오야" 부르다가 더운 김이 나는 것을 덮어 치웠다. 그들은 보기에 스물이 훨씬 넘어서 갑순이는 스물칠팔 세쯤 보이고 을순이는 스물댓쯤 보이고 그 뒤로 삼순이가 스물셋쯤 보이고 순오가 열일곱쯤 보였다. 갑순이는 작년까지 서울 어느 예수교 학교에서 교편을 잡고 있다가 영남 지방으로 출가해서 살림하다가 잠깐 친정 와 있고, 을순이는 동경서 음악학교에 다니다가 졸업도 못 받고 나와서 자칭 음악가로 거들먹거리고, 삼순이는 동경여자대학 인문과 2년급에서 피아노 잘 치기로는 바로 음악학교 선생보다 낫다는 칭찬을 듣던 재주꾼이었다. 그리고 하고

싶은 일은 기어이 해보고야 마는 몹쓸 열정가였다. 그러나 그의 아름다운 동그란 얼굴은 그 지독한 열정을 감추고 때때로 연약한 표정을 한다. 그러므로 어떤 사람은 그를 모르고 약한 편으로 돌리나 어떤 사람(그 학우들 중에서)은 그 애는 고운 얼굴을 가진 이리라고 별명을 지었다. 또 어떤 사람은 말 못 할 독종이라고 무서워했다. 그것은 그가 과도하게 공부를 해서 선생들이 놀라워하는 것을 보고 건성 별명 지은 데 지나지 않은 것이지, 아무도 삼순의 열정을 불이나케 스치고 달아나고 휩쓸고 쓰다듬던 피아노 소리 외에는 본 일이 없었다.

바람은 점점 미쳐 덤비고 천둥은 땅을 울리고 비는 점점 굵어져서 천변天變이 대단한 속도로 땅을 음습해왔다. 유리창 부딪는 소리가 또 한 번 요란히 나고 그 부친의 걱정 소리가 거듭거듭 들렸다.

갑순이와 을순이는 비풍에 잃어버리기 쉬운 말소리들을 간신히 주워서 듣고 들리고 하면서 무엇이라고 할 때에 낙뢰 소리가 바로 가까이 들리는 듯이 사람들의 귀청을 뚫는 듯했다. 그들은 하려던 이야기를 그치고 놀랄 뿐이었다.

사나운 날씨는 점점 사나워져서 바람은 화단의 꽃 뿌리를 파넘기고 씩씩히 자라나오던 연잎들을 분질러서 뜰 한편에 부러져 아주 떨어지지 않은 버드나무 가지가 이리저리 휩쓰는 대로 그 요란함 같은 얼기설기 휘질러 널브러진 위를 빗방울이 줄달음질해서 짓밟는다. 이 층에서는 이 요란한 비풍 소리에도 안

진다는 듯이

"또 을순이 났군. 너희들 믿고, 평생 살기에 걱정 없는 땅을 팔아 없애고 빚을 태산같이 졌는데 그것을 모른대" 하는 우렁찬 아버지의 꾸지람 소리가 들렸다.

갑순이와 을순이는 서로 보고 근심스러운 듯이 눈짓을 하다가 비가 좀 가늘어졌을 때 을순이가

"아버지는 삼순이를 믿으시지만 사람을 잘못 보셨는걸. 그 무서운 파괴성과 결벽증을 가진 삼순이에게 부모 봉양하라고? 차라리 나를 믿으시지" 하고 웃었다.

"얘, 말 마라" 하고 갑순이는 을순이에게 눈짓을 하면서 "망했으면 너 혼자 망하지, 왜 또 삼순이에게 남자 교제를 시키려고 드니. 그래서 그 애가 오늘 그 청소하느라고 법석하던 모양을 못 보니. 시험 치르고 나와서는 아이고 언니, 돼서 아무것도 못 하겠어요 못 하겠어요 하던 애가…… 오늘 그 청소하느라고 덤비고 돌아가던 것이 네가 시킨 것이나 다를 게 무엇이냐. 나는 주인성이라는 사회주의자인, 또 사업가를 겸했다는 사람을 모르지만 남의 말을 듣자니 장하긴 한가보더라마는, 아무쪼록 삼순이는 바람나지 않도록 늙은 부모님 봉양시키는 것이 옳지 않으냐" 하고 을순이를 책한다. 을순은 미안한 듯이 낯을 붉히며 웃다가

"내가 뭐랬소. 조선이 다 아는 주인성 씨, 또 일본에 갔던 주인성 씨, 하필 내가 소개 안 한다기로서니 그 애가 왜 모르겠다

손님 145

고 그래요. 언니는 그 애가 일본 가서 그 학교 기숙사 안에만 꼭 있다니까, 여기 어느 학교 기숙사 안 같은 줄 알고 그러시오. 아 — 조선서도 회당마다 남녀석을 튼 것이 몇 해 전이라고 그러시오. 또, 그렇게 남자 교제를 숫제 안 시킬 필요야 어디 있어요. 그 폐단을 키우다가 나중에 급해져서 사람 못된 것한테라도 반해버리라고 그러시우" 하고 어디까지든지 유희적으로 갑순이를 놀리고, 그 자신 그리고 모든 인생을 놀려버리려는 듯이 정말을 말하는 체하면서도 을순이는 웃을 뿐이다.

"너는 못된 것들하고 놀아서 배운 버릇이 웃고 떠들 줄밖에 모르니. 그 소위 귀족 계급들하고 다니며, 대감이니 영감이니 하고 너 자신을 그것들의 놀림감으로 만들고, 또 나머지로 좀 놀려보고 그래서 네 온몸에 밴 것이 그런 유희적 기분뿐이냐. 좀 사람질 좀 해요. 삼순이가 그렇게 밤새워 공부하고 나와서는 아이고 돼애서 돼애서, 하고 피곤해하는 것이 누구 탓이냐. 다 — 네가 방탕해 학비 많이 갖다 쓰고 난 결과로, 그 애가 부모 봉양하려고 그러지" 하고 낯을 붉히고 을순이를 꾸짖었다. 을순은 물론 야속하다고 생각은 하지만 단지 그 형이 의지의 사람이라서 을순이와 같은 초월이니 경험을 위해서니 하고 덥석덥석 안 갈 데 못 갈 데 다 가고 안 할 일 못 할 일 다 해보는 지적인 사람과 의견이 안 맞아서 그렇다고 아주 간단히 우습게 생각할 뿐이다. 그에게는 모든 것이 우습다. 자기의 목숨이 금방 없어져도 우습고 또 아니 할 말로 자기가 사랑하는 사람이 불같이 노할 일에도 우스운 것이다. 말하자면 우습다는 것은 그의 자긍도 되고 장기도 된다. 그는 모든 사람을 자칭 낙천가식으로 음악가식으로 웃기고 놀린다. 물론 그 가운데서 그 자신이 어떤 남자에게

"여보시오, 우리 부인의 승낙받고 나하고 석 달만 삽시다그려" 하는 말을 듣는 것은 기쁜 소식을 듣는 듯한 일이었다. 그러면서 그는 전술을 가졌노라는 듯이 이 남자 저 남자와 한꺼번에 친해서 여기저기 시기를 일으켜서는 그 자신의 미운 얼굴과 없는 재주를 가리고, 거기 또 하나의 수단은 일 잘한다는 자랑이다. 그것은 허물이 아니지만 삼 년이나 음악학교 문을 드나든 위인으로 배운 피아노는 게으름으로 못 하고, 자칭 독창적이라는 것(자기류로 아무렇게나 하는 것)과 소위 일 잘한다는 것은 그 게으름을 말하는 것인 줄을 스스로는 모른다.

그러므로 그의 첫 번째 직업은 이 남자 저 남자 만나는 것이고, 두 번째 직업은 자기보다 얼굴 곱고 재주 있는 사람의 흉을 지어서 선전하기이고, 세 번째 직업은 유탕한 남자들의 썩어버린 심리 연구다. 그러다보니 그의 종국의 생활의식이 모두 다 우스워지고 모두 다 협잡꾼의 노름같이 보였다. 그러나 그는 자기가 이 서울 안에서 내몰린 사람으로, 못난 사람으로 여겨지지 않는다고, 이것은 서울 사회 누구나가 공평히 아는 일이라고 생각했다. 집에서 그 부모와 갑순이에게 멸시받을 때는 서운하지 않은 것이 아니지만 그 대신에 품는 생각은

'돈 있는 사람에게 시집가지, 그때도' 하는 껑충 뛰었다가 떨

어질 결심이다.

그러나 을순은 때때로 그 부모나 동무들의 심사를 펴놓는 듯한, 즉 웃음의 술법과 잠깐 손심부름 되는 재주를 가졌다. 그러므로 그는 불쌍하지 않은 듯했다. 코끝을 찡긋하면서 그 형의 말을 듣던 을순은

"아 — 언니, 왜 이러시오. 삼순이만 동생이고 나는 동생 아니란 말이오. 내게도 그만한 고생은 있다우" 하면서 싱긋싱긋 웃고 일어나서 전화실로 가면서

"다 — 아버님의 잘못이지" 하고 좀 성이 난 듯이

"서 푼짜리 사업에 다섯 푼 허비한 요리값이지" 하고 그 형에게 등을 보였다. 갑순은 을순의 늘씬한 뒷모양을 가만히 바라보다가

"사람두" 할 뿐이다.

이때 마침 대문간에서는 인력거 소리가 나고 울어서 눈이 퉁퉁 부은 삼순이가 이 층에서 내려와서 갑순이를 붙들고 다시 눈물을 흘리며 "인제 나는 더 못 살아요" 했다. 갑순은 을순에게 화를 냈던 뒤라 좀 데면데면하게 보고 일어서서

"너희들은 어째 그러냐. 나는 집에 있을 때 그래 본 일이 없건만 참 시집에서 별소리를 다 듣는데 그러고들 어떻게 된단 말이냐. 하나는 실없이 웃기만 하고 하나는 너무 새빨개서 덤비고……" 하면서 그 모친을 마저 들이려고 저 — 편 마루 앞으로 갔다.

2

 이날 태평통 신흥여관 제8호실에서는 서너 사람이 주인성이라는 평양 안의 제일가는 사업가를 찾아서 이야기를 했다. 그는 마침 서울에 와 있는 중이었다.

 "역시 무슨 사업도, 그 사회성과 보통 사람의 심리를 잘 이해하고 못하고 하는 데 달렸어요. 그러기에 그 시대를 모르는 사람치고 무엇을 성공해보기란 어려울까 해요" 하고, 약간 얼굴이 해쓱하고 넓은 이마를 가진 주인성 씨가 이야기했다.

 "그야 그렇지요" 하고 변호사인 듯한 사람이 주 씨의 말에 대찬성을 했다.

 "그런데 우리 평양 사람의 심사는 그것참 모르겠더군. 급히 불뚝했다고 보면 벌써 조금 후에는 허허 하고 웃으니까" 하고 신문기자 같은 사람이 물었다.

 "아니요" 하고, 주 씨는 급히 시계를 꺼내 들고

 "전화 건다더니 안 거나. 시간이 지났는데 또 놀리는 속셈이로구나. 참, 이상한 여자야" 하고 혼잣말을 하고

 "내 생각에는 평양 사람은 사람에게 부림받거나 부리거나 할 때의 심정이 대단한 줄 아는데요, 더욱이 그 정직한 듯한 것은, 실상 그런 것이 아니지만 그들의 능란함인 줄 아는데요" 하고 대답했다.

 "그렇고 말고……" 하고 이번에는 교육가 같은 사람이 주 씨

의 말에 찬성하고 그 옆에 앉은 변호사 같은 사람이 편치 않은 마음을 헤아리는 듯이

"왜 어떤 여자 친구와 약속한 일이 있습니까" 하고 은근히 물었다. 주 씨는 서슴지 않고,

"네, 저 ―그, 심을순이……가 저녁 같이 먹으러 자기 집으로 오라고 했는데 한 번 더 전화를 건다더니" 할 때 마침 여관 하인이 방문 앞에 와서

"전화 왔습니다" 했다. 주 씨는 그리 급하진 않은 듯이 문을 열었다.

사납게 오던 비는 약간 보일 듯 말 듯 은실같이 가늘어졌다. 주 씨가 문밖으로 나선 뒤에 방 안에 남겨진 세 사람은 이런 이야기를 했다.

"윤 변호사, 오쟁이 지지 말게."

"왜, 난 그만 그 왈패에게 단념일세. 그 대신 그 빨간 장미 같은 삼순이가 내게 온다면 심 씨 댁 채무를 다 탕감하고라도 맞아 오지. 뭐니 뭐니 하고 뒤 떠드는 여자들보다는 공부를 해도 꼭 숨어서 하는 얌전이가 나은 법이야. 누구든지 심삼순이라면 그 유명한 심을순이의 동생인지도 모를 뿐 아니라 문학에 대해서나 음악에 대해서나 어디까지 소양을 가졌는지도 모르지만 그 연구성이 착실하긴 아마 조선 여자들 가운데는 다시 없을걸……."

"자네 그렇게 아나. 잘못일세. 그렇게 착실히 연구한 여자면

지금은 활동할 시대인데 그렇게 숨어 있을 리가 있겠나. 필경 을순이만큼 능하지가 못해서 숨어 있는 것이지. 공연히 보지도 못하고 저러지."

"아니, 그럴 수야 있나. 말은 못 했지만 며칠 전에 정거장에 마중까지 갔었던걸."

"그런데 형제와 다 — 관계해도 좋은가."

"그 — 런 법 없지……."

"무엇이 그런 법 없어."

"자네는 며칠 전에 을순이 이야기만 하고 다니지 않았나. 소위 연애한다고."

"여보게 좌우간 한턱 쓰게."

"한턱은 주 씨더러 쓰랄 것이지. 이제 윤 군은 오쟁이 질 판이지. 나도 잠깐 들었지만 을순이 동생은 심독한 여자라던걸."

"그러면 주 씨는 가보고 더 고운 것 취하란 법 없나."

"그러게 말이야, 윤 군은 오쟁이 질 판이야."

"그런 심독한 여자면, 새빨간 장미면 하필 명망 있는 사람만 좋아하나. 무명의 영웅도 좋아하는 것이지……" 하고 떠드는 판에 주 씨가 크지 않은 몸집을 그 방 안에 들여놓았다. 그이는 웃으면서 방문 밖에서 들은 것을

"왜? 어느 어른이 오쟁이 질 염려가 있어서 그러시우? 바로 말씀하시오. 내 지울 힘이 있더라도 맹세코 아니 지울 터이니" 하고 다시 웃음감을 장만했다.

손님 151

세 사람은 하하 웃으며

"윤 군!"

"윤 군!"

"윤 군 마음새 편안해졌나" 하고 나중에 교육가 같은 친구가 물었다. 주 씨는 역시 웃으며

"어디 내게 그런 힘 없나 보오. 밥 먹자더니, 밥은 안 먹고 일곱 시 반쯤 해서 이야기나 하러 오라니" 하고 말했다.

"흥, 당세의 명망가도 바가지 같은 미인한테 허리를 굽히시는 모양" 하고 누가 얼른 가만히 대꾸를 했다.

주 씨는 한참 말없이 앉았다가

"참 흥미 있는 여자야. 세상에서 무엇을 요구하는지 어떻게 살아갈지를 아는 것 같애" 하고 가만히 생각했다.

"그 확실히 무슨 힘을 가졌어요. 어려서부터 연설한다고 회당에서 인기 끌던 것 생각하면 심상치 않아. 그, 난봉 소리는 듣지만" 하고 윤 변호사가 아직도 칭찬해볼 미련이 남아 있는 것처럼 말했다.

방 안에 앉았던 사람이 이렇게 이야기할 동안에, 주 씨의 저녁상이 들어왔으므로 세 사람은 일어서서 나갔다. 나가는 길에 윤 씨는 무엇이 거리끼는지

"주 군, 오늘 저녁에 심 씨에게 가나" 하고 물었다. 주 씨는 그 대답하기가 심히 불편한 듯이

"글……쎄…… 봐야 알겠네. 아마, 안 가기 쉬워……" 했다.

방 안이 조용해진 뒤에, 저녁을 먹고 난 주 씨는 담배를 피우면서 여관 하인을 불러서

"전화가 오든지, 사람이 오든지, 다 없다고 해라" 하고 가을날같이 서늘한 흐린 날씨를 무거운 기분으로 불쾌히 생각하는 듯하나 그 한편으로는 유쾌한 기분을 감출 수 없어하는 것 같다.

주 씨는 다시 시계를 꺼내 보았다. 그이는 거진 시간이 닥친 것을 유쾌히 생각하는 듯이 다시 담배 연기를 내뿜고 천장을 쳐다봤다.

대청에 걸린 큰 시계가 여섯 시 반을 땡 하고 쳤다. 주 씨는 나머지 삼십 분을 얼크러진 생각 속에 들어서 담배를 태운다.

'무엇인지' 하고 알 수 없는 듯이 생각됐던, 아 ― 얼마나 분망하게 사람의 가슴을 흔들어놓는 여자일까. 내가 영국서나 일본서나 여자들을 많이 보았지만 을순이와 같이 품격이 낮은 여자가 이렇게 내 맘을 끌어가는 것을 일찍이 본 일이 없었다. 확실히 얼굴 미운 을순의 능력뿐이 아니고 무엇이 확실히 이 사회의 오류가 그 반면으로 그를 요구하게 된 것이다. 누구든지 그 생활이 귀찮으니까 그 마음이 답답하니까, 모든 것을 다 ― 잊어버리고 무엇이든지 웃겨놓고야 마는 을순이가 반갑게 생각될 것이다. 그러나 그것은 일시적일 것이다. 괴로운 생활을 잊자고 아편을 빨듯이 그가 부르는 노래는, 소위 요릿집에 저미다 남은 고기는……? 내가 이러다가는 이 컴컴한 서울에 이끌리지? 확실히 서울은 어두운 기분을 일으킨다. 본래 내 고향이

지만 어두움이 어쩔 수 없이, 나를 평양으로 내쫓는다. 오오, 이 어두움 ― 이 도회 안에는 이상야릇한 여자들이 다 ― 모여들었지. 그래서 그것들이 거의 다 ― 남자의 힘들을 시선들을 합해서 그 얼굴들 위에 초점을 박자는, 즉 광을 박자는 것이지. 지혜 없는 거짓으로 된 장난이지만 사람은 너 나 할 것 없이 그 유혹을 피하지 못하고 이끌리면서 간신히 생활을 유지하고, 이 사회제도와 도덕적 관념에 타협하는 광고판을 그 얼굴들 위에 붙인다. 그것은 사람의 생활정책상 할 수 없는 일이겠지만, 사람마다 그 속에 모 ― 든 사람들과 공론되는 도덕적 관념이 없고 제각기 문란하면 광고판도 소용없건만, 그래도 무엇이 남아서 사람을 비평할까. 모 ― 든 사람이 웃는 그 소위 '연애'인지 '사랑'인지는 모 ― 든 사람이 바라다가 못 이룬 것이거나 싫어진 것이기 쉽고, 농락弄絡은 인정상 용서하지 못할 것이라 하나 누구든지 일상생활에서도 없애버리지 못하는 습관이다. 그러나 그 습관과 같이 된 우리의 농락은 너무나 심각해서 그 생명까지 내던질 때가 있지 않은가, 아 ― 얼마나 천한 생명일까. 농락에 내놓는 생명이면, 역시 농락에 좌우되는, 농락되려고 즉 학대받으려고 생겨난 생명이 아닐까. 우리의 생활의식은 거짓으로 찼다. 무엇의 힘이 부족한가. 우리의 교양 중에 무엇이 결핍되었나. 역시 엄숙한 종교의 힘이다. 진정한 사랑의 힘이다. 엄숙한 심각한 신앙의 힘이다. 하나님을 알고 그 이상적 그 하나님 안에 머금은 도덕률, 즉 사상의 조건을 지켜야만 하겠다는 의지가 없어서 그렇다. 모두가 농락이었다. 글자를 가지고 지위를 가지고 광고판을 가지고 마지막에, 생명을 가지고⋯⋯. 아아 역시 을순이는 미련한 여자는 아니다. 그는 이 기회를 타서 서울 안에 덩굴을 뻗었다. 누가 청년치고 그의 이름을 안 부르는 사람이 있을까. 그가 부른 노래를 다시 안 부르는 청년이 있을까. 농락으로 찬 사회, 모든 것을 웃어버리지 않고는 못 살겠다는 사회, 무엇이 이 가운데 생겨나지 않나. 새빨간 구슬 같은 생명의 정기로 뭉쳐진 무엇이, 나와 너를 또 사회를 깨뜨려주지 못할까?

연기가 그 방 안을 희미하게 둘러쌌다. 주 씨는 일곱 시 치는 소리를 듣고 일어서서

'갈까 말까' 하는 듯이 좌우로 머리를 흔들다가 누구든지 그 방문 밖에 와 섰더라면 주워들을 만큼

"빨간 장미! 더 심각한 투명한 새빨간 구슬! 내 생명이 되리라는, 내 도덕적 대상이 되리라는 약속은 없었던 것이다!" 하고 그 올맺은 음성이 부르짖는 것을 들었을 것이다.

주 씨는 보기에 서른두엇쯤 보이는 이상히 빛나는 눈과 마음껏 넓은 이마를 가지고 뻗어진 이를 감춘 입술이 힘껏 닫히기 쉬운 표정을 가진 얼굴이었다.

그이의 아래위를 가지런히 다스린 듯한 체격이 회색 세비로*

---

* 신사복 정장을 일컫는 일본식 표현

를 입고 심 씨 댁 문 안에 들어섰을 때는, 바로 일곱 시 반쯤 되었고 비는 아주 오는 체도 안 했으며 그 어지럽게 널렸던 심 씨 댁 뜰은 곱게 쓸려 있었다. 심 장로도 마침 개성 갈 일이 생겨서 떠난 뒤라 을순이 꾸민 시간표도 퍽이나 공교해서 만일에 떠드는 손님이었더라면 마음껏 떠들어도 무방했다.

3

"그런 것은, 다 — 초월해야 생명의 비약이 있지 않아? 삼순이 생각은 너무 치밀해……. 아이 그 언젠가 나더러 음악회 하자고 왔던 동열인지의 남편이 글 쓴다고 땅 위를 걸어가자는 말을 땅속으로 걷자고 써서 이것은 두더지에게 하는 말인지 사람에게 하는 말인지 모르겠다고 웃은 일이 있지만 그 반대로 너무 그렇게 판 짜듯 해나가는 것은 사람치고는 답답할 것 아니야" 하고 을순이는 한시름 놓고 열심히 문답하던 인성과 삼순 사이에 잠깐 방망이를 들었다.

"언니는 일종의 과대망상 교도야. 모든 것을 건설해나가야 할 시기에 있는 우리는 그 길 중간에서 마땅히 한 일을 초월하고 비약할 필요가 없지요. 우리는 다만 착실히 걸어나갈 뿐입니다. 나는 조금 전에 주 선생님을 뵙기 전까지, 우리는 다만 어느 기회에 몸을 던져서 행동을 하면 좋을 줄 알았었지만 지금 우리에게는 다시 깨뜨려놓을 아무것도 남아 있지 않은 동시에 비약하고 초월할 아무것도 인정할 수 없는걸요. 우리는 이미 깨뜨려지고 흐트려놓은 것을 정리하고 우리의 모든 관념을 새로 가진 후에 굳센 믿음으로 우리의 새로운 이상을 실현할 뿐이지요."

"옳습니다, 삼순 씨. 이상이 없이 초월이니 비약이니 하는 공상적 문구는 우리의 시기에 적어도 이 혼돈 가운데서 모조리 세워나가야 할 이 시대의 사람들은 머리 가운데서 건성 뛰어보려는 생각을 떨쳐버려야 합니다. 다만 착실히 우리의 지식을, 더욱이 자연과학을 힘써 나아가야 할 것입니다. 나도 아까 삼순 씨를 만나기 전까지는 우리에게 깨뜨려버려야 할 것이 있는 줄 알았지만 우리에게는 사실상 아무것도 남아 있지 않았습니다. 우리는 이조李朝에 이르러서 조약과 개혁과 독단적인 합병에 그동안 아무 의식 없이 당했다가 남은 것이라고는 아무것도 없는 것입니다. 다만 한없는 낙담뿐이겠지요. 그 후에 '월손' 씨의 민족자결론*이 우리를 번민시켰지만, 첫째 철학적 무지는 고사하고 과학적 무지이고 경제적 무지인 우리는 그 번민의 자취를 남겼다 하기도 부끄럽습니다. 이제 우리 앞에 또 한 번 아니 오랫동안 우리를 번민하게 할 것이 있지요. 그러나 무지한 우리가 건성 뛰어든다기로서니 자각이 없으면서야 무슨 위로가 있겠습니까. 우리가 다 ― 뛰어들어 편한 세계이면 우리보다 우월

---

* 미국 대통령 윌슨이 1918년 발표한 민족자결주의

한 민족들도 뛰어들겠지요. 거기서 그러한 상태가 정리되는 날까지 무지한 설움을 안 받을 수 없겠지요" 하고 주 씨는 잠깐 을순이를 바라다보고, 그 빛난 눈과 뺨을 가진 참되고 지혜스러운 삼순을 보았다. 삼순은 다시 말을 꺼냈다.

"선생님, 우리에게 적이 되는 것은 낙담과 외로움의 사이에서 생기는 유희적 기분과 자포자기가 아닐까요. 그리고 또 하나 제일 더럽고 싫은 것은 혼돈의 어지러움으로부터 나오는? 남을 해치는 것이지요. 도덕상의 의무로 남의 발전, 아니 사회의 부분적 발전이라도 가하지요……를 방해하는 죄악일 뿐 아니라 감정상으로도 진정한 초월을 아는 사람이면 생각할수록 그 자신의 비루함이 보이련만 그것들을 생각 못 하고, 지금 이 처지보다 더 흉 되는 흉이 없고 그 정경에 너와 나의 구별도 없으련만…… 이 혼돈을 기회로 그러는 것이 다 적이겠지요. 더욱이 어떤 사람을 알지도 못하고 또 안다고 하지도 않으면서 거짓말로 그 사람을 음해해서 세상에 광고하는 것은 무슨 죄악일까요. 제가 말씀드리는 것은 여자의 말다운 것이라고 웃으시기 쉽지만 제가 여자이니까 역시 그런 세밀한 데서부터 보여요. 그리고 세밀한 데서부터 생활의식을 고쳐야 하겠다고 생각이 들어요."

을순의 얼굴은 내내 그 동생에 대한 노염을 가졌고, 삼순은 모—든 것을 다— 잊고 또 모든 것을 다— 알고 온전히 그 의향을 주인성에게 말하는 듯하다. 주 씨는 일일이 삼순의 말을 옳게 듣는 듯이 그의 정밀한, 일찍이 을순에게는 보여본 일 없는 듯한 웃음으로 그 잡미雜味 없는 얼굴을 빛내고 듣는다. 삼순은 다시 말을 이었다.

"선생님께서 말씀하신, 우리를 껑충 뛰어들고 싶게 오래 번민케 하리라는 것은 소비에트 이상국에나 해당되겠지요. 선생님 거기는 먼저 제가 말한 조그만 도덕상 의무와 감정상 그릇될 염려를 가지지 않은 사람들이라야 능하지 않을까요. 모 ── 든 불필요한 것을 헤아릴 줄 아는 사람. 모 ── 든 부도덕이라도 말이 될지요? 제가 말하는 도덕은 영원한 이상에 위반되지 않는 것을 가리킵니다. 즉 개인의 발전(아무도 해하지 않고 하는 발전)을 방해하지 않을 만한 의지가 있는 사람이고…… 또 선생님께서 말씀하신 무식하지 않은 사람이라야 들어갈 자격도 있고 진정으로 공명할 것 아닙니까."

"옳습니다. 적어도 이 우주가 큰 조직체인 줄을 알고 공동동작共同動作하는 공생계인 줄을 알고 사람의 생명이 존귀한 것임을 아는 사람이라야, 남의 것을 내세우려는 이 혼돈의 노예가 되지 않은 사람이라야, 공동동작의 한 부분을 맡아서 일할 만한 사람이라야 능할 것입니다. 또 그러한 자격이 있더라도 감정적 동물인 우리는 모 ── 든 방해물을 없애고 다 같이 태평세계에 드는 것이 아니라면 정 들인 강산에 같이 나서 같이 울고 같이 꿈꾸는 부모형제를 어찌 잊겠습니까."

"거기에 번민이 있다는 것이지" 하고 을순은 비로소 입을 열고 빈정거리는 듯도 하게 쾌활히 웃었다.

"그렇지요" 하고 주 씨는 긴장했던 기분을 잠깐 늦추는 듯이 을순을 보고 쾌활히 웃어 보였다.

이 찰나에 삼순은 무엇을 '앗' 하고 놀라는 듯이 그 날쌘 눈치로 주 씨를 살폈다. 주 씨는 그것을 알자 '아차' 하는 듯이 눈을 크게 뜰 뻔했으나

"삼순 씨 더 이야기 안 하십니까?" 하고 미안히 말했다. 그것은 직감적으로 삼순에게, 표정상 술책이로구나! 하는 의심을 일으켰으나 그의 얼굴에 활기가 드넘치는 듯해져 의심을 풀었다.

이때 마침 층층대 아래서

"작은누나" 하고 순오의 음성이 들렸다.

'필경 손님 대접하는 것이로구나' 하는 생각이, 이 층에 앉은 세 사람에게 다 같이 알려졌다.

삼순은 마침 좋은 기회를 얻은 듯이 약간 피로를 고칠 겸 얼른 일어서 내려왔다.

"아이고 그 장황한 이야기에, 하품 나 —" 하고, 을순은 삼순이가 내려간 뒤로 을순을 보고 역시 웃어 보이던 주 씨에게 책하는 듯도 하게 말을 꺼냈다.

"형제분이 아주 다르시구려. 의가 좋으신 형제인데 어찌 그리 다를까" 하고 주 씨는 을순의 괴로움을 모르는 듯이 말했다.

"이 어른이 왜 이러세요, 좀 놀려보려는 속셈이시구려. 가만 잠깐 계시우. 내 아래층에 가서 전화 걸고 오게" 하고 을순은, 주 씨의 동의를 기다리지도 않고 내려가는 것을 주 씨는 다사한

사람처럼

"그만두시구려. 오늘은 독창 안 들려주시오?" 하고 을순을 막았다. 을순은 내려가려던 길을 멈칫하고

"참, 삼순이더러 피아노 치라고 권하세요" 했다.

"그 형님이 권해주시구려" 하고 주 씨는 역시 웃어 보였다. 주 씨는 오늘 낭패한 듯한 을순의 태도에, 당연한 일이라고 마음은 먹었건만 한편으로 가엾은 동정도 안 일으킬 수는 없었다. 그러나 을순을 대하는 행동이 훨씬 자유로운 것은 사실이었다. 그 반면으로 삼순에게는 너무 긴장미가 있어 보였다. 그러나 그 자신은 초면이니까, 삼감을 가졌으니까 그럴 것이라고 단순히 생각하는 듯했다.

여하간 음식이 이 층까지 옮겨 왔다 내려가고, 피아노실에서 을순이가 「오 ─ 내 사랑」을 한마디 하고 삼순이가 빠하*의 성경 낭독 같은 피아노 곡을 치다 그치고, 주 씨가 열한 시 가까이 돌아간 뒤에 을순과 삼순 사이에는 이러한 대화가 있었다.

"언니 노하였소?"

"아 ─ 니, 귀여운 내 동생에게 그럴 리가 있나? 내 말같이 주 씨는 좋은 사람이지?"

"참 언니, 사람의 감정을 안정시키는 그 힘, 또 땅 위의 생활에 애착을 일으키게 하는 그 힘, 책에서도 모둠에서도 서적으로

* 바흐

나 사람으로나 본 일이 없어요. 나는 먼저, 아버지께서 윤 씨 일을 말했을 때 잔뜩 비극적 기분을 품고 내 문제를 속히만 해결해버릴 생각을 했는데 그이가 은연중에 그렇지 않은 것을 가르쳐주셨어요."

"얘 너 어쩌면 그렇게 이야기를 잘하니. 나는 네 덕에 깨달은 것이 있다. 인제 나는 생활을 고치겠다."

"아 — 언니 제발 —"

"얘 그런데 너 남자와 같이 오래 이야기해보긴 처음이냐……?"

"왜? 우리 선생들, 물론 내 방에서는 이야기 못 했지만. 일본 사람은 선생치고 사람다운 것이 없단 말이 있어요. 그래 그런지 모르지만 이렇게 나를 많이 깨우치는 사람을 나는 전엔 본 일이 없어."

"그런데 너는 너무도 학자 같더라."

"나도 지금 후회 중이에요. 그런데 언니, 그이는 역시 취미로 음악이나 사교에 대해서 세련되지 못한 점이 있어요. 아마 내가 지금 너무 완고스러웠던 것을 후회하듯이 그이도 후회할 걸요."

"그렇지. 산 사람이니까."

"그런데 언니, 언니, 윤 씨에게 가구려. 공부하는 나를, 전 민족을 위해 일해보겠다는 나를 왜 집어다 넣우? 윤 씨는 당신의 리 —베* 아니었소?"

"⋯⋯글쎄, 자연히 이 사람 저 사람 사귀니까 별로 싫은 것 없이 그렇게 멀어졌어."

"그럼 인제 다시 친해지구려."

"그렇지만 너를 보고 바짝 달려드는 것을."

"아—니, 언니를 보고 그러다가, 피곤해 그래. 윤 씨에게는 언니가 필요해."

"그러면 너는 졸업하고 주 씨의 직조공장에 가서 여공 감독 노릇을 하겠니?"

"그보다 여공으로 그들의 동무가 될 테야, 언니! 내 생각이 옳지요?"

(1915년 1월 초고)

* 리베(Liebe). 독일어로 사랑을 뜻한다.

돌아다볼 때

1

 여름밤이다. 둥글어가는 열이틀의 달빛이 이슬 내리는 대기 속에서 은실같이 서려서 연못가를 거니는 설움 많은 가슴속에 허덕여든다.

 이슬을 머금은 풀밭에 반딧불이 드나들어 달빛을 받은 이슬방울과 한데 어우러져서는 공중의 진주인지 풀밭의 불꽃인지 반짝반짝한다.

 소련은 거닐던 발걸음을 멈추고 연못가에 조는 듯이 앉았다. 바람이 언덕으로부터 불어내려서 연잎들이 소련을 향해 굽실굽실 절을 하듯이 흐느적거렸다. 무엇인지 들어보지도 못한 남방南邦의 창자를 끊는 듯한 설움이 눈앞에 아련아련하다.

 마치 그의 생각이 눈앞에 이름 지을 수 없는 일들을 과거인지 미래인지 분간치 못하게 하는 것 같다.

 음침히 조용한 최병서 집 서편 울타리 밖에서는 아이들이 하

늘을 쳐다보면서

"별 하나 나 하나, 별 둘 나 둘, 별 셋 나 셋, 별 백 나 백, 별 천 나 천" 하고 노란 소리들을 서로 불러 주고받았다. 이 어린 소리들이 그의 가슴속 맨 밑까지 들어서

'왜, 결합된 한 생명같이 한 법칙 아래 한 믿음으로 이 세상을 지나면서 하필 남북에 헤어져 있다가, 우연히 또 한성에 모이게 되어서도 만나지도 못하고 울지 않으면 안 되었느냐' 하고 애달픈 은방울을 흔들었다.

'그러나 아무도 우리를 못 만나게 할 사람은 없는 것이 아니냐. 같은 회당에 모일 몸이' 하고 또다시 만날까 말까 오뇌할 때, 이 생각의 아—득함을 꿰뚫은 듯이 귀뚜라미들이 그들의 코러스를 쉼 없이 울렸다.

여름밤 하늘의 맑음이 하늘 가운데로 은하를 건너고 그 가운데 던져버렸다는 '얼포이쓰'*의 슬픈 거문고를 지금 이 밤에 그윽이 들려주는 듯하다.

구원久遠한 하늘을 우러러 옛사람들이 지은 옛이야기가 또다시 머리 위에 포개져서 설움을 북돋운다.

소련은 이슬에 젖어서 역시 이날도 뒷방 삼간 속으로 들어갔다. 그는 문을 잠그려다가 방문을 열어놓은 채 발을 늘이다 말고 우두커니 섰다.

---

* 오르페우스

이때 마침 창전리 언덕길 아래로 지나는 사람들의 음성이

"이 집이지?"

"응 —"

"송 군, 자 — 언덕 위로라도 올라가서 잠깐이라도 보게그려. 그렇게 맑은 교제 사이였는데 못 만날 벌을 받을 죄가 왜 있단 말인가."

"원! 그렇지 않더라도 생각해보게. 남의 잠잠한 행복을 깨뜨릴 의리가 어디 있겠나."

"그럴 것이면 그 연연한 생각조차 씻은 듯이 없애든지……" 하면서 이야기하는 발소리들은 소련이가 향해 선 벽돌담 밑까지 가까이 오면서

"이 군, 이것이 유령도 아니고 동물도 아닌 사람의 우수일 것일세. 자 — 부질없으니 내려가세. 겹겹이 벽돌로 쌓아 높인 담 밖에 와 서서 본다기로 무슨 위로가 있겠나" 하고 한 발소리가 급급히 내려가면서

"이 군, 어서 가서 Y 양의 반주할 것을 좀 더 분명히 익혀주게" 하니 그 뒤로 다른 발소리들도 따라 내려가는 듯하다.

소련은 또다시 소금 기둥이 된 듯이 그 자리에 섰다. 이 순간이 지나자 그의 마음속은 급히 부르짖는다.

'오 — 송 씨의 음성이다, 그이가 아니면 어디서 그런 음성을 가진 사람이 있으랴. 그렇다 그렇다' 하고 그는 버선발로 벽돌담 밑까지 뛰어 내려가서 뒷문을 열려고 하나, 빗장을 튼튼히

지르고 자물쇠를 건 문이 열쇠 없이는 열릴 리가 없었다. 그는 허둥지둥 연못 앞으로 가서 석등용 주춧돌 위에 발돋움을 하고 서서 담 밖을 내다보나 달밤에 넓은 신작로가 빈 듯이 환히 보일 뿐 저 ―편 길 끝에 사람의 그림자 같은 것이 가물가물할지라도 긴가민가하다.

소련은 실심한 듯이 방 마루로 올라오면서 버선을 벗고 방으로 들어갔다.

소련은 생각만이라도 되돌려보겠다는 듯이 열린 문을 꼭꼭 잠그고 지난 생각에 잠겼다.

그 몇 년 전 봄에 ××학교 영문과를 좋은 성적으로 졸업한 소련은 그 봄부터 경성에서 ×명학교 영어 교원이 되어서 아름다운 발음으로 생도들을 가르쳤다. 그와 생도들 사이도 지극히 원만했고 또 선생들 틈에서는 좀 어린이 취급을 받았을지라도 근심거리가 없었다. 하나 소련은 그 이듬해 봄부터 나날이 수척해갔다.

그의 수척해감을 두고 혹 그가 어릴 때부터 엄한 고모의 감독 아래서만 자라나서 그렇다 하기도 하고, 어떤 귀족과 혼담이 있던 것을 영리한 체하고 신분이 다르니까 할 수가 없습니다 하고 거절은 했지만 미련이 남아서 번민한다고 하기도 했다.

그러나 그의 사실은 이런 구역이 날 헛소리들을 뒤집어엎고, 버리지 못할 이야기를 짓는다.

돌아다볼 때

2

소련은 여학교 영어 교사가 된 그 이듬해 사월 하순에 학교 전체로 수학여행을 하게 되었을 때 고등과 3년생들을 이끌고 다른 일본 선생들 틈에 섞여서 인천측후소로 가게 되었다.

그때 일기는 매일같이 구물구물하고 그러면서도 빗방울을 잠깐잠깐 뿌려보기도 해서 웅숭그리게 뼛속까지 사무치는 봄추위가 얇은 솜저고리 입은 어깨를 벗은 듯이 으스르뜨렸는데 소련이가 인천측후소를 찾은 것도 이러한 날들의 하루였다.

선생들과 생도들은 대충 뒤섞여 모든 기계실에 인도되어 자못 천국에서 내려온 듯이 고상한 풍채를 가지고 또 그 음성이란 한번 들으면 영원히 잊히지 않을 젊은 이학자의 설명을 들었다.

젊은 이학자를 앞에 두고 사십여 명의 선생과 생도는 지하실에서 지하실로 층층대에서 층층대로 올라갔다 내려갔다 했다.

젊은 이학자는 가장 열심히 그 희던 뺨에 불그레한 핏빛을 올리면서…… 생도들보다 특별히 소련을 향해서

"아시겠습니까, 아시겠습니까" 하고 설명했다. 소련도 열심히 들으면서 가끔 알아듣는 듯이 고개를 끄덕여 보였다.

모든 기계실의 설비를 구경시키고 나서 젊은 이학자는 ×명학교 선생들에게 차를 대접하려고 응접실로 인도했다. 거기서 그들은 서로 명함을 바꾸었는데 소련은 그가 조선 청년인 것을 알고 귀밑이 달아오는 것을 간신히 참고 있었다. 그러나 송효순

은 뺨이 발개진 소련에게 조선말로 그 부드러움을 전부 표면에 나타내서

"나는 당신이 생도인 줄 알았어요. 아주 어려 보이니까요" 하고 그의 귀밑에 속삭였다. 이때에 소련은 처음으로 이성에 대한 향기로움을 알았다. 지금까지 사내 냄새는 그리 정淨하지 않은 것으로만 알았던 것이 ― 그 예상을 흐리고 이상한, 그 몸 가까이만 기다려지는 무엇을 깨닫게 되었을 때 또다시

"언제부터 그 학교에 계셨습니까. 영어만 가르치세요? 과학에 대해서는 아무 취미도 안 가지셨어요?" 하고 달아오는 귀밑으로 송 씨의 조용한 말을 들었다.

그는 온몸이 무슨 벽의 튼튼함을 의지하고 싶기도 하고 자기 홀로인 고요하고 정결한 방 속에 숨고 싶기도 한 힘없음과 비밀스러운 기분에 취했다.

그는 그러면서 송효순이 자신의 몸 가까이 오지 않기를 바랐다. 그럴 때 효순도 같은 기분에 눌리는 듯이 점점 말이 없어지고 그 옆에서 다른 일본 선생들과 어음語音이 분명한 동경 말로 이야기를 했다. 선생들은 송효순에게 대단한 호의를 보이는 듯한 시선을 보내면서 소련을 유심히 바라보았다. 그리고 그 눈들이 모두 소련을 부러워해서 그 이학자의 몸 가까이 앉은 것을 우러러보는 듯했다. 측후소를 떠나올 때 효순과 소련은 특별히 조용하게

"서울 어디 계세요?"

"저 숭이동……이에요."

"거기가 본댁이십니까?"

"아니 그렇지 않아요."

"그럼, 여관입니까?"

"아니요, 제가 자라난 고모의 집이에요."

"그럼, 양친이 안 계십니까?"

"네……" 하고 그는 발뒤꿈치를 돌리려다가 또 한참 만에

"그럼 안녕히 계십쇼" 했다. 이때 효순은 무엇을 생각하는지 가만히 섰다가

"고모 되시는 어른은 누구세요?"

"저 ― ××학당의 류애덕이에요."

"그러면 훌륭하신 어른을 친척으로 모시는구먼. 혹시 찾아가 보면 모르는 체나 안 하시겠습니까?" 하고 이야기를 했다.

소련은 이처럼 효순과 이야기를 나누고 생도들 틈에 섞여서 산등성이를 내려왔다.

그 후로 그는 도저히 잊지 못할 번민을 가지게 되었다. 그는 길거리에서라도, (그이가 자기를 찾아와본다고 했으므로) 혹 넓은 가슴을 가진 준수한 남자의 쾌활한 걸음걸이를 볼 것 같으면 그이나 아닌가 하게 되었다. 그럴 동안에 그는 점점 수척해 가고 모든 일에 고달픔을 깨닫게 되었다. 그는 단 한 번이라도, 다시 효순을 만나고 싶었다. 그의 그리워하는 효순에 대한 동경은 드디어 감성으로부터 영성에까지 미치게 되어 그는 새로이

과학에 대해서도 취미를 가지게 되었고…… 영원한 길나들이에서라도 만나져라 하는 소원까지 품게 되었다. 그는 밤과 낮으로 그이를 다시 만나져라 하고 기도했다. 잠깐 동안이었을지라도 그 아름다운 순결을 표시한 듯한 감성이 정결한 마음속에 잊지 못할 추억의 보금자리를 치게 했던 것이다. 하나 그의 마음은 망설이지 않을 수 없었다. 아무리 굳센 의지가 있다 할지라도 단 한 번의 만남으로 얻은 감명이 걸핏하면 새로이 연구하려는 과학 같은 것을 잊어버리고는 다만 자기의 눈으로 만나고만 싶었다.

그는 드디어 밤과 낮으로 기도하던 보람도 없이 만나지지 못하므로, 시름시름 병을 이루게까지 되었다. 그 처녀의 마음에서는 송효순 이외의 모―든 남자들은 지푸라기같이 보였다. 그러나 그러함을 돌아보지 않고 류애덕을 향해서 소련에게 청혼을 하는 사람들은 헤아릴 만치 결코 드물지 않았다.

류애덕은 부모 없는 조카를 남부럽지 않게 십여 년 기른 피로로 인함인지 또는 그의 장래를 위함인지 분명히 말을 하지 않으나 다만 하루바삐 그를 결혼시키고 싶어 했다. 어떤 때는 소련의 삼십 원 받는 시간 교사의 월급이 너무 적어서 수치라고도 했다.

소련은 이때를 당해서 마음을 더욱 안정할 수가 없었다. 그는 얼마나 삶이 맹랑하고 쓸쓸스러운 일인가를 깨달았는지 또 그 고모의 교훈이 얼마나 표리가 있었는지 헤아려보면 헤아려

볼수록 분명히 그릇됨을 찾아낼 수도 없건마는, 뜨거운 뜨거운 눈물이 저절로 그 해쓱한 뺨을 굴렸다. 다만 그는 밤과 낮으로 그렇지 않아도 처녀 때에 더더군다나 외로운 처지의 근심스러움과 쓸쓸함을 너무도 지독하게 맛보았다. 그는 어느 날은 먹고 자는 일을 잊고 이 분명히 이름도 지을 수 없는 아픔을 열병 앓듯 앓았다. 그는 흡사 병인같이 되어서 ×명학교에 가기를 꺼렸다. 하나 그는 하는 수 없이 거기 가지 않으면 고모의 생계를 도울 수 없었다.

그는 매일같이 사람 그리운 불타는 듯한 두 눈을 너른 길거리에 설쳐 보이면서 ×명학교를 왕래했으나 나중에는 아주 근력을 잃어서 눈을 땅 위에 떨어뜨리고 길 지나는 사람들을 쳐다보지도 않았다. 이런 때 처녀의 처음으로 사람 그리는 마음이 그대로 들떠지기도 쉬웠지만 소련은 힘써서 자기의 마음을 누르고 무엇을 그리는 그 비밀 속으로 속으로 감추어서 드디어 모든 삶에 대해 생각하게 되고 또 여자의 살림살이들 중에도 조선 여자의 살아온 일과 살아갈 일에 대해 생각하게 되었다. 또 모―든 사람의 살림살이들을 비교도 해보면서, 과학에 대해 알고 싶어지는 마음은 마치 고향을 떠난 어린이의 그것과 같이 이름만 들을지라도 가슴이 두근거렸다.

어떤 때는 물리학이라든지 또는 천문학이라든지 하는 학문의 이름이 송효순의 대명사나 되는 듯했다. 하지만 소련이 스스로 그 동무들 간에는 그런 마음을 찾아볼 수 없는 것을 볼 때 얼마나 섭섭함과 외따로움을 알았을까. 그는 벌써 스물이 넘은 처녀인데 이 처음으로 유달리 하는 근심은 그에게 부끄러운 듯한 행동거지를 하도록 시켰다.

그는 어떤 때는 ×명학교 이과 선생에게 열심히 물어도 보고, 어떤 때는 여인들의 지나온 이야기에도 귀를 기울여보고 그들이 얼마나 그릇된 살림살이를 해왔는지도 정신 차리게 되었다. 하나 소련의 건강은 나날이 글러갈 뿐이어서 그 쌀쌀스러운 류애덕 여사도 놀라지 않을 수 없게 되었다. 이러할 틈에 소련은 향할 곳 없는 마음에 병까지 들게 되었으므로 이학과 여인들의 모둠에도 힘쓰지 못하고, ×명학교에서 영어를 가르치고 집으로 돌아오면 문학서류를 손에 들게 되었다. 거기에는 모든 세상이 힘들지 않게 보이는 탓이었다. 이전에는 피아노도 열심히 복습했지만 깊은 비밀을 가진 마음은 자연히 어스름 저녁때와 같이 불그레한 저녁 날빛 같은 희망조차 잃어버리기 쉬워서 캄캄한 명상에 빠져 마음의 소리를 내기도 꺼려졌다. 그는 얼마나 뒷동산 언덕 위에 서서 저녁 하늘을 바라보고 처창함을 느꼈을까. 만일 누구든지 그이의 마음을 알면, 비록 연애란 것이 아닐지라도 사람들이 일반으로 가지는 번민을 그렇게도 깊이 삼가롭게 함을 얼싸안고 불쌍히 여겨주었을 것이다. 하나 그에게는 아무의 동정도 향하지 않았다. 그는 문학서류를 들고 고모의 눈치를 받게도 되고(교육에 대한 류애덕의 주장은 생계를 얻기 위해 학교 졸업을 받는 것이었으니까), 어두운 마음의 비밀을 품고는 학교에서 같은 선생들의 의심스러운 눈치를 받고 생도들의 속살거림을 받았다. 그는 그 눈들에 대해서 은근히 검은 눈을 둥그렇게 뜨면서

'아니요, 그렇진 않아요. 하지만 당신들이 모르는 내 마음에 힘 있게 받은 기억이 나를 이같이 괴롭게 해요' 하고 눈으로 변명했다. 하나 그 마음이 아무에게도 통하지는 못하고, 같은 선생들은 단순히

"처녀의 번민 — 상당히 허영심도 있을 것이지"

"글쎄, 답답해. 류애덕 씨가 완고스러우니까 그때 왜 기회를 놓쳤던고. 벌써 그 귀족은 혼인 예식을 지냈다지……"

"불쌍해라, 그런 자리를 놓치다니. 너무 영리한 체하는 것도 손해야" 하고 자기네들끼리 중얼거리기도 하고

"왜 그렇게 수척해가시오, 류소련 씨. 그런 귀여운 자태를 가지고 번민 같은 것을 가질 필요야 있습니까. 아무런 행복이라도 손쉽게 끌어올 것을……"

"몸조리를 잘하세요. 이왕 지난 일이야 쓸데 있습니까. 또 다음 기회나 보시지요" 하고 직접 아무 관계 없는 기막힌 동정을 해주었다. 소련은 이런 때마다 수치와 모욕을 한없이 깨닫고, 자기가 마치 이 세상에 쓸데없는 사람인 것 같기도 하고 또 송효순에 대한 비밀을 영영 숨겨버려야만 옳을 듯한 미신이 생기기도 했다.

모든 것이 다 — 어둡게 그의 마음을 어두운 곳에만 떨어뜨

리려고 했다.

 하나 그는 역시 송효순이 그리웠다, 잊히지 않았다. 그래서 그는 혼인 말이 있을 때마다 거절했다. 고모 류애덕 여사는 그 연고를 묻지만, 저편에 학식이 없다는 불만족들보다 자기가 신분이 낮다는 겸손보다 또 재산이 없노라는 감당 못 할 정경에 있다는 것보다

 "찾아가도 모르는 체 안 하시겠습니까" 하던 믿음성과 겸손과 활발함을 갖추어 보이고 또 고상한 음성으로 모든 대담스러움을 감추어버리는 그 인천측후소의 송효순이 그리웠다. 그는 참을성과 진정한 그리움에서 나온 부끄러움이 아니면 인천측후소를 찾아갔을지도 모르겠지만, 다만, 재치있는 손끝을 기다리는 듯한, 덮어놓은 피아노의 하얀 키—가 아무 소리도 못 내고 잠잠할 뿐이었다.

3

 류애덕은 소련의 아버지보다 다섯 해 위 되는 웃동생이었으며 그의 고향은 반도 북편에 있는 박천 고을이었다. 류애덕의 부친은 대한제국 시대의 유학자로 류 진사라는 이름을 얻은 엄한 노인이었으나 불행히 늦게 본 아들 때문에 속을 몹시 태우다가 그 아들이 스물도 되기 전에 그만 이 세상을 떠나버렸다. 이

보다 전에, 류애덕은 열다섯 살 되자 그 이웃 이 주사 집으로 출가를 했으나 유학자와 관리 사이에는 일상 설왕설래가 곱지 못했을 뿐 아니라 류애덕의 남편은 불량성을 가진 병신이었으므로 갖은 못된 행위를 다 하다가 집과 처를 버리고 영 — 나가버렸다. 그러므로 아직 어려서 생과부가 된 류애덕은 흔히 그렇듯 친정살이를 했으나 소련의 적모와 사이가 좋지 않아서 가장 고울 을녀乙女*의 때를 눈물과 한숨으로 보내다가, 조선 안을 처음으로 비추는 문명의 새벽빛을 먼저 받게 되어서 훗세상을 바라려고 교회당에도 다니게 되고 또 공부까지 하게 되어서 쓸쓸한 삶의 향할 곳 없는 마음을 배움으로 재미 붙여 나날이 학식을 늘렸으나, 그 역으로 반도 부인 태반이 그러하도록 미신적 믿음 외에는 달리 광명을 못 받은 이였다. 그러나 그 환경에서 남성에 대한 사모 마음을 영구히 잃어버린 그는 다시 출가할 마음을 내지 않고 교육에 뜻을 두게 되었다. 그는 운명이 그러한 탓인지 여기에 이르도록 비교적 순한 경로를 밟아오게 되었다. 과부가 되자 모친의 보호 아래 학비 얻어 공부하게 되고 또 밖에서 들어오는 유혹은 아주 없었으므로 그는 해변가의 물결을 희롱하고 든든히 움직이지 않는 바윗돌은 아니었다. 그러므로 그는 편벽했으며 자기만 결백한 체하는 폐단을 버리지 못했다. 그러나 교회 안에서 그 엄하고 단출한 행동은 모든 교인과 젊은

---

* 소녀, 미혼 여성을 일컫는 일본식 표현

학생들의 존경을 받게 되었다. 그래서 그는 그 안에서 공부하고 또 직업을 잃지 않게 되어 가장 안전한 지위에서 생활하게 되었다. 그 후에 늘 그에게 근심을 끼치는 그의 양친은 한 달 전후해 이 세상을 하직하고 소련의 부친 류경환은 본처를 버리고 몇 달에 한 번씩 계집을 갈다가 소련의 어머니에게 붙들려 거기서 귀여운 딸을 보고 재미를 붙이게 되었으나 어떠한 저주를 받음인지 소련의 모친은 평생 한숨으로 웃음을 짓는 일이 드물고 걸핏하면 치맛자락으로 거푸 나오는 눈물을 씻다가 그도 한이 뭉쳐 더 참을 수가 없던지 소련이가 열한 살 되던 해에 이 세상을 하직해버렸다. 이때에 이르러 거진거진 가산을 탕진한 류경환은 소련을 누이에게 맡겨버리고 다시 옛날 부인을 찾아갔으나 거기서 일 년이 못 된 가을에 체증으로 세상을 떠났다.

그때부터 소련은 고모의 보호 아래 잔뼈가 굵어진 듯이 몸과 마음이 나날이 자라는 갔으나, 그의 마음속 맨 밑에 빗박힌 얼음장을 녹여버릴 기회는 쉽게 다시 오지 않았다. 류애덕이 소련을 기르는 데에는 소련의 얼굴에 쓸쓸한 그림자를 남기도록 흠점이 있었다. 비록 의복과 학비를 군색하게 하지 않을지라도 병났을 때 약을 늦춰 써준 것이 아닐지라도 어딘지 모르게 데면데면하고 쌀쌀스러웠다. 그 데면데면하고 쌀쌀스러움은 소련이 공부를 마치게 되었을 때 좀 줄어드는 듯했으나, 어떠한 노여운 말끝에든지 혹은 혼인에 대한 말끝에든지 반드시

"너의 어머니를 닮아서 그렇지, 그러기에 혈통이 있는 것이

야" 하고 불쾌한 말을 했다.

 이러한 말을 듣고도 소련은 고모의 역설인 줄만 믿고 자기의 혈통을 생각지 않았으나 온정을 못 받은 그는 반드시 쾌활한 인물이 되지 못하고 그 성격에 어두운 그늘이 많이 박히게 되어서 공연한 눈물까지 흔했다.

 그러한 소련이 인천서 송효순을 만났을 땐 무엇인지 온몸이 녹을 듯한 따뜻함을 알았다. 하나 그것은 꿈에 다시 꿈을 본 것같이 언젠가는 힘을 다해서 잊어버리지 않으면 안 될 환영일 것 같았다.

 소련은 송효순을 몹시 생각한 어느 날 밤에 이상한 꿈을 보았다.

 조선 안에서는 흔히 보지 못하던 경도京都 하압천下鴨川* 신사 안 같은 곳이었다. 넓은 나무숲을 이룬 신사 뜰을 에둘러 물살 빠른 내—가 흐르고 신사 밖으로 나가는 다리 옆에는 큰 느티나무가 서 있어서, 그 가물가물하게 보이는 제일 높은 가지 위에는 여섯 잎으로 황금 테두리를 한 남빛 꽃이 달처럼 공중에 떠 있었다. 그 아래는 여전히 냇물이 빠르게 좔좔 소리를 내면서 흘러내려갔다. 자세히 보니 냇물에는 지금까지 보이지 않던 뗏목이 떠내려가는데 그 위에 젊은 여자가 빗누운 채 흘러내려가면서 남쪽만 바라본다. 온몸이 으슥해서 정신을 차리려 해도

---

* 교토 가모가와강 하류

무엇이 귀에 빽빽 소리를 치며 — 저기 떠내려가는 것이 너이다! 너이다! 하고 귀를 가를 듯이 온몸이 저릿저릿하도록 소리를 지른다.

소련은 눈을 뜨려고 몸을 흔들어보고 소리를 내보려 해도 내가 깨었거니 깨었거니 하면서도 눈이 떠지지 않고, 무서운 뗏목이 빠른 물을 따라 흘러가는 것이 눈에 선했다.

그럴 동안에 그는 잠이 깨어서 가슴 위에 손을 올려놓고 등걸잠을 자던 그 몸을 수습했다.

그는 눈이 깨어서 한번 여행 갔던 경도를 꿈꾸었다고 생각했으나, 그 꿈이 무엇인지 효순을 생각할 때마다 무슨 흉한 징조같이 생각되었다.

4

그러나 '때가 이르면 굳은 바위도 가슴을 열어 깊은 속 밑에서 솟아오르는 샘물을 땅에 뿜는다'는 듯이, 낮에는 만나져라 하고 기도하고 밤에는 못 만나서 가위눌리던 소련은 드디어 효순을 만나게 되었다.

바로 지금부터 이 년 전 여름이었다. 하루는 애덕 여사가 소련의 건강을 염려해 그러더 ×명학교는 퇴직하라고 권고할 때 가벼운 노동 시간과 공부 시간을 써놓고 곰곰이 타이르면서 몸조심해야 한다고 하던 애덕 여사는 급히 무엇을 잊었다 생각해 낸 듯이 종잇조각을 소련에게 던져주며 손님이 올 터라고 아이스크림 만들 복숭아를 사 오라고 일렀다.

소련은 매일같이 손님이 올 때마다 혹시 효순 씨가 오지 않나 하고 기다렸으나 매일같이 오지 않았으므로 오늘은 또 어떤 손님이 오시려노 — 하고 풀기 없이 일어나서 창경원 앞까지 걸어나와 전차 위에 올랐다. 찌는 듯한 여름날 오후에 소련은 고모의 명령이라 어기지도 못하고 진고개까지 가서 향기로운 물복숭아를 사 왔다. 그때도 애덕 여사는 말하기를

"우리 여자 청년회를 많이 도와주시는 송달성 씨가 오실 터인데 새 옷을 갈아입고 민첩히 접대하라" 하고 일렀다. 이 말을 들을 때 소련은 '송'이라는 데 깜짝 놀랐으나 이름이 다르고 또 그이를 아는 터였으므로 얼마큼 안심했다.

그날 저녁에 마흔이 넘은 신사와 이십오륙 세의 젊은 신사는 게으르지 않고 급하지 않은 흥그러운 걸음걸이로 공업전문학교 근처의 사지砂地를 걸어서 숭이동을 향해 갔다.

하늘은 처녀의 마음을 펼친 비단 보자기에 흰 — 솜덩이를 싸듯이 포돗빛 도는 연분홍을 다시 엷게 풀어서 여름 구름을 휘몰아 싼 듯하고 보얀 지평선 한끝에서는 여인들이 우물물을 길어 오고 길어 갔다. 마치 하늘과 땅이 더운 때 하루의 피로를 잊으려고 저녁 바람을 시켜서 졸린 곡조를 주고받는 듯했다.

소련은 요사이 보기 시작한 어느 각본 책에서 본 대로 파 —

란 포도 덩굴로 식탁을 장식해놓고 부엌으로 가서 고모에게

"아주머니, 식탁 차려놓은 것 보세요" 했다.

일상 희로애수喜怒哀愁의 표정이 분명치 않은 애덕 여사도 소련의 재치 있음을 보고 희색이 만면해서

"그런 장난이야 네 장기지" 했다. 소련은 고모의 습관을 잘 알기에 암만해도 경사를 앞둔 듯해서 거듭 고모에게 말을 걸어본다.

"어떤 손님이 이렇게 우리의 대접을 받으십니까" 하기도 하고

"왜 하필 저녁때 청하셨어요" 하기도 하고

"꼭 한 분만 오실까요" 하기도 했다.

고모가 이 저녁때 드문 버릇으로 재미스럽게 이야기하면서 아이스크림을 두를 때 뜰에서 낯선 발소리가 들리자

"이리 오너라" 하고 불렀다. 이 소리를 듣고 소련의 고모가 하던 이야기를 그칠 때 그들의 옆에서 그릇을 닦던 영복이라는 여인이 냉큼 일어서며

"에이그, 벌써 손님이 오신 게로군" 하고 뜰 앞으로 내려갔다. 애덕 여사도 허둥지둥 손을 씻으며 일어나서 방 안으로 들어가려다가 뜰로 마주 나가서 사교에 익은 음성으로 인사를 마치고 또 다른 처음 보는 사람에게 인사를 하는 듯했다.

이때 소련은 무엇인지 가슴이 두근거려서 일어서서 내다보지 않고는 더 참을 수 없었다. 그는 사시나무같이 떨리는 몸을 일으켜서 부엌문 밖을 내다보았다. 그때야말로 소련의 눈에 무

엇이 보였을까. 그는 온몸이 굳어지는 듯이 자유로 움직일 수 없어서 머리를 돌리려다가 그러지도 못하고 우두커니 서서 내다보았다.

그러나 조금 후에 손님을 앉히고 부엌으로 돌아온 류애덕은 예사롭게 앉아서 아이스크림을 두르는 소련을 보고

"손님이 세 분이다" 하고 일렀다.

소련은 한참 말 없다가 떨리는 음성으로

"그이들이 누구입니까" 하고 물었다. 총총히 그릇에 음식을 담던 애덕 여사는 손끝을 잠깐 멈추고 예사롭게

"참, 그 이야기를 네게는 안 했었구나. 저 — 이제부터, 우리 집에 학생이 한 분 온단다. 윤은순이라고 스물댓 살 된 부인인데 그 남편은 송달성 씨의 생질 되는 송효순 씨라고 하고 동경서 대학을 마치고 돌아와서 인천 계시다고 하시더라" 했다.

소련은 은연중에

"그럼 인천측후소 계신 송효순 씨인 게지요" 하고 부르짖었다. 이때 고모는 좀 놀라운 듯이

"그이가 인천측후소에 있는 것을 네가 어떻게 알았니? 나는 지금 막, 인사를 한 터이다" 하고 물었다. 이때 소련은 잠깐 실수했다고 생각했으나

"저, 인천, 측후소에 여행 갔을 때요" 하고 스스럽지 않게 말하고 그 낯빛을 감추기 위해서 저 —편으로 돌아서서 단 향내를 올리며 끓고 있는 차관 뚜껑을 열어보았다.

이같이 되어서 음식 준비가 다 되고 식탁을 차려놓았을 때 소련과 효순은 삼촌과 삼촌 사이에, 또 절벽 같은 감시자 앞에서 외나무다리를 마주 건너려는 듯이 만났으니 많은 이야기를 서로서로 나누지는 못했으나 십이 촉 전등 불빛 아래 그들의 붉은 얼굴에 남빛이 돌도록 반가워하는 모양은 주위의 시선을 모았다.

하나 그들은 만나는 처음부터 다만 아는 사람으로밖에 더 친할 수도 없고 다시 그 가운데 사랑이라거나 연애라거나 하는 것을 일으켜서는 옳지 않은 것으로 여기는, 그들의 운명인 사회제도의 자유를 무시한 조건에 인을 쳤다.

하나 소련은 그렇도록 반가운 만남을 맞았으니 조용한 곳에서 단둘이 만나서 한 기꺼움을 웃고 한 설움을 느껴보고 싶지 않았을까. 아무리 구도덕의 치맛자락에 싸여 자라서 굳은 형식을 못 벗어나야만 한다는 소련의 이성일지라도 이 당연한 자연의 요구를 어찌 금하고만 싶었을까. 그러나 그들의 경우는 그러한 감정을 감추고 효순은 그 부인을 류애덕 여사의 보호 아래 수양시키려고 찾아오고 소련은 그 조수가 될 신세이니 이전의 생각이 확실히 금단의 과실을 집으려던 듯해서 그 등 뒤에서 얼음물과 끓는 물을 뒤섞어 끼얹는 듯이 불쾌했다.

5

 그 이튿날부터 송효순의 아내인 윤은순은 류애덕의 집에 와서 있게 되었다.

 그는 본래부터 구가정에서 자라난 구식 여자로 어렸을 때 이른바 귀밑머리를 마주 푼 송효순의 처이다. 하나 지금에 이르러 그들은 각각의 경우에서 다른 것을 숭상하며 자랐으니 그들 사이에는 같은 아무런 지식도 없고 똑같은 아무런 생각과 감정의 동화도 없으므로 서로 도와서 영원히 같은 거리를 밟아 똑같이 나아갈 동무는 못 될 것이나, 사회의 조직이 아직도 자유를 요구하는 사람은 넘어뜨려버리게만 되어 있는 까닭에 그의 발걸음을 이상의 목표인 자유의 길 위로만 바로 향하지 못하고 그 마음의 반분은 땅 위에서 위로 훨씬 높이고 또 반분으로는 다만 한 가련한 여자를 동정하는 셈으로 이상에 불타오르는 감정을 누르는 듯이 은순을 여자 청년회가 경영하는 이문里門 안 부인학교에 넣었다.

 그는 은순을 학교에 넣고 늦게 뿌린 씨가 먼저 뿌린 건땅 위의 나무보다 속히 자라라는 기도로 복습할 것까지 염려해서 (자기도 모르게는 소련을 만나보고 싶은 마음은 스스로 분간치 못하고) 류애덕 여사의 문을 두드리게 되었다.

 그러나 언문밖에 모르는 윤은순은 소련이가 가르치기에도 너무 힘이 없었으므로 어찌하다보면 복습 같은 것은 등한히 여기고 의식주에 대해서만 상담하는 일이 많았다.

그동안에 효순은 한 달에 한 번, 두 주에 한 번 찾아와서 애덕 여사에게 치하를 하고 갔다. 그럴 때마다 효순과 소련 사이는 점점 더 멀어져가고 효순과 애덕 여사 사이는 친해지며 은순과 소련 사이는 가까워졌다.

소련과 효순은 마침내 아는 사람으로서의 친함조차 없어져서 사람 보이지 않는 곳에서 만나면 머뭇거리다가 인사를 하지 못하도록 서로 몰라보는 듯했다. 이같이 되어서 은순과 소련 사이가 한 감독 아래 공부하고 살림할 동안에, 서늘한 가을날들이 황금 같은 은행나무 숲에 잎 떨어뜨리고 긴 겨울이 와서 사람들은 방 안에서 귤껍질을 벗겨 쌓을 동안에 늙은이가 무거운 짐을 지고 긴 고개를 넘듯이 간신히 눈 녹았다.

그동안에 그들은 많은 마음속 옛이야기를 서로 주고받았다. 사람들이 얼른 그들의 친함을 보고 형제 사이 같다고 칭찬했다. 그러나 은순을 친형같이 대접하는 소련의 낯빛은 무엇을 참는 듯한 고난의 빛을 감출 수 없었다.

소련은 흔히 자기의 몸이 약해서 고모의 노력을 돕지 못하고 또 장차는 영구히 고모의 집을 아주 떠나야 한다는 이야기를 하고, 은순은 자기의 사촌이 자기와 한집에서 자라나면서 그 부모와 삼촌들이 말리는 것도 듣지 않고 학대를 받아가면서 공부를 해서 지금은 재미나게 돈 모으고 산다는 부러운 이야기를 했다. 하나 그들의 친함은 오래지 못하고 날이 따뜻해짐에 따라 틈이 생기게 되었다.

봄날 아지랑이가 평평한 들의 먼 곳과 가까운 곳에 싹도 나지 않은 지평선 위에 아롱질 때 마침 소련은 그 남편과 약혼하게 되었다.

이런 때를 당해 소련은 얼마나 난처했으랴. 마음속에는 아직 송효순의 인상이 나날이 깊어가면 깊어갔지 조금도 덜어지지는 않는데 다른 사람과 결혼하지 않으면 안 될 경우! 그것을 누구에게 호소해야 할지? 그는 심한 우울증에 걸렸다.

그는 다시 고모에게 직업을 얻어서 독립생활을 하면서 고모에게 폐를 끼치지 않겠노라고까지 애원해보았으나 그 고모는 어디서 얻은 지식인지 첫 번째에도

"핏줄이 있어서 안 돼" 하고 두 번째에도

"아무나 다 — 마음먹은 대로 되는 것은 아니야" 하고 을렀다.

소련은 또다시 몸이 쇠침해져갔다. 지루한 겨울의 추위가 풀려 사람들의 마음속에는 놀고 싶은 마음이 모락모락 자라건만 소련의 마음속에 나날이 불어가는 것은 그 가슴속에 빗박힌 얼음장이었다.

그는 이 쓸쓸한 심정 풀이를 향할 곳이 없어서 눈살을 찌푸리고 장래 의복 준비를 마지못해서 해보기는 하나 딱히 원인을 말하지 못할 설움에 서책을 들고는 한없는 눈물을 지으며 이 아래 같은 문구를 읊었다.

누구 나 부르지 않나

밤 가운데 밤 가운데
등불을 못 단 작은 배는
노를 잃음도 아니련만
저어 나갈 마음을 못 얻어
누구 나 부르지 않나
누구 나 부르지 않나.

얼음 밑에 얼음 밑에
빛을 못 받는 목숨에는
흐를 줄을 잃음도 아니련만
녹여내일 열도熱度를 못 얻어
누구 나 부르지 않나
누구 나 부르지 않나.

오오 오오
빛과 열도 더위와 빛
한곳으로 나오련만
옳은 때를 못 얻어
누구 나 부르지 않나
누구 나 부르지 않나.

만일에

만일에 봄이 나를 녹이면
돌 틈에서 파초 열매를 맺지요 맺지요
만일에 만일에.

만일에 좋은 때를 얻으면
바위를 열어 내 마음을 쏟지요 쏟지요
만일에 만일에.

6

 그해 봄이 적이 무르녹아서 소련의 파리하던 몸은 보는 사람들의 마음을 놀라게 할 만큼 꽃송이처럼 피어올랐다.
 송효순은 류애덕 씨 집에 자주 아내를 찾으러 오게 되었다. 그리고 그는 소련을 평양 최병서에게로 결혼시켜 보내겠다는 류애덕 여사의 말을 듣고는 반대하는 듯이
 "그런 인물들을 가정 안에 벌써부터 넣어버리면 이 사회운동은 누가 해놓을는지요. 조선의 가족제도가 좀 웬만할 것 같으면 결혼은 하고도 일을 못 할 바 아니지만…… 아마 우물에 빠져서는 우물물을 건디지도 못하고 제방을 다시 쌓지도 못할걸요. 좀

더 사회에 내놓아보시지요" 하고 입을 다물었다 한다. 소련은 이런 말을 듣고 참으로 감사했다. 그래서 그는 마음속으로

'그러면 효순 씨는 내가 이 사회에서 의의 있게 생활해나가기를 바라시는구나' 하고 생각해보았다. 또 그 뜻을 저버리지도 못할 듯이 그의 마음이 '가정 밖으로 나가자' 하고 부르짖기도 했다. 그 후에 며칠이 지나서 송효순은 박사 될 논문을 쓰러 일본으로 가겠다고 하면서 류애덕 씨 집에 머무르게 되어서 소련과 말해볼 기회를 얻게 되었다.

어느 일요일 아침에 류애덕 여사와 효순은 일찍이 외출했는데 효순이가 먼저 돌아와서

"아주 봄이 완연히 왔습니다. 그 보시는 책이 무엇입니까?" 하고 마루 끝에서, 책을 보던 소련에게 인사했다. 소련은 지금까지 효순의 아는 체 마는 체하는 냉정함에 무색해 다만 '그 따라다니면서 할 듯하던 친절을 왜 그쳤나. 그이가 내게 좀 더 친절이라도 하셨으면 이 마음이 풀리련만' 했었다. 하나 이날따라 효순은 급히 그에게 친절해졌으므로 막상 닥쳐놓으면 그렇지도 못하다는 심리로, 기쁜 듯하기는 하면서도 '이 마음에 잠긴 문이 열리면 어찌하누. 그때야말로 무서운 죄악을 지을 테지' 하고 어름어름

"네, 아주 꼭 봄이 되었어요" 하고 자기 방을 치우느라고 남편이 온 줄도 모르는 은순이를 부르고 나서 급히 더 한층 얼굴을 붉히면서 효순을 향해서 얼른

"하웁트만의 『외로운 사람들』······" 하고 말을 마치지 못하고 은순이가 마루로 나오는 것을 보고는 구원을 받은 듯이

"은순 씨, 벌써 오셨는데요" 하고 일렀다. 은순은 소련의 얼굴과 효순의 얼굴을 번갈아 봐가면서 그 남편의

"무얼 했소?" 하는 물음에

"방 치우느라고" 하고 입을 오므렸다.

이 틈에 소련은 얼른 일어서서 저―편 마루 구석에 놓인 찬장 앞으로 가면서 다기를 꺼냈다.

효순은 소련의 낭패한 듯이 어름어름하는 태도를 민망히 눈여겨보면서

"애덕 선생님은 아직 안 돌아오셨습니까?" 하고 웃었다. 소련은 다기를 꺼내 들고

"네, 아직 안 오셨어요. 선생님과 같이 나가셨는데" 하고 부엌을 향해 가며 주인 된 직분을 지키려는 듯하다.

한참 만에 소련은 차를 영복이라는 밥 짓는 이에게 들려가지고 나왔다. 그동안에 효순은 소련이가 보다 놓은 책을 열심히 보고 있었다. 그러다가 소련이가 그 앞에 차를 놓을 때는

"이 책 어디까지 읽으셨어요? 처음으로 읽으세요? 우리도 이 책을 퍽 읽었지요" 하고 말을 걸었다. 소련은 효순의 앞에 마주 앉은 은순에게도 차를 권하면서 다만 놀라운 듯이

"네, 네" 할 뿐이었다. 효순은 소련의 태도를 눈여겨보기는 하나, 그리 생소하지는 않은 듯이

"이 하웁트만의 『외로운 사람들』 가운데는 우리 같은 사람이 있지요. 아직 맨 끝까지 안 보셨을지 모르지만 이와 같이 외국의 유명한 작품이 조선 청년의 가슴을 속 쓰라리게 하는 것은 드뭅니다" 하고 말하면서 그 윤택한 눈을 가만히 떴다.

소련은 은순의 편으로 가까이 앉으며 또다시

"지금 겨우 다 보았습니다" 하고 간단히 대답했다. 효순은 하늘을 쳐다보던 눈을 아래로 내려서 소련을 그윽이 바라보며 부드러운 음성으로

"아직 생각까지 해보셨는지 모르지만, 책 속에는 저와 같이 부모가 계시고 처자까지 있어도 세상에 제일 외로운 사람이 있습니다. 저는 외국서 공부할 때는 그렇게까지는 그 책을 느낌 많게 보지 못했지만 이 땅 안에 돌아와서는 그렇게 우리의 흉금을 곱게 쓰다듬어주는 것은 없다고 생각합니다."

소련은 이때 비로소 이야기를 좋아하는 본능의 충동에 이끌려, 정신없이

"그럼 그 요하네스와 마알*은 서로 참사랑을 합니다그려……네……?" 하고 영채 있는 눈을 방울같이 떴다. 효순은 이때 미미히 웃으며

"소련 씨, 사랑하게 되는 것이 아닙니다. 우리는 과거와 미래를 통해서 한 이상을 세우고 거기 합당한 것을 사랑하는 것이고

---

* 하웁트만의 희곡 『외로운 사람들』(1891) 속 인물 '안나 마르'

사랑하던 것입니다. 그러나 그러한 이상적 사랑은 사람들에게는 흔하지 않을 뿐 아니라, 그렇게 사상의 공명이 있고 정신상 위안이 있으면 그로써 헤어지지 못할 인정이 생길 것입니다. 그 각본 속의 인정 교환은 조선의 상태에 비하면 훨씬 화려하지만 무엇인지 요하네스가 구도덕의 지배 아래 몸을 꿇게 되는 사정은 조선에 흔히 있는 사실입니다. 말하자면 우리는 이제 움 돋는 싹이고 그들은 자라나는 나무라고 하겠지요."

소련은 한참 머리를 숙이고 생각하다가

"그럼 사람은 애써서 사랑을 구하거나 잃어버린다고 말할 수 없지 않습니까? 또 우리가 더 자라나서 꽃필 때까지 기다리더라도 결국 요하네스와 마알의 사이 같은 슬픔도 끊어지진 못합니까. 그때에는 또 새로운 비극이 생길 터인데요."

"네, 소련 씨. 사람이 사랑을 구한다거나 잃는다는 것은 거짓말입니다. 사람은 자기 자신 속에 사랑을 가지고, 어떤 대상에게 그것을 눈뜨게 되어서 결국 분명한 생활의식을 가지는 데 불과한 일이니까요. 또 말씀하신 『외로운 사람들』 속의 비극 같은 것은 물론 어느 곳에서든지 사람 자신이 그 운명을 먼저 짓고 이 세상을 지배해나가게 될 때까지, 또 세상의 모든 사람과 결탁해서 사는 것을 폐지하기까지는 면치 못할 일입니다."

"그래서 그 요하네스 ─ " 하고 소련은 무엇을 머뭇거리다가

"그 요하네스도 구도덕의 함정에 빠져 멸망합니까. 저는 철학을 모르니까 그이가 아는 다윈이라든지 헤겔의 학설을 분명

히는 모릅니다만 그 마알이라는 여학생은 아주 그이의 학설에, 그이의 모든 것을 다 아는 인정에 절대적으로 공명이 됩니다그려. 아주 헤어지기는 어려운 사이가 되는 거지요."

"네─" 하고 효순은 좀 이상한 듯이 머리를 돌리다가 대답한다.

"그…… 요하네스는 이상적 동무를 만났습니다. 그러나 반드시 같이 살 수도 없고, 그것은 고사하고 그 동무를 하루이틀 더 위로할 수도 없지요. 그래서 그 동무는 가는 곳도 안 가리키고 가버리지만 한 가지 이상한 말을 남기고 갑니다. 즉 두 사람이 헤어져 있지만 한 법칙 아래서 한뜻으로 살아나가자는 것이지요. 그들은 같은 학설을 믿으니까 그 학리에 적합한 행동을 해서 여러 가지 똑같은 사실을 향해 나가면서 살자는 것이지요. 그렇지만 요하네스는 그 극렬한 육신의 감정을 오히려 장래 오랜 믿음으로 믿겠다고는 생각지 않고 호수에 빠져 죽지요. 참 외로운 사람입니다" 하고, 효순은 또다시 하늘을 쳐다보았다. 은순도 덩달아 쳐다보았다. 그러나 소련은 무릎 위의 손길을 내려다보다가

"그럼" 하고 '럼'이라는 자에 힘을 넣으며

"그…… 요하네스는 믿음을 가지지 못할 사람입니까."

"아니" 하고 효순은 소련을 향해 다시 힘 있는 시선을 던지며

"그렇지도 않을 테지만 사정이 마알보다 더 난처하였습니다. 누구든지, 괴테가 아니라도, 회색 같은 이론을 믿지는 못하고

생기 있는 생활을 요구하겠지요" 했다.

이때 소련은 대리석상에서 생명이 불려나오는 듯이 자기도 무의식적으로

"그럼 요하네스는 그 목숨으로 어려운 문제를 해결해버렸습니다그려. 그러나 마알은?" 했다. 효순은 이 말을 가장 흥미 있게 대답하려는 듯이

"오——"하고 입을 열다가

"이 차 다 식습니다" 하는 은순의 말소리에 아내의 존재를 아주 잊었다가 비로소 정신 차려서 그를 걸핏 쳐다보고

"참!" 하며 이야기하느라고 말랐던 목을 축였다.

"그 마알은 생활을 어찌 못할 경우를 당해서" 하고 책장을 뒤지다가 한곳을 찾아놓고

"아닙니까. 공부해서 공부해서 그야말로 옆눈도 뜨지 않겠다고 했구먼요. 그러니까 종내 학리를 구하러 길 떠나는지 또 괴로움을 잊으려고 책으로 얼굴을 가리려는지 작자의 본뜻은 분명히 모를 일이지만 종내 길 떠나지요" 하고 말끝을 이었다.

이때 소련이 난처한 듯이

"그럼 그이들은 서로 다른 것 같지 않습니까? 요하네스는 더 앞서지 않았습니까? 또 마알은 요하네스를 절대로 믿지 못하는 것 아닙니까? 그렇지 않으면 마알이 더 많이 요하네스보다 발전성을 가졌던지요?" 하고 어린 생도가 선생에게 묻듯이 물었다.

"아니요, 그들의 환경이 달랐습니다. 그 두 사람은 누구나 똑

같이 함께 생활해나가기를 바랄 것이지만 마알은 아마 심령의 세계를 완전히 믿을 뿐 아니라 또 요하네스에게는 구도덕이 지은 대상이 달리 있었으니까 마알은 자기가 아니라도 요하네스는 그 옛날로 돌아가 생활할 줄 믿었겠지요. 그러나 그 고향의 따뜻함을 안 이상에야 어느 목숨이 또다시 무미한 쓸쓸한 생활을 계속하려고 하겠습니까. 작자는 거기까지 쓰고는 막음을 했지만……" 하고 말끝을 그치고 앞에 놓인 과자를 집었다. 그러고 나서

"소련 씨, 사람은 절대로 누구와든지 꼭 육신으로 결합해야만 살겠다고는 말 못 할 것입니다. 그것은 정을 유통시켜보지 못하고 이 세상에 대항하여 발전이라는 것을 모르는 사람에게는 능할 것이지만 우리는 한 대상을 앎으로 그 주위의 모―든 것까지 곱게 보지 않습니까. 단지 그 대상으로 인해 얻은 생활 의식이 분명한 것만은 다행이지요. 하지만 여자의 경우는 오히려 요하네스에 가까우리라고 해요. 더군다나 조선 여자는. 그렇지만 그것이 옳은 것은 못 됩니다" 하고 생각 깊은 듯이 소련을 바라보았다.

7

소련의 얼굴은 해쓱하게 변했다. 그는 입술까지 남빛으로 변

했다. 은순은 가만히 앉았다가, 차를 따라 탁자 앞으로 가서 그 앞에 걸린 거울 속을 들여다보다가, 자기 눈에 독기가 띤 것을 못 보고, 효순이가 소련이와 숨결을 어울리듯이 하던 이야기를 그치고 모—든 것이 괴로운 듯이 뜰 앞을 내려다보는 것을 보았다.

이때 두 사람은 뒤에서 반사되어 비치는 시선을 깨달으면서 똑같이 뒤를 돌아다보았다. 이때이다. 두 지식미를 가진 얼굴과 다만 무엇을 의심하고 투기하는 듯한 얼굴이 뾰족하게 삼각을 지을 듯이 거울 속에 모였다.

이 한순간 후에 검은 보석을 단 듯이 해쓱해진 소련의 얼굴이 머리를 돌리며

"형님, 그 찬장 안에 고구마 구운 것이 있으니 내놓아보세요. 내 손으로 아무렇게 해서 맛이 되잖았지만……" 했다. 은순은 그 말에는 대답 없이 찻주전자를 갖다가 소련과 효순 사이에 놓고 자기 방으로 들어가서 도롭프스 봉지와 쵸코—제트 봉지*를 들고나와서 목판에 담고 또 꺼리는 듯이 주춤주춤하다가 찬장에서 고구마 구운 것을 꺼냈다.

이 찰나에 계란 탄 냄새와 버터와 우유 냄새가 단 향기를 지어서 봄빛이 쪼인 고요한 마루 위에 진동했다. 은순은 그 맛있어 보이는 것을 도로 들이밀어버리려는 듯한 솜씨로

---

* 사탕 봉지와 초콜릿 봉지

"이것 잡수세요?" 하고 목이 메어서 물었다. 효순은 말없이 미미히 웃으며 은순을 바라보고 소련을 바라보고 고개를 돌려 하늘을 쳐다보았다. 소련은 은순의 불쾌한 낯빛을 미안히 바라보고 숨결 고르지 못하게

"그까짓 것 그만 넣어버리세요" 하고 말해버렸다. 은순은 소련의 말대로 내놓던 것을 들이밀어버리고, 다시 앉았던 자리로 와 앉았다.

하늘은 맑은 웃음을 띠고 나직하게 사람들의 생각을 돌보는 듯이 개어 있었다. 뜰에는 모락모락 김이 오르는 땅 위에 앉은 뱅이꽃과 멈둘레꽃이 피어 있었다. 화단에는 한 뼘이나 자란 목단과 또 두어 자나 자란 파초가 무엇인지 채 알지도 못할 꽃 이파리들 가운데서 고요한 봄바람에 한들거리고 있었다.

차와 과자는 봄날 대낮의 남향한 마루로 들이쪼이는 볕에 엷은 김을 올리면서 이 세 사람의 기억에서 떠나 있는 모양이었다.

그러나 한참 만에 은순은 고요함을 깨뜨리고 목멘 소리로

"차를 잡수세요" 하고 권했다.

하늘을 쳐다보고 땅을 굽어보던 두 사람은 듣는지 마는지 무슨 똑같은 생각을 같이하는 듯이, 정밀한 그들의 얼굴에는 조그만 잡미雜味도 섞여 보이지 않았다.

이때였다. 무엇인지 효순과 소련 사이가 가까워지고 은순과 소련 사이가 동떨어져나간 듯이 생각된 지가……. 우리는 지금

까지 이 세상에서 모든 붙었던 것들이 떨어지는 것을 보고 모든 떨어졌던 것들이 붙는 것을 본다. 우리들이 먹는 떡과 김치와 과실과 고기를 생각할 때에도……. 또, 그렇다! 우리는 매일같이 그런 것을 안 볼 때가 없다. 그러나 우리는 거기서 서로 헤어짐이 없는 나라를 짓고 나라를 깨뜨리지 않을 경우를 지으려 한다. 하나 우리는 매일같이 헤어지며 만나는 동안에 매일같이 변함을 본다. 필경 육신과 영혼을 양편으로 가진 사람들은 약함을 끝끝내 이기진 못하고 운명에게 틈을 엿보여서 나라를 깨뜨리기도 하고 경우를 잃기도 해서 동서에 울고 웃게 되며 남북에 헤매게 되는 것이다.

여기 이르러 소련의 운명은 그 갈 곳을 확실히 작정했다. 효순이가 와 있는 며칠 동안을 은순은 투기와 의심으로 날을 보내고 애덕 여사는 혹독한 감시를 게을리하지 않았으며 그중에 소련의 적모는 서울 구경을 핑계로 올라와서 이 여러 사람들의 눈치에 덩달아

"제 어멈을 닮아서 행실이 어떠할지 모르리라" 하고 이간질했다. 효순은 난처한 듯이 동정 깊은 시선을 소련에게 향할 뿐 침묵을 지키게 되었다. 이보다 전에 소련과 효순은 모 — 든 행동을 서로 비추어 하게 되고 모든 의심을 서로 물으며 모 — 든 것을 또 명령적으로 대답하며 모 — 든 행동을 서로 복종했다. 이러한 며칠 동안은 은순은 눈물을 말리지 못하고 애덕 여사에게 자주 무엇을 속삭였다.

이에 애덕 여사는 효순에게 정중한 행동을 취하며 속히 소련의 혼인을 작정하려고 급한 행동을 했다. 이 틈에 효순은 소련에게 또다시 안 체 만 체한 행동을 했다. 그리고 속히 동경 갈 준비를 했다. 그런 중에 또 송도성이라는 그의 부친은 시골서 올라와서 효순을 여관으로 데려가버렸다. 소련은 꿈과 같이 그리운 사람과 며칠 동안을 기껍게 생활했다. 하나 모—든 것은 꿈같이 지나가버렸다.

8

소련은 고모와 적모의 위협에 급히도 최병서와의 혼례를 허락했다.

애덕 여사는 다시 효순에게 상냥한 태도를 보였다. 소련은 다시 나날이 수척해졌다. 은순의 낯빛은 편안해졌다. 그러나 효순의 낯빛은 거슬림과 비웃음과 날카로움으로 가득 차 있으면서도 제일 온화한 행동을 따르는 듯했다. 애덕 여사는 힘써서 최병서를 집으로 이끌어들였다. 병서는 흔한 금전으로 나이 먹은 여인들의 환심을 사버렸다. 병서가 문안에 이를 때마다 영복이라는 여인까지 그를 대환영했다.

병서는 효순과 기껍게 사귀려고 하며

"학사! 이학사!" 하고 빈정거렸다.

최 씨는 그 검은 얼굴에 크림을 칠하고 그 거센 머리에 기름을 빼서 효순의 모양을 본떴다. 효순의 창백하고 고상한 얼굴과 병서의 구릿빛 같은 심술궂은 얼굴은 서로 맞지 않는 뜻을 말해보려 했으나, 순하고 게다가 아무런 구속도 받기 싫어하는 효순은 아무 편으로든지 건드려지지 않고 애써 타협하려 했다.

 그러면서 동경서 명치대학* 법과를 졸업한 병서의 학식을 더할 나위 없이 높이 알아주는 듯했다. 그리고 그의 버릇인 하늘을 쳐다보는 표정은 고치지 않았다.

 그러나 그는 이따금씩

 "사람이 그 주위에서 조화를 깨뜨리지 않는 사람만 가장 행복될 것이고, 또 훨씬 넘어서서 모―든 것을 깨뜨리고도 능히 세울 수 있는 사람만 위대하다"고 설명했다. 또

 "사람이 어울리지 않는 대상을 요구하는 것은 도적과 같지만 사람은 사람 자체의 생활의 시초를 모르는 만큼 그 생활을 스스로 시작하지 못했을 테니까 전부 책임질 수가 없어서 노력만이 필요하다"고 이야기했다.

 병서는 효순의 말을 이학자의 말 같지 않다고 비웃었다. 그래도 효순은 아무 말 없이 하늘을 쳐다보고 말았다.

 소련은 차라리 이 괴로운 날들을 어서 줄여서 속히 병서의 집으로 가기를 원했다. 그러나 그 역시 뜻대로 되지 않아서 그

---

* 도쿄 메이지대학교

는 아무 눈에든지 보이도록 번민했다.

그다음에 효순은 일본으로 떠나면서, 섭섭해하면서도 말을 못 하는 소련을 뒤뜰로 끌고 가서 이 같은 말을 남겼다.

"소련 씨, 우리가 한때에 이 지구 위에 살게 된 것과 또 이렇게 사귀게 된 것만 행복됩니다. 이제 우리는 서로 알았으니까 서로 의식하며 힘써서 같은 귀일점에서 만나도록 생활해나가는 것만 필요합니다. 이후에 소련 씨는 최병서 씨와 단란한 가정을 지으시겠지요. 또, 우연치 않은 기회로 영영 잊히지 못하도록 맘이 맞던 한 동무가 어디서 당신과 똑같이 고생하며 힘쓸 것을 잊지 않으시겠지요. 자 — 유쾌하지 않습니까. 우리에게는 요하네스와 마알에게 오는 파멸은 없습니다. 자 — 우리는 우리가 연구하는 화성이 우리의 지구와 같다고 생각하면 얼마나 반갑습니까. 또 통행해지겠다고 생각하면 얼마나 놀랍습니까. 하나 시간이 홀로 해결할 권리를 아끼지 않습니까. 다만 사람은 그동안에 힘쓰는 것만 허락되었습니다" 했다. 소련은 이때 가슴속으로 넘쳐흐르는 친함을 억제하지 못하고 그 앞으로 가까이 서며

"오 — 오라버니" 하고 부르짖었다. 효순은 얼굴을 돌리고

"누님" 하고 먼저 돌아서서 앞뜰로 왔다.

이때는 마침 봄날 오후였다. 하늘 위에서는 종다리가 한恨 있는 대로 감정을 높여 먼 곳으로부터 울어댔다.

그 뒤에 소련은 모—든 일이 맨 처음부터 있었던 듯이 또 모—든 것이 없었던 듯이 최 씨 댁으로 와서 살게 되었다. 그러나 믿음을 가지지 못한 병서는 소련을 공경은 할 수 있지만 사랑은 할 수 없노라고 하면서 마음 내키는 대로 계집을 상관하고 집을 비웠다. 그러고도 부족한 것이 많은 사람처럼 애써서 가정일에 힘쓰는 소련을 학대하기도 부끄러워하지 않았다. 그런 중에 또 병서의 모친은 이따금씩 와서 아들의 애정을 소련 때문에 빼앗긴 듯이 소련을 들볶았다. 그러나 소련은 참고 일하고 공부하고 모든 것을 사랑하고, 사람들의 성격을 부드럽게 하며 살아왔다.

그러나 그 후에 은순이와 애덕 여사에게 우연히 의심을 받게 된 소련은 서울에 가더라도 효순을 만날 수 없었다.

그 후에 효순은 박사가 되었다. 또 인천측후소 속에 숨어서 연구를 쌓았다. 그러나 들리는 말이 부인과 불화해서 독신을 지키며 여자들을 피한다고 했다.

그 소리를 들으면서 소련은 더욱 자기의 노동과 수학修學과 사랑(박애博愛)을 게을리하지 않았다. 그러던 것을 그는 이 밤에 이런 생각에 붙들리고 또 강연하러 온 효순의 음성을 그 담 밖에서 애달프게 들었다. 그는 여름밤이 깊어갈수록 온몸을 떨었다.

그러나 지루한 뒷생각이 그를 잠들게 해서 몇 시간이 지난 뒤에 그는 잠자던 숨결을 잠깐 멈추고 눈을 번쩍 떴다. 여전히 병서는 들어오지 않은 모양이었다. 이때에 모든 없는 듯하던 것이 있었다.

넓은 삼간 방 속에, 그의 취미는 얼마나 부자유한 몸이면서 자유를 바랐던고?!

아랫목 벽에 걸린 로단의「다나이드」*를 사진 박은 그림이며, 머리맡에 정펠로의「살과 노래」**라는 영시를 흰 비단에 옥색으로 수놓은 족자며, 또 이름 모를 물새가 방망이에 붙들려 매여서 그 자유인 오 촌†가량의 범위를 못 벗어나고 애쓰는 그림이 어느 것이나 자유를 안타깝게 바라는 소련의 취미가 아니랴. 이런 것들을 뒤돌아보는 소련의 마음이 어찌 대동강의 능라도를 에두르는 두 물줄기가 합쳐지지 않기를 바랄까. 흐름은 제방을 깨뜨린다!

그러나 그런 때에 뒤에서는 유전이다 간음이다 할 것이다.

이때에 자유를 얻은 사람의 쾌활한 용감함이 무엇이라 대답할까?

'너희는 무엇을 이름 짓고, 어느 이름을 꺼리며 싫어하느냐. 그중 아름다운 것을 욕하진 않느냐' 하지는 않을지? 누가 보증할까. 누가 그 부르짖음을 막을 만큼 깨끗한가. 어떤 성인^{聖人}이 그것을 재판하였던가.

소련은 머리를 끄덕이며 보이지 않는 신 앞에 허락했다. 컴컴

---

* 로댕의 조각품「다나이드」
** 헨리 워즈워스 롱펠로의 시「화살과 노래」

하던 하늘은 대동강 위에 동텄다.

　소련이 밤이 샌 이날에 그 회당까지 가서 효순의 강연을 들을 것과 감동할 것은 당연한 일이고, 또 그렇든지 말든지 영원한 생명에 어울려 샘물이 흐르듯이 신선하게 살아나갈 것은 떳떳하겠다 보증된다.

　그는 이날이 새어서도 최병서의 집인 그의 집에서 모든 생명을 가누어 내놓을 것이다. 누가 그 집의 참주인인지 누가 모를까.

　집주인은 건실하고 온화하고 공경될 것이다.

　그리고 힘써서 '때'를 기다리는 것은 생활해나가는 사람의 본능이라 하겠다.

　그들의 세상에는 은순이가 없고 병서가 없고 애덕 여사도 없을 것이 당연한 일이다.

(1924년 11월 29일 개고) (고통 중에 간신히 탈고)

모르는 사람같이

쾌청한 가을 날씨였다. 성균관 앞에 황들어 드높은 포플러나무들이 맑은 햇빛을 받아 저 ― 파란 하늘 한 폭에 황금빛을 휘풀어 그으려는 듯이 높이높이 빗날리고 있었다.

 그 밑에 나이 이십오륙 세나 된 부인이 파란 치마에 눈빛같이 흰 저고리를 넉넉히 지어 입고 여기저기 늘어진 낙엽을 사분사분 밟으며 지난봄에 이 근처 어디 피었던 꽃 종자를 찾는지…… 고상한 자태에도 인간고人間苦를 퍽 느끼는 듯이 이슥하도록 배회하고 있었다.

 성균관 담 밑에 흩어진 은행나뭇잎을 줍는 어린애들이 이상한 시선으로 이따금 그의 자태를 탐내듯이 훑어보았다.

 개천가에서 빨래하는 여자들, 물 긷는 여자들, 줄넘기하는 아이들, 뛰넘기하는 아이들 할 것 없이 모두 하던 동작을 멈추고 황홀히 그의 조용한 배회를 바라보았다.

 숭삼동 산기슭으로 가는 자동차 객이 성균관 모퉁이에서 내려 청화원을 가리킨 방향으로 기생을 동반해 가다가도 물끄러미 서서 바라보고야 갔다.

"한번 잘났는걸"

"퍽 젊지 않은데"

"글쎄, 어디 외국이나 갔다 온 여자 갔구려"

"한번 저만치 나고 볼 것이다" 하는 따위의 소양 없는 비평을 하고 지나갔다.

그러나 이러한 비평이나 주목이 그의 고요한 배회를 멈출 수 없었다.

이윽고 성균관 북편길로부터 정문 앞을 지나 호호 늙은 노파가 위풍이 늠름한 청년 신사를 앞세우고 이리저리 휘둘러보며 무엇을 찾다가 그가 배회하는 포플러 수림 속으로 총총히 걸어왔다.

"순실 씨."

낮으나마 음향 좋은 목소리가 그를 불렀다. 그이는 순실이라고 부르는 소리에 그 찬란한 시선을 부르는 편으로 향했다. 노파는 무엇을 생각했는지

"관세음보살."

이 빠진 소리로 부르짖고 얼굴을 돌렸다.

순실이는 냉정한 발걸음을 천천히 옮겨 청년의 앞으로 가까이 왔다.

"산보하세요?"

청년은 비창한 어조로 여자에게 말을 걸었다.

"창일 씹니까? 어떻게 오셨어요?"

어딘지 설운 음성으로 대답했다.

그리고 십 분, 이십 분, 이 청년 남녀는 얼굴을 돌리고 아무 소리도 없었다. 노파는 그 옆으로 다가서며

"관세음보살, 얼마 만에 만났어요. 아씨, 서방님, 이야기 많이 하십시오. 할멈은 갑니다. 왜 잠자코들 계십니까? 아이고 두 분이 다 우시네. 관세음보살. 남의 눈에도 저렇게 나란히 서신 것은 부부같이밖에 안 보일 터인데, 관세음보살."

노파는 본디 오던 길로 돌아가버렸다.

사면 사방으로 걸어가던 사람마다 이 청년 남녀의 위신 높은 모양을 찬양하듯 바라보았다.

"지금은 오해가 다 풀렸답니다. 당신을 훼방하던 R 군, Y 여사는 당신을 비평할 가치도 못 가진 것이랍니다. 현재의 내 여편네라는 것도 자기의 순결로 남의 사랑을 깨뜨릴 만큼은 못 되는 것이랍니다."

느릿한 음성으로 호소했다.

"아니요, 저는 나면서부터 이 세상에 버려진 천한 여자랍니다."

쓸쓸히 대답했다.

"그 음성, 그 태도는 작년 이때 우리가 이 근처를 거닐면서는 생각지 못하던 것이지요."

"무엇인지요, 이 거북스러운 태도야말로 정말 저의 것이 아

닌가 합니다."

"생기를 내야 합니다. 잃어버린 우리의 생명을 도로 찾기까지 원기를 내야 합니다."

"아무것을 다 내더라도 흘러내려가는 물결을 다시 붙잡아 머무르게 할 수야 있겠어요."

"그래, 우리는 과거의 생명이 어떠합니까?"

"무엇인지요, 저도 양부모의……."

"아아."

청년은 부르짖었다.

"체면을 돌아봐야지요……. 그러나 내가 세상 밖에 나면서 버려진 곳에, 또 당신에게 바로 결혼 전날 파혼 선고를 받은 이 자리에, 매일 내가 방황하는 꼴이 얼마나 내게는 어울리는 일이겠습니까? 저는 결코 R 씨, Y 여사 같은 이들에게 비평 들을 일을 조금도 가지지 않은 줄 알았지마는, 그것을 변명도 못 한 것은 내가 이 세상 밖에 나오면서 이 근처 어디 버려졌던 아이인 것을 평생 부끄럽게 여기는 탓입니다."

여자의 음성은 강경했다.

"아아 우리는 장차 어찌해야 합니까? 남의 과실로 우리는 희생돼야 합니까?"

"차라리 우리의 과실이라 하는 편이 낫지마는, 자연에 맡긴 셈 치지요."

"당신은 너무도 냉정합니다. 당신의 물건이던 남자가 남에게

도둑을 맞았다가 회복된 이때, 당신은 그처럼 냉정할 수가 있습니까?"

"뭐예요?"

"네?"

여자는 명랑한 시선을 남자에게 던졌다. 남자는 우울한 눈을 가을 잔디 위에 맥없이 떨어뜨렸다.

쓸쓸한 그들의 침묵이 다시 계속됐다.

한참 만에 그들은 인사도 없이 북으로 남으로 갈라져버렸다. 남자는 울분한 걸음으로, 여자는 냉정한 고요한 걸음으로. 할멈이 와서 또다시

"관세음보살"을 부를 때에는, 여자는 어느 문으로 들어갔는지 남의 집 후원인 창덕궁 동북편 담 밑에 서 있었고 남자는 벌써 그림자조차 보이지 않았다.

외로운 사람들

「외로운 사람들」은 1924년 4월 20일부터 6월 2일까지 43회에 걸쳐 조선일보에 연재되었다.
그중 4월 27일(8회 전체), 4월 28일(9회 일부), 4월 29일~5월 1일(10~12회 전체) 자 신문은
소실되어 현재 내용을 확인할 수 없다. 이 책에서는 해당 대목을 ……… 로 처리해두었다.

1

일천구백이십삼 년 사월 초순의 일요일이었다.

순희는 이틀이나 가슴을 앓고 나서 복잡하게 틀던 머리를 아주 손 가볍게 틀고, 온 가족들이 다 외출한 동안에 혼자 집을 지키듯이 마루 끝에 멀거니 앉았다.

봄볕이 솜 같은 구름을 띄운 파란 하늘에서 땅속까지 기어들려는 듯이 흙 위에 내리비친다. 그는 가벼워진 듯한 머리를 들어 하늘을 쳐다볼 때 심장(염통) 모양으로 엉긴 하얀 구름이 가볍게 떠서 그의 앞을 향해 오는 듯한 것을 유심히 바라보면서, 말할 수 없이 고요한 웃음을 다물고 있는 입과 밤 강에 잠든 물처럼 정열이 가라앉아 보이는 두 눈언저리에 띠었다.

구름송이는 점점 하늘 복판에서 순희의 집 뜰 복판을 내려다보는 듯하더니 어느덧 뜰 가장자리를 향해 펼쳐지며 연기가 헤어지듯 그 모양이 변했다.

순희는 위를 쳐다보기에 피곤해진 머리를 땅을 향해서 숙였다.

김이 아른아른 오르는 양지쪽에, 어느 틈에 이름 모를 풀이 싹을 내고 있었다. 그는 한 작은 생명의 자라남을 보고 한없이 보드라워지는 것을 느꼈다. 그리고 움 돋아나오는 싹이 눈에는 보이지 않을지라도 일 초마다, 아니 일 분마다 미묘하게 무럭무럭 자라날 것을 생각해보았다.

볕이 점점 따뜻하게 땅 — 위를 내리쪼일수록 순희의 생각이 점점 바스라져가게 되었다.

분자가 원자로 갈려나가듯이, 갈리는 마음을 현미경 속에 넣어보았다. 보기에 스물이 넘은 지 몇 해가 되어 보이지 않는 얼굴은 칼날 같은 날카로움을 보이면서도 퍽 외로워 보이는 탓에 새파란 날이 서 보이지는 않고 도리어 우뚝한 콧마루 위에서 입으로 흘러내린 선線이 한없이 애처로워 보인다. 그 도드라진 눈썹 밑에 자칫 들어간 긴 눈은 일찍이 온 세상을 태워버리고도 부족했으리라는 의심이 일어나지만 지금은 빛을 감추고 눈물이 떨어질 듯이 윤택해 보인다.

쾅, 하는 오포 소리가 그의 생각을 다시 모았다. 그는 소리를 내어서

"어멈 어멈."

무슨 급한 일을 시키려는 듯이 불러본다.

"……"

그래도 아무 소리도 들리지 않는다. 다만 안국동 길거리로 짓거리며 지나가는 많은 사람들의 뜬 발소리뿐이다. 그는 좀 무시무시함을 깨닫는 듯이 몸을 일으켜서 사방을 둘러다보았다. 그는 바로 등 뒤에 있는 자기 방문을 열려고 해도 무시무시한 기분에 눌려서, 몸이 돌려지지 않는 것 같다. 그는 머리를 숙이고 다시 뜰을 내려다보다가 그것도 무시무시한 듯이 두 무릎을 쪼그리고 그 위에 두 팔로 머리를 얼싸서 굽혀놓았다.

그것은 두려운 것을 없애려는 것이었다.

마침 안국동 거리로 난 대문으로 발걸음 소리가 가만가만 그의 귓가를 근질였다.

"언니, 또 아퍼? 저 — 회당에 가니까 모두들 언니 병이 어떠냐고 물어요. 저 — 그리고 큰오빠도 점심 먹고 이리 온다고."

순희는 비로소 머리를 들고, 그 동생을 바라다보고 가만히 웃었다.

"아이 언니, 어쩌면 그렇게 내가 들어오는데 모른 체하고 있수."

"나 혼자 있으니깐 어찌 안되었는지."

그는 변명같이 웃으면서, 요사이 날마다 뺨이 발개져가는 동생 금희를 바라보며 말했다.

"아이" 하고 금희는 다시 그 형의 어깨를 툭 치고

"왜, 작은오빠는 안 왔소? 아침에 작은오빠 집에 갔더니 오겠다고 하던데 — 거짓말쟁이."

순희는 금희의 말을 탐탁히 듣지도 않는 듯이 한 번 웃어 보이고, 다시 고개를 숙이고는 눈을 감는다.

"언니 또 아푸?"

"아니" 좀 귀찮은 듯이

"그저 좀 곤한 것 같애" 하고 무릎 위에 엎드린 채로 대답해 준다. 금희는 좀 쓸쓸하다는 듯이 어깨를 쭈뼛쭈뼛해보다가 앞 대문간을 향해 나갔다. 그리고

"이제서야 오세요. 작은오빠 거짓말쟁이" 한다.

뚜벅뚜벅 서슴지 않는 걸음걸이가 금희의 날뛰어보고 싶어 하는 발소리와 번갈아 들린다.

2

순희는 비로소 머리를 들면서

"오, 무엇 하느라고 한 번도 안 왔었니? 얼굴이 좀 수척했구나" 하고 동생 순철이가 온 것을 반가워한다.

순철은 늘씬한 몸맵시를 순희의 앞에 와 세우고 무테안경을 통해서 그 유순한 검은 눈으로 웃으며

"누님 몹시 여위었구려. 인제 쾌차하세요" 하고 미안한 빛을 띠고 인사했다.

"참, 작은올케도 앓았다지."

순희는 미안해하지 말라는 듯이 동생에게 말했다.

"네—" 하고 순철은 한숨과 아울러 대답을 하고 "어머니는 어디 가셨어요?" 하고 다시 묻는다.

"모르지, 어머니야 밤낮 나가시니까."

순희는 심란한 듯이 말을 하고 다시 가슴을 움켜잡으면서

"어머니도 재미야 없으시겠지……" 했다.

순철은 한참 가만히 생각하다가

"아버지는 한 달에 한 번도 오는지 마는지 하시지요."

"그래" 하고 순희는 머리를 숙였다. 금희는 어느 틈에 수건에 비누를 싸가지고 나와서 비쭉비쭉하며

"이따 어머니 오면 다 이를 테니 봐— 모두 내 말하는 것은 대답도 안 하고 저희들끼리만 뭐라고 뭐라고."

"금희야, 올에 너 몇 살이냐."

순철이가 좀 놀리듯이 말했다.

"몰라, 일흔 살" 하고 금희는 비틀비틀 급히 고무신을 끌고 나가면서 대답했다.

"우스운 애도 있지. 저 애가 도무지 이해 상관을 모른단다. 큰 올케가 한 말을 서모에게 가서 하기도 하고 서모가 한 말을 작은올케에게 가서 하기도 해서 지난겨울에는 온통 싸움을 일으켰었단다."

"글쎄, 그랬더랬지요. 금희가 올에 열일곱 살이지요. 비교적 키가 작아서 어려는 보이지만, 걸음 걸을 때도 어찌 익살맞게

걷는지 사람들이 다 유심히 봐요. 아이, 모두 근심이에요. 멀리서는 집에만 오면 마음이 시원할 것 같더니 와보니 어디 그래야지요."

"글쎄, 아버지가 더러 집에도 좀 오셔서 보살펴주시면 이 지경까지는 안 갔겠지만."

여전히 가슴을 움켜잡고 뺨을 붉히면서

"다, 내 탓이지. 꿈 가운데서 헤매어본 탓이지. 그 때문에 부모도 잃고 동생들을 만나도 볼 낯이 없고."

순희는 어느덧 뜨거운 눈물을 뚝뚝 떨어트리고 있었다.

"그런데, 요새는 못 만나시죠? 요 일전에, 필운동 가다가 만났어요. 작년보다는 신색이 나아졌던데요."

순희는 순철의 입에서 떨어지는 의외의 말을 듣고 눈을 둥그렇게 뜨면서

"너, 아니?" 하고 놀라운 듯이 묻는다.

"저는 알지요, 저편에서는 몰라도" 하고 은근히 말한다.

"그건 어떻게 알았니? 누가 가르쳐주더냐?" 급히 말을 다그치고 나서 순희는 허덕허덕 숨이 찬 듯이 두 손으로 가슴을 다시 누르고 있다.

"금희가 몇 해 전에 책방에 같이 가는 길에 가르쳐주더구먼요. 얼굴에 좀, 근심을 띠운 듯한 이지요. 그리고 작년에도 만나고 올해도 만났지요. 만날 때마다 아주 모르는 사람을 만난 것 같지는 않아요. 나는 그런 사람들과 제일 친하고 싶어 하

지만······."

순희는 급히 얼굴을 찌푸리고 한 손을 가슴에서 떼면서 동생에게 손짓을 해 보인다.

"그만두어라, 그 이야기는."

순철은 잊었던 것이 생각난 듯이 물끄러미 누이의 얼굴을 들여다보다가 놀라면서

"가슴이 아프세요? 그럼 다른 이야기를 합시다, 네 — 누님, 나는 누님하고 이야기하기가 개중 좋아요. 그런데, 아버지께서 라희준의 집 돈은 다 갚으셨나요? 그 집 땜에 누님이 정 씨와 친해지는 것을 꺼리지요" 하고 묻는다.

3

"글쎄, 그런지도 모르지만 그 이야기는 그만두어라" 하고 동생을 나무라듯이 바라보다가

"이번에는 내 이야기를 꺼내마" 하고 웃으면서 "네가 지난겨울에 여순에서 편지를 바꾸어 보낸 이야기가, 응 너는 듣기 좋으냐. 너는 사람이 제일 점잖으면서도 호기심이 제일 심하더라" 하고 괴롭게 웃었다. 순철이도 웃으면서

"아 — 참 그때 혼났어요. 무엇보다 그 편지를 형님이 보시면 큰일 날 것이라고 생각했어요. 형님은 안 보았어요."

"응, 오빠는 안 보았지. 해도 오빠가 나더러 자꾸 읽으라고 그래서, 나는 무슨 편지랴 하고 의심도 하지 않고 읽기를 시작하지 않았겠니. 그러다가 이상해서 그치려고 하니깐 오빠가 술에 취해서 생전 말을 듣니. 읽어라 읽어라 얼뜬 자식, 아직 스물이 된 지 만 지 한 녀석이 아무리 전문학교는 졸업한다지만 계집에게 편지를 다 하고, 하하 하면서 온통 야단이 났었단다. 그러니까 어머니께서 무슨 일이냐고 물으시더니 내 손에서 편지를 뺏어서 찢어버리면서 오빠를 나무라시더군!"

"무어라구?"

"무어라긴. 남의 흉을 드러내더래도 감춰줄 텐데, 어쩌면 동생끼리 그러냐고 우시며 야단이 났었지."

이때 마침 총총걸음으로

"아씨, 빨래 내놓아주십쇼. 아이, 일가 댁에 갔다가 늦었지요. 마님께서, 일찍 시작해서 오늘 해 안으로 말리라고 하셨는데 이렇게 늦어서."

기 ―다랗게 늘어놓으면서 행랑어멈이 들어왔다. 뒤미처 상철이가 어린 딸을 이끌고 들어오면서

"여기 왔었군. 저 저, 오늘 예배당에서 최 목사를 만나 이야기했더니 방금 ××중학교에 이과 선생이 없어서 구하는 중이라고, 마침 잘되었으니 오늘내일 사이 의논해보겠노라고 하더군."

"오빠 올라오시오. 일순아 올라오너라" 하고 순희는 지금까

외로운 사람들

지 순철이를 뜰에 세워두고 이야기하던 것을 몰랐다는 듯이 급히

"순철이도 올라와, 다리 아프지" 하면서 총총히 일어나, 골방에서 빨래 보퉁이를 내어다가 어멈에게 준다.

상철이와 순철이는 직업을 얻을까 말까 하고 이야기하고 있었다. 무엇인지 순철이는 흥미 없는 얼굴을 하고 그 형의 말을 따라서

"네네" 하기도 하고

"그렇지요" 하기도 할 뿐이었다.

금희가 보얗게 화장을 하고, 젖은 세수수건을 뭉쳐 들고 돌아왔다. 상철이는 마루 위로 올라가서 양지쪽으로 펴고 앉으며

"금희, 이뻐졌구나" 하고 놀렸다.

"오빠, 봄이니까" 하고 멋없이 웃으며 날뛴다.

"저 애가."

순희는 입이 쓰다는 듯이 금희를 못마땅히 여기는 눈으로 바라보았다.

"금희야, 말을 좀 삼가라. 그런 말을 어디서 배웠니."

순철이도 기가 막히는 듯이 꾸짖었다.

"망할 애" 하고

"가만두어라, 왜 어린애를 기를 못 펴게 하니" 하고 순희를 누르는 듯이

"그 애 걱정은 마라" 하며 상철이가 순희와 순철에게 반항을

일으켰다.

"아가씨 치마에, 송충이가 기어오르오" 하고, 부엌에서 잿물을 끓이던 어멈이 나무를 꺾다 말고 뜰로 나오면서 금희의 검정 치마에 기어오르는 송충이를 손으로 뗐다.

"어멈, 그 송충이를 불에 넣어. 응, 그것도 불이 되게."

순희는 무엇인지, 눈살을 찌푸리고 얼굴을 돌렸다.

상철은 승리를 얻었다는 듯이

"순희 네가 아무리 금희를 미워하더라도 쓸데가 없구나. 눈이 다르게 생기고 말이나 적게 하는지는 모르겠다만 저 애가 누구를 닮은 줄 아니. 수작만 들어보아라. 벌레라도 불을 만들라는…… 저 애는 또 이제 어머니를 우리들하고 멀어지게 하려나 보다. 너는 아버지하고 우리 사이를 아주 떼어놓고, 장래 유망한 청년들을 버려놓았지만" 하고 순희를 면박했다. 순희는 급히 가슴을 다시 움켜잡고, 방으로 들어갔다.

"형님, 그런 이야기를 누나더러 바로 하지 마세요. 가슴이 아프다니까……" 하고 순철이는 형의 뜻을 묻는 듯이 말했다.

"아―참, 그러면 대수냐. 다― 제 죄이지. 아버지께서 우리를 그렇게 귀여워하시다가 저 괴물 때문에 평양집에게 반해서 밤낮 너희 형제, 너희 형제 하고 비웃으시지 않니. 너더러 속히 직업을 얻어서 네 밥벌이를 하라는 것도 다 정이 없는 탓이다. 그리고 어머니가 밤낮 나가 계시는 것도 저 순희 때문에 기가 막혀서 그러시는 것이다."

외로운 사람들 223

4

"그래도 그 요물이 무슨 꾀를 피우는지 어머니 앞에서든지 아버지 앞에서든지 지금껏 형제들 중에 제일 귀염을 받지. 그러니 잘못은 저 혼자 하고 미움은 우리가 대신 받으란 말이 어디 있니" 하고 원망한다. 금희는 새 옷을 갈아입고 나오면서, 팔을 들고 우습게

"최 씨 댁 사 형제 태평만세. 왜들 우리 언니를 나무라우" 했다. 순철이는 그 자신이 오리무중에 헤매는 것을 깨달으며 그래도 금희를 나무라지 않고 내버려두는 상철이를 이상스럽게 바라본다. 상철이는 도리어 금희를 보호하는 듯이, 금희의 몸맵시를 봐주며

"그 치마는 너무 길다. 어디 가니" 하고 묻는다.

"야옹, 큰오빠는 내가 영순의 집에 가서 오라버니 이야기나 해줄 줄 알지만, 아니라나. 좀, 그런 계집애하고는 놀지도 않아요" 하고 금희는 머리를 흔들며 머리채를 잡고 대문간으로 달음박질쳤다. 순철이는 보다가 민망한 듯이 머리를 긁으며

"참, 서울 안에도 불량소녀단이 생겼다지요" 하고 물었다. 상철이는 무안한 듯이 대문간을 바라보다가

"아이 계집애도" 하고 어처구니없는 듯이 웃고 멀거니 섰다. 금희는 나가다가 다시 들어와서 이번에는 순철이를 보고

"옛날 같으면 부마 오빠, 청국 ××왕의 여섯째 딸 알지, 오빠

응, 아주 절색이데, ××학당 영문과의 여왕. 아주 큰오빠 친구들이 봄 바다와 같은 눈을 가진 여왕이라고 쫓아다닌다나. 오빠는 그래 그런 사람에게 사랑을 받으니까 나를 깔보시오? 어디 보오, 죄다 이를 테니."

순철이는 그 꼴을 두 번도 못 보겠다는 듯이 눈살을 찌푸리고 "금희야" 하고 소리를 질렀다.

금희는 대문 밖으로 뛰어나가면서

"에그, 에그 무서워" 한다.

순철은 입맛을 다시면서 속으로

'저런 애는 처음 봐. 한 동생이라도 우리하고는 아주 딴판이야. 누가 저렇게 악화해놓았을까' 하고 생각했다.

상철은 창피스러운 듯이 왼손 끝으로 피아노 치는 모양을 하며 마루 끝을 두드리다가 일어나면서

"나가지 않으려나?" 하고 순철의 의향을 묻는다. 순철은 아무래도 상관이 없다는 듯이

"형님이 나가시면 저도 나가지요" 한다.

"어디로 갈까. 동물원에나 갈까. 실상은 '사막'(구락부*의 이름)에 가도 좋지만 아마 이렇게 날씨가 좋으니까 한 사람도 구락부 안에는 붙어 있지 않을걸."

상철은 혼잣말같이 하고 마루 아래로 내려서며 어느 틈에 없

---

* 클럽(club)의 일본식 음역어

어진 일순이를 찾느라고 사면을 휘둘러보다가 부엌에서 어멈하고

"어멈, 버러지도 불이 되지? 사람도 불이 되나?" 하면서 이야기하느라고 쪼그리고 있는 일순이를 보고

"일순아, 너는 아주머니 방에 가서 놀고 있거라. 내 과자 사다 줄게. 가서 고모더러 창가 가르쳐달라고 해라" 하고 일렀다.

순철은 그동안에 순희의 방에 들어가서 무슨 이야기를 하고 나오면서

"누님, 저녁에 또 오리다" 하면서 분명하게 약속을 한다.

"그래라."

순희는 상철이가 싫은 듯이 내다보지도 않으면서 대답했다.

"순희야, 너도 가자."

상철이는 잠깐 누이를 달래는 듯이 건성으로 말해본다. 그 소리에는 아무 대답이 없다. 다만 일순이가 부엌에서 나오면서

"아버지, 과자 많이 사 오세요. 일순이도 가요" 하고 두 가지로 조르는 듯이 말할 뿐이다.

상철이와 순철이가 나간 뒤에 일순이는 건넌방을 향해

"아주머니" 하고 불렀다.

"이리 들어와" 하고 순희의 목소리가 누워서 천장을 바라다보며 내는 것같이 게을리 들린다. 일순이는 건넌방으로 들어갔다.

그럴 동안에 순희의 모친이 돌아오고, 일순 어머니가 오고,

순철의 댁까지 와서 한집에 모였다. 그래도 순희는 누운 채로 얼굴을 보이지 않는다. 먼저 그 오라버니의 원망에 대단한 노염을 품은 듯하다. 큰방에서는 딴 살림살이를 하는 시어머니와 며느리들이 집안 형편 이야기를 때 가는 줄 모르고 한다. 최 씨 댁이 그 서모 땜에 망할 것이라는 이야기와 아버지가 자식들에게 냉정하다는 이야기를 건넌방에서 듣기에도 머리가 아프도록 지껄인다. 더 참을 수 없는 듯이 건넌방에서 순희가

 "어머니 어머니" 하고 급하게 불렀다.

5

그 소리에, 잊어서는 안 될 것을 잊고 앉았었다는 듯이 순희 어머니가 부대한 몸집을 옮겨서 건넌방으로 건너온다. 뒤를 쫓아 순희의 오라범댁들도 건넌방으로 모였다. 순희의 모친은 스물이 넘은 그 딸에게 지금껏 '애기'라고 부른다. 무엇인지, 순희의 모친은 모—든 정신을 순희에게만 들이고 사는 듯싶도록, 그가 말 두 마디만 해도 반드시 말끝에는 '우리 애기'를 넣는다. 그 모양이 며느리들 눈에 가시가 나도록 미워 보이지만 모친은 한결같이 돌아보지도 않고, 너희들도 애기를 위해서 살아야 한다는 듯이

 "애기야 잘난 사람이지, 그렇게 아무 소리도 없이 누웠지만

외로운 사람들

세상 경륜이 그 속에 다— 들었어" 하고 더 말할 여지가 없이, 귀동(순희의 어릴 때 이름)을 내세운다. 그 주인 최 승지도 그 딸을 심히 사랑해서 전에는 친구들에게도 지나치게 딸 자랑을 했지만 지금부터 삼 년 전에 순희가 사회주의자 정택이라는 청년과 연애 사건이 있은 후로, 딸의 일에는 입을 다물고 있을 뿐 아니라 그것을 핑계 삼아서 기생첩을 들여 앉혔다. 보기에, 순희의 집 가권은 기생첩을 들여 앉힌 부친에게 있지 않고 순희를 위해 사는 듯한 모친에게 있는 듯싶다.

순희의 어머니는 퍽 복성스러운 얼굴과 몸맵시를 가진 오십 세쯤 된 부인이다. 아버지가 아들 형제에게 좀 냉정이 가는 것도, 실상은 모친이 부친에게 며느리들의 흉을 보는 탓이라고 의심날 만하게 한다. 또 그런 이가 남편이 첩을 두어도 싫은 얼굴 한번 안 하는 것은 반드시 그 풍부한 사랑을 다해서 순희를 감싸려는 뜻 같다. 그런 까닭에 어머니나 아버지의 사랑에 충분히 적셔지지 못하는 줄 아는 아들과 며느리들은 여러 해 전부터 늘 귀동이를 원망하느라고 말끝마다 비웃어보려 했다. 그러하던 오랜 보람이 순희의 연애 사건이 있은 후로는 한집에 살 수가 없노라고 아들들은 딴살림을 나가고, 아버지도 서른이 넘을락 말락 한 젊은 첩을 들여서 다옥정에 집을 사고 살림을 시작한 형편이다.

그래서 최 씨 댁 며느리들은 코가 높아졌고, 마음껏 더러운 상상까지 보태어서 그 시누이를 흉보아도 허물이 아니라 하게 되었다. 그럴수록 모친은 며느리들을 섣불리 볼 뿐 아니라 아들까지 괘씸하게 보게 되었다.

이보다 먼저, 순희의 연애 사건이라는 것은 이러하다.

××여자고등보통학교의 3년급을 삼 개월 남겨놓고 퇴학한 지 이 년 후에 순희는 소재산가 라희준의 맏아들과 약혼을 하게 되었다. 그러나 순희는 그 이름과 같이 귀동이 행세만 하고 자라나던 것이 마치 봄날 밤에 고달피 들었던 잠이 소쩍새 소리에 깨어버린 듯이 울고 부르짖으며 결혼은 안 하고 더 공부를 해서 세상 사람을 위해 일한다고 일본을 가느니 청국을 가느니 하고 덤비게 되었다. 그러나 그것은 하나의 공상으로 돌아가고, 순희는 모친의 소원과 사랑을 저버리지 못해서 결국 라희준의 맏아들과 약혼을 하게 되었다. 그러자 순희는 꼭 하루에 한 번씩 어떤 편지를 왕래하게 되었다.

그것을 집안사람들은 날마다 다른 글씨로 써 오는 까닭에 (마침 그때부터 순희는 외출이 심해졌었으니까) 아마 그의 학교 동무들하고 왕래하는 것인가보다 생각했다.

하나 그러할 때에 한 이상한 소문이 서울 안에 생겼다. 그것은 서울 안 D동 예배당에서 어떤 대갓집 신랑 신부가 혼인을 할 터인데, 신랑이 혼인 예식에 오지를 않아서 예식을 못 이루고 신부는 그날 저녁에 독약을 마시고 세상을 하직했다는 것이었다. 그러자 다시 소문이 분명하게 들려서 신랑은 그 봄에 동경 조도전대학*을 우등으로 졸업한 정택이고, 신부는 일본서 어떤 사립음악학교에 통학하던 장숙희인 것을 알게 되었다. 따라서 정택이라는 사람의 새로 사랑하는 처녀가 최순희인 것을 장숙희의 모친이 순희의 집에 와서 딸의 원수를 갚겠다고 야단을 한 까닭에 알게 되었다. 하나 그때에는 정택이와 순희는 현해탄을 건너면서 서로 평화스러운 웃음을 웃을 때였다. 해서 숙희 어머니의 복수는 성공치 못하고, 순희 어머니는 장중보옥掌中寶玉같이 사랑하는 딸을 잃고 그 회포를 말할 길도 없이 뭇사람의 비난을 홀로 받고 뚱뚱한 몸이 말라빠질 지경에 이르렀다. 남편이 첫째로 그를 공격하고, 장숙희의 모친이 여차로

"내 딸도 예뻤다우. 그 애들도 신식 연애로 서로 보고 혼인했었더라우. 그런데 당신의 딸이 그 애 남편을 뺏어갔기 때문에 내 딸이 죽었소" 하면서 이따금 얼근히 취해 와서는 순희의 모친을 괴롭게 했다.

6

그리고 순희가 다니며 열심히 주일 공부를 가르치던 회당에서는 주일학교 선생을 잃은 것이 분하고 또 회당의 교인이 남의 혼인 예식할 신랑을 앗아가지고 달아났다는 것이 창피스러

* 도쿄 와세다대학교

워서 매일 와서 그 소식을 탐지했다. 그리고 며느리들과 동리 사람들이 각각 비웃었다. 또 그다음으로 순희와 약혼했던 라희준의 집에서 부끄러움을 주었다. 그 괴로움이란 마치 순희 모친 자신이 남의 신랑을 앗아간 만큼이나 커다랬다. 그러나 그 괴로움은 순희가 두 달 만에 자기 집으로 돌아오자 잃어버렸던 딸을 다시 찾은 기쁨으로 변했다. 참으로, 순희는 달아난 지 두어 달 만에 다시 돌아왔다.

순희와 같이 달아났던 정택도 돌아왔다. 하나 두 사람은 이미 인연이 다했는지 편지 왕래도 안 할뿐더러 밀회도 하지 않게 되었다. 그렇다고 두 사람이 다 각기 사랑을 옮겼나 하면 그렇지도 않고, 더욱이 정택이는 언제 내가 연애를 했다더냐 하는 듯이 무슨 일이든지 자기에게 닥치는 것이면 곁눈도 뜨지 않고 열심히 하는 모양이었다.

순희도 아무 말 없이 삼 년 동안을 숨어서 책이나 보고 고요하게 살아왔다.

하나 그들은 자기의 지난 일을 아무에게도 말하지 않고, 혹 누가 열심히 물어보면 정택이는

"그때 운명의 복수란 참 무서웠어요. 나는 그때 비로소 사람이란 운명의 노예인 줄을 알았습니다. 우리는 꼭 운명의 저주로 헤어졌습니다. 어쨌든 우리는 서로 몹시 사랑했습니다. 해서 서로 모든 것을 아름답게 보고 또 보이려 하였으나 그것은 허사였습니다. 어쨌든 어찌나 운명의 장난이 심한지, 심지어 그 아름

다운 순희의 얼굴에 부스럼이 없어질 줄을 모르고 그의 옷을 지어놓으면 어떻게 해서든 더러워지거나 불에 타거나 하고 심지어 허방에 빠지거나 뒷간에까지 빠지는 일이 있었구려. 그리고 내 얼굴에는 웬 여드름이 그리 더럽게 생기는지 거기서 고름이 툭툭 비어지고, 똑 넘어지거나 미끄러져서 옷을 버리지요. 그래서 서로 몸이 괴로운데 도둑은 웬 도둑인지 밤낮 무엇이 없어지는구려. 그러니 우리가 어떻게 살겠소. 저는 좀 낫지만 순희가 참다 못해서 나온다고 했지요……" 하고 이상한 그때의 운명을 원망하는 듯이 나무랄 뿐이다.

그러한 정택의 태도가 대단히 사람들의 동정을 끌었다. 그래서 순희와 참혹하고 맹렬한 연애 사건이 있은 지 삼 년이 지난 지금에는 자못 사람들의 인망을 얻게 되고 동정까지 받게 되었으나 어딘지 얼빠진 사람 같아서 다시는 세상 사람들의 굳센 신용을 못 얻게 되었다. 따라서 그 너른 가슴은 다시 아무것도 안을 것을 찾지 않는 듯이 다만 어떤 빈한 한촌에 가서 빈민들과 같이 생활하면서 그 불쌍한 자제들을 가르치고 그들을 위해 일할 뿐이었다. 생각건대 이전의 야심만만한 연정으로 채웠던 너른 가슴에는 너그러운 인류애를 바꾸어넣은 듯하다.

하나 순희만은 거기 동화도 되지 않고 고요히 침묵을 지키는 중에, 때때로 말할 수 없는 두려움을 받으면서 때를 기다리는 것처럼 지내왔다.

하나 그러한 때가 올는지 말는지, 세월이 물 흐르듯 지나 어느덧 그의 동생들이 번민할 시기에 이르렀다.

그것을 순희는 애석해하지는 않고 도리어 긴 — 세월이 속히 지나가기를 바라보고 있는 것 같다. 결코 어리석던 소녀시대로 돌아가서 미련한 일을 다시 하리라는 생각은 없어 보인다. 어떤 편으로 보면 아무튼 한번 경험해봐야 할 일을 지나쳤다는 안심이 역력히 보인다.

7

필운대에는 봄빛을 받는 서른 전후의 남자들이 십여 명 모여 앉았다. 그들은 사막이라는 구락부원들이다. 그들이 봄기운에 들떠서 짓거리하는 사이로 빨랫방망이 소리가 바위 아래서 철썩철썩 들린다.

샘물이 흐르는 왼편 골짜기에는 십칠팔 세의 소년소녀가 춤추는 듯한 발걸음으로 비탈길을 걸어간다. 그들은 무엇이라고 속삭이며 생기 있는 경쾌한 모양으로 저 —편 송림을 향해 갔다. 그들의 뒷모습을 바라보는 필운대 위의 구락부 사람들이 내려다보면서

"어이 소년들, 어디로 가나? 같이 가세"

"기원 군, 금희 군" 하고 소리를 질렀다. 그들은 뒤를 돌아보고 생긋생긋 웃다가 다시 앞으로 걸어간다.

"어이 소년들, 그 꿀맛 같은 것을 우리들에게도 나누어주게. 그건 못 하더라도 거기 선 채 노래를 하거나 춤을 춰서 보여주게" 하고 늙은 청춘들이 어리광 같은 미련스러운 소리를 다시 지른다.

하나 그들은 역시 대답도 없이 저편 송림 사이로 들어가서 보이지 않도록 나무 그늘에 가려졌다. 이 뒤로 오 분이 지날까 말까 해서 저편 산 너머로 어떤 사람의 혼잣소리가 산울림에 우렁차게 울려서 언덕 위에 앉은 사람들의 귀를 기울이게 한다. 언덕 위에 앉았던 한 사람이

"미친놈인 게로군" 하고 고개를 바로 했다. 또 한 사람이

"응, 뭐라는 거지.(내 말을 막아놓는 너는 무엇이냐. 너는 내 사랑도 아니고 원수도 아니면서, 내 말이 온 세상에 퍼―지는 것을 막는 너는 누구냐.)"

"하하" 하고 한 사람이 웃었다.

"응, 도깨비 같은 것이 아닌지 모르겠다" 하고 한 사람이 먼저 산울림을 듣던 사람에게 거진 동감할 듯이 말했다.

산을 울리던 사람은 그치지 않고 무엇이라고 서로 비웃는 듯한 산속의 혼잣소리를 아무도 듣지 않는 줄 아는지 산골짜기에서 그대로 외쳤다. 구락부 사람들은 더 귀를 기울이지 않고 술상이 속히 오기를 기다렸다.

"나는 배고픈 줄도 모르겠네. 원체 사랑에 주린 사람이라, 말하자면 모―든 것을 주린 셈인데 유독 배만 고프겠나" 하고 비

교적 어려 보이는 사람이 말했다.

"그럴듯한 말이로군" 하고 좀 점잖아 보이는 사람이 옛날 선비 모양으로 몸을 흔들면서

"그러나 외로운 것은 참을 수 있어도 배고픈 것은 참기 어려울 것이다" 하고 말했다.

"봄이다. 밉든지 곱든지 오너라. 나중 일이야 누가 책임 같은 것을 진다더냐. 먼저 서로 안아도 보고 팔을 껴보기도 하고 산비탈을 걷는 듯한 흉내도 내보다가, 틀리거든 조물주의 책임으로 내던지고 말 것이다" 하고 키 크고 얼굴 검은 한 사람이 말했다. 이 말을 들은 사람들은 어처구니가 없어 모두 웃었다. 그러나 그들 중의 한 사람이 머리가 아픈지 무명 두루마기를 주름살도 펴지 않은 채 입고 머리를 숙이고 앉았다.

그 굽힌 가슴과 얼굴이 똑바로는 보이지 않으나 목덜미와 옆으로 보이는 모양이 한없이 고상해 보인다. 그 사람의 숙이고 앉은 차분한 모습이 웃는 사람들의 흥미를 깨트렸는지 거기 앉은 사람들은 웃음을 그치고 그 시선을 행동이 다른 그 한 사람에게로 모두 주었다. 그리고 먼저 산울림을 듣던 한 사람이 아주 동정하는 음성으로

"정택 군" 하고 불렀다. 하나 머리 숙인 이는 아무 대답이 없다. 여러 사람들은 왜 그러느냐고 연고를 묻는 듯이 숙인 사람을 보았다. 먼저 부르던 사람이 다시 소리를 높여서

"정택 군, 어디 불편한가" 하면서 그 옆으로 가서 그이의 머

리를 두 손으로 번쩍 들어주었다. 숙였던 사람은 하는 수 없이 머리를 쳐들고

"엊저녁에 늦도록 잠이 들지 못해서 몸이 고되어 그러우" 하고 빙그레 웃는다. 여러 사람은 안심했다는 듯이 다시 웃음거리들을 끄집어냈다.

봄이 되니까 이성들의 엷은 색 옷이 눈에 띈다 하기도 하고, 먼 곳에 있는 정든 사람이 그립다 하기도 하고, 그리 아름다워 보이지 않는 여자라도 친해볼 호기심이 일어난다 하기도 하고, 아름다운 여자와 연애를 하려면 반드시 고리대금이라도 해서 돈을 많이 모아야 하겠다 하기도 하면서 멍한 정택을 웃기려는 듯이 모두 웃으면서 말하고 물끄러미 앉아 있는 그를 바라본다. 정택은 어떤 이야기든지 풀은 없어 보이지만 주의해서 듣는 듯하다. 사람들은 그 낯빛을 쳐다보고, 그도 무슨 말을 하지 않나 하고 바랐다. 정택이라는 이는 어지간히 듣고 나서 수수한 태도에 속힘 있는 낮은 음성으로 천천히 말하기 시작한다.

....

9

사막은 경성 안 중류 이상, 상류 이하의 서른 전후의 사람들

이 모여서 조직한 구락부다.

    이곳에는 조선말을 연구하는 사람(문사文士), 세상을 싫어하는 사상가, 사회제도를 섧게 보는 감상가들이 모여서 글 짓는 이야기도 하고 세상의 여러 가지 추태도 말하며 그 외에 춤도 추고 노래도 하며 연애도 하고자 하는 곳이다.

    하나 이곳에는 우국지사는 없으므로 좀 방종한 행동으로 놀게 되었다. 사막이라 이름 지은 것도 어떤 험담가가 이곳에 모인 사람들은 아무 취지도 없고 생각도 없이 모인 까닭에 대개는 각각 딴마음을 가지고 있으니까 마치 사막에 간 것이나 똑같을 것이라고 한 것을 좋은 장난 그 뜻대로 받아서 아주 사막이라고 이름을 지었다.

    이 안에는 구락부원이 전부 서른 명이다. 하나 그중에 매일 얼굴을 보이는 사람은 열 명이 될까 말까 하고 대개는 이름만 적어넣고는 그런 것이 어디 있었는지 하고 잊은 사람이 태반이다. 정택이도 그러한 사람들 가운데 하나였다. 그러나 이날은 어떤 힘센 친구에게 끌려와서 멋모르고 노는 판에, 홀로 의붓자식이 되었다.

        ×   ×   ×   ×
          ×   ×   ×   ×

    정택은 사회학을 연구한 사회주의자다. 그러나 행동은 일상

온건해서 섣불리 때도 모르고 폭발탄 같은 것은 안 들고나올 사람……. 교회당에 신부를 세워놓고 정부와 달아났다가 두 달 만에 돌아와서 모양이 달라진 사람. 지금은 빈촌에서 낮에는 아이들을 모아놓고 글을 가르치고 밤에는 짚신을 만드는 사람, 때때로 가슴을 앓는 사람. 이것이 과거와 현재의 정택이고 순희가 잊지 못하는 연인이다.

하나 그들은 서로 모—든 관계를 끊었을 뿐 아니라 모—든 소식까지 서로 통하지 않는다.

그런 까닭에 그들은 세상에 제일 외로운 사람이 되었다. 서로 잘 이해하는 두 연인이 모—든 관계를 끊었을 뿐 아니라 모—든 소식까지 서로 알리지 않으면서 오히려 다른 곳에 사랑을 옮기지도 않았다면 세상은 그 연고도 모르고 웃을 것이다. 그뿐 아니라 믿지 않을 것이다.

그러나 그들은 세상이 믿지 않는 믿음을 가지고 운명의 위협을 받아가면서 한 발자국 두 발자국, 발자국마다 피를 흘리면서 그들이 꿈꾸는 어떤 목표를 향해 걸어나간다. 이런 일이 세상에는 흔히 없는 일이요, 사람들은 다— 모르는 일이다. 그러므로 그들은 외로운 사람이 되었다. 외로운 사람의 고통……

·········

눈을 감고 입을 다물고 참으면서도

"답답하다, 무섭다" 한다. 그럴 때마다 사람들의 말이 반드시 "그렇게 참기 어려운 것을 버리고 쉬운 길을 다시 고르라" 한다. 하나 그들은 머리를 흔들면서

"그럴 수는 없습니다. 또 그러하려고 하더라도 우리의 운명이 우리의 눈을 감겨서 길을 잃을 뿐입니다" 한다.

그래서 그들은 삼 년 전에 그들이 서로 손길을 나누면서 약속한 대로 '사회를 위해 일하리라, 사람을 위해 일하리라' 하고, 정택은 어느 빈촌에 가 있고, 순희는 집에서 차차 어떤 기회를 기다리고 있으나 서로 참기 어려워서 헤맬 때도 있다. 마치 큰 산봉우리 위에 오르는 사람들이 어떤 경우로 인해 한곳에서 오르지 못하고 남북으로 나뉘어져 산봉우리를 향해 올라간다 하면, 거기서 아무리 오르고 또 오를지라도 봉우리 위에는 올라지지 않고, 반드시 그리운 벗이 같은 때에 같은 정도를 밟을 것인가 아닌가를 알고 싶을 것이다. 하나 이 비유는 세상일에 비하면 얼마간 과장한 것이라는 생각이 들 것이다. 세상에는 글이 있고 사람의 입이 있는 까닭에 서로 높은 산 남북의 비탈에서 말을 통하지 못하는 것과는 다를 것 같다. 하나 무엇이 다르랴. 입 없고 눈 없는 산에서는 멀리가 보이고 험람이 보이나 눈 있고 입 있는 세상에서는 사면이 평평한 듯하고도 보이지 않는 험한 물결이 헛된 눈속임으로 사람을 사라지게 했다 내어놓았다 한다. 거친 바다 같고 들 같은 세상의 보이지 않는 물결이 덮쳤

외로운 사람들

다 드러내놓을 때마다, 말할 수 없는 무형의 상처를 받는, 사람은 그 아픔을 받는다. 하나 그 역시 눈에는 안 보이는 상처이다. 그보다, 산에 오르다가 사람이 미끄러져 떨어지면 목숨이 붙어 있는 이상에는 눈에 보이는 상처를 고쳐도 보고 씻어도 보리라. 하나 역시 눈에 보이지 않는 상처는 사람이 고칠 바를 모르고 혹시 고치려 하다가는 그 이상 아픔을 받는 일이 있다.

･･･････

13

상철의 집에는 모든 살림살이가 훌륭한 대갓집 무엇 같다.

거기는 매일 쓰지 않는 피아노와 풍금이 있고, 또 보지도 않는 책들이 치레 책장인…… 두 책장에 그뜩 차 있고, 매일 씀씀이도 흥청흥청하다. 그뿐 아니라 동경 어느 사립대학 전문부를 졸업한 상철은 회당에나 심심풀이로 다닐 뿐이고 아무 직업도 가지지 않았다. 그러면서도 졸업하고 돌아온 지 두 달이 못 된 순철에게는

"놀 수는 없다. 아버지께서 어서 직업을 구하라고 하신다" 하고 도리어 상철이가 그 동생의 직업을 구해주어서 근심을 놓으려는 듯이 행동한다. 그러나 순철은 좀 쉬고 싶었다. 그는 재작

년에 늑막염을 앓았을 뿐 아니라 열여섯 살 된 어린 몸이 고등보통학교를 마치자 여순으로 가서 공과대학 예과에 입학해 이 년을 마치고 계속해서 본과 사 년을 마쳤으므로, 본래 나이도 어리고 학력도 부족했던 터라 그가 대학을 마치기까지는 말할 수 없는 고난을 받았다.

그래서 그의 몸에는 영양이 부족하고, 머리에는 뇌가 다 빠져나간 것 같다. 그런 것이, 이 개월이나 노는 동안에도 여러 가지 집안 근심으로 잠시도 머리를 쉬어보지 못한 까닭에 조금도 건강이 회복되지 못했다. 하나 어리고 순한 그는 좀 쉬고 싶다는 말을 주창하지는 못한다. 그러면서 '돈을 벌어야겠다' 하는 생각이 그 천박한 형과 무식한 아내의 말에 감염되어 머리에 꾹 박히게 되었다.

그렇던 것이 고요한 봄 저녁의 그믐달이 언제나 뜰지 모르는 캄캄한 이때에 그 모친의 하소연으로부터 더욱이 굳어졌다. 지금은 그의 머리에 딴 염려는 하나도 없었다. 아무도 의탁할 곳이 없는, 저보다 위 ― 가 되는 무식한 처와 귀중한 몸으로 저를 연모하게 되어서 그 궁궐이 무너지고 그 족속이 다 망한 후에 여간한 보물을 팔아가지고 저를 은연히 바라고 조선까지 따라온 어린 왕녀는 이 저녁에 자기에게 임박해 있는 모든 근심까지 잊어버리고 돈만 벌어보리라는 생각을 일으켰다. 그래서 활기를 띤 얼굴로

"어머니 제가 돈을 많이 벌 것이니, 돈 염려는 마세요" 했다.

외로운 사람들 241

순철은 다시

"누님은 염려 안 하셔도 좋아요. 그렇게 약해서 어떻게 돈을 버신대요" 하고 그 누이까지 안심을 시켰다. 그는 그런 말을 하면서 자기가 세력 있는 대학을 마쳤으니까 아무 직업을 얻더라도, 실상은 백여 원을 넘지 않건만, 이삼백 원 벌 것같이 생각이 들었다. 그래서 자기가 돈을 벌게 되면 일요일마다 어머니, 아내, 누이, 또 형수까지 극장 구경도 시키고 좋은 옷감도 선사하고, 어려서부터 어머니 없는 집에서 서럽게 자라난 그 처에게 만족하도록 호사도 시키고, 또 자기도 깨끗한 복장을 하고, 청국 ××왕녀(지금은 몰락한) 순영(바꾼 이름)이 오면 기숙사에서는 맛보지도 못하는 과자도 사다 대접하리라고 생각했다. 하나 그것이 공상인 줄은 모른다. 그는 금년에 스물두 살 된 청년이고, 물정에는 그렇게 밝은 편이 아니었다.

순희와 순철이가 그 모친의 말씀을 듣고 각각 속으로 무슨 생각을 하느라 한창 고요할 때 금희가 돌아왔다. 순희와 순철은 마음속으로는 기가 막히지만 순희는 자기의 뒷일이 머리에 거리끼고 순철은 좋은 생각을 하던 끝이라 그 어머니께서 더욱 불안해하실까 해서 다만 금희를 반가운 듯이 바라보며

"금희, 어디 갔었니" 하고 웃었다. 순희는 아무 말 없이 앉아서 그 어머니가 얼마큼 엄한 음성으로

"금희야" 하고 불러서 말하려는 것을

"어머니, 오늘은 꾸지람 마십쇼" 하고 만류했다. 모친은 금희

를 꾸짖으려다가 순희의 말에 이끌려서

"계집애가 늦도록 어미가 근심할 것도 생각지 않고 어디 가 있었니" 하고

"이다음에는 그러지 마라" 할 뿐이었다. 그러나 금희는 흔들면서 조금도 뉘우침을 보이지 않고

"저 동무 집에 갔다가 왔지, 누가 못 다닐 데 가나요" 하고 심술을 낸다. 모친도 기가 막힌 듯이, 참으려던 것을 못 참을 듯이 일어났다. 해서 금희를 붙들어 잡고

"이 계집애 그런 말버릇이 어디 있니. 지금껏 이러고 앉아서 네 순철이 오라비와 귀동 언니가 기다리며 근심을 하고 앉았던 판인데 미안하다는 말 한마디 없이" 하고 그 팔을 잡아챘다.

14

금희는 소리를 지르면서

"어머니는 왜 그러세요. 다 — 같은 자식인데 언니만 귀동이 귀동이 하고 먹는 것 입는 것 갈피를 두시고" 하고 악을 쓰며 운다.

모친은 기가 막힌 듯이

"이 계집애 말하는 것 봐" 하고 금희의 두 팔을 잡고 흔들었다.

순철은 얼른 일어나서

"어머니 그만두세요. 인제 다시 안 그러겠지요" 하고 그 어머니 팔에서 금희를 풀어놓았다. 금희는 엉엉 울면서 머리를 엉클어뜨리고

"이제 보기만 해라. 다시는 안 들어올 테니" 하고 방 미닫이를 힘껏 열어붙이며 나가려고 했다. 이 순간에 순희가 급히 금희를 잡아들이려고 따라 나가서 그 두 팔을 잡고

"이 밤에 어디를 가니" 하고 금희를 끌어들이려고

"남이 알면 처녀가 밤에 나다닌다고 흉본다" 하고 그를 안 놓을 듯이 붙잡아 끌었다. 금희는 순희에게 문턱까지 말없이 끌려오다가 순희가 기진해서 그의 팔을 슬며시 놓으려 할 때 맹수 같은 힘을 내서 순희를 힘껏 뒤로 떠밀치고 뒷마루로 달아났다. 순희는 문턱에 발길을 둔 채 방 윗목 발치로 머리를 두고 자빠졌다. 그리고 몸을 움직일 수도 없이 뒤통수를 부딪혔는지, 한참 멍하니 누웠다가 순철의 해쓱해진 얼굴과 뚱그레진 눈을 바라보고 일어나려고 힘을 썼다. 하나 순희는

"아이고" 하면서 일어날 수가 없는 듯이 일어나려다가 다시 누웠다. 순희 어머니는 혼 나간 듯이 우두커니 서 있다가, 간신히 그의 옆으로 가서

"아가, 몹시 다쳤니" 하고 머리를 들어주었다. 그 뒤를 따라 순철이도 정신을 차린 듯이

"누님, 몹시 다치셨소?" 했다. 순희는 일어나 앉으며, 그래도

"아이고 이 애가 어디 갔어요?" 하고 금희를 찾았다.

그날 밤 열 시가 지나서 순철은 관훈동 제집으로 돌아왔다. 집 문이 열리는 소리를 듣고 순철의 처가 방 아랫목으로 난 미닫이를 열고 내다보았다.

"아 ― 입때껏 깨어 있었소?" 하고 순철은 방으로 들어가면서 매우 동정하는 듯이 물었다. 처는 좀 비꼬는 말로

"나는 오늘은 안 들어오실 줄 알고 막, 대문을 걸러 나가려고 하던 중이에요" 했다.

순철은, 구츠* 끈을 끄르고 안방으로 들어갔다. 방 윗목에서는 안잠자기 마누라가 등걸잠을 자면서 코를 골고 있었다.

아랫목에는 젊은 부부의 자리가 깔려 있었고 그의 처는 그 위에서 『부인』이라는 잡지를 보고 앉아 있었다. 순철은 그 모습에 동정과 측은한 애정을 깨달으면서 옆으로 가 앉았다.

보기에 처는 스물두어 살쯤 되고, 키도 작고 몸도 가늘어 보인다.

"서방님께 편지 온 것이 있어요" 하고 처는 요 밑에서 청국 봉투 속에 넣은 편지 한 장을 뽑아내서 순철에게 주었다. 순철은 잊었던 것을 또 생각해낸 듯이 얼굴이 해쓱해져서 편지를 받아들고

"또 왔군" 하고 부르짖듯이 말하고 편지 봉투를 조심조심해서 뜯는다.

* 구두를 뜻하는 일본어 독음

"왜 그러세요?" 하고 처는 연고를 모르고 물었다. 그리고

"응, 청국 동무의 누이인데, 청국서 못 있을 사정이 되어서 서울 D동 ××학당에 와 있는데, 내일쯤 나를 만나보았으면 좋겠노라고 했군……" 하는 남편의 말이 그 목소리가 좀 덜덜 떨려 들리지마는 의심을 하지는 않고 듣는다. 순철의 처는 얼굴이 잘 나지는 않았어도 대단히 사람의 동정을 이끄는 얼굴을 가졌다. 평평한 이마 아래 어글어글한 눈이 제일 그렇게 보였다. 그 외에는 얼굴에서 다시 들여다볼 것이 없었다. 대체로 이마와 눈도 자세히 보면 그리 아름다운 것이 아니었다. 하나 그는 남편의 사랑으로 거기 매달려서 그들이 바로 혼인하기 전부터 지금까지 조금도 부족을 모르고 살아왔다. 순철의 처는 순철이가 일곱 살 되었을 때부터 친하게 되었다. 하루는 학교에서 돌아와서 점심을 먹으려고 그 할머니 계신 방에 갔었는데 언제든지 자기가 차지하고 있던 할머니의 무릎에 머리 좋은 어린 처녀가 안겨 있었다. 그때 분명히

'저것은 남의 집 처녀인데' 하고 갈피를 두면서

'그것을 왜 안고 계신고 —' 하는 의심이 있었다.

15

그렇지만 그는 어릴 때부터 인정이 많았던 까닭에 그 작은 처

녀가 울다가 그친 지 얼마 되지 않은 흐느끼는 소리를 낼 때는

'아마 저 애는 저의 어머니에게 매를 맞았나보다' 하고 언제든지 무릎에 매달려서 밥 달라고 응석을 부리던 것이 문 앞에서

"할머니, 점심 주십쇼" 하고 손을 맞잡고 섰다. 그 모양이 얼마나 귀여워 보였던지, 할머니께서는 안고 계시던 아이를 잊어버리시고 급히 일어나셔서 그를 안으려 했다.

그때 할머니 품에 안겼던 아이는 공연히 방바닥에 나가넘어져서 한참을 소리도 내지 못하고 새카맣게 질렸다가 소리쳐 울었다. 그러나 할머니는 정신없이 어름어름하다가 그래도 그를 안으려고 팔을 내밀었다. 그때 순철은 한편으로 비켜서면서

"할머니, 저 애가 우는데요. 그것도 모르시고" 하면서 벌씬벌씬 웃었다. 그때 울던 아이는 옆집에 사는, 할머니와 친한 이의 손녀이고 순철이도 동무같이 일상 놀던 아이였다. 그 아이는 순철이보다 한 두어 살 위 되는 계집아이였고 그리 어여쁘지는 않았으나 어딘가 귀염성스러워 보이는 곳이 있는 아이였다.

그때 마침 그 아이는 자기 어머니가 운명을 하고 있었다. 그래서 어린것에게 참혹한 꼴을 보이고 싶지 않았던 그 계집아이의 할머니가 그 애를 순철 할머니에게 데리고 와서 잠시 부탁했던 것이다. 그때 할머니의 행동하시던 모습은 지금 십여 년이 넘었어도 한 웃음거리로 그의 머리에 남아서 없어지지 않는다.

그 후에, 할머니 무릎에서 공연히 떨어져서 울던 처녀 아이는 그 어머니가 죽은 후에 할머니 손에 길러지다가 그 할머니조차

세상을 이별한 때에는 순철의 집에서 자라게 되었다.

순철은 그때부터 그 처를 동정하게 되었고, 그들이 결혼할 때에는 이성으로 친함보다 서로 형제간이나 되는 듯이 친했다. 하나 그 처녀 아이는 순철의 어머니의 성격에는 맞지 않았다. 그뿐 아니라 순철의 어머니는 그 처녀 아이의 부친인 장 주사라는 사람이 싫었다. 자기의 딸을 남의 집에다 맡겨두고 얼굴에 미안한 빛도 없이 후처에게만 빠져서 살아가는 것이 아주 참지 못할 고통거리였다.

그러나 순철의 할머니는 딸의 반대도 돌아보지 않고 장 주사의 딸인 그 처녀 아이를 불쌍히 여기면서 자신이 죽기 전에 기어코 귀여운 순철이와 결혼을 시키려 했다. 순철의 조모는 상철이보다 더 사랑스러운 순철이가 하루바삐 혼례를 해서 예복을 입고 그 앞에 절하게 될 때를 기다렸다.

그래서 순철이가 열네 살 되던 해에 순철의 모친이 반대하는 것도 돌아보지 않고 장 주사의 딸과 결혼시켰다. 그때 집안사람들은 하는 수 없이 조모의 독단적인 행동을 불평스럽게만 바라보다가 이듬해에 그가 세상을 떠난 뒤에는 잠시 그런 불평이 없어졌다. 하나 오래가진 못했다. 이러할 때 순철과 그 아내는 그러한 갈등을 돌아보지 않고 친한 동무와 같은 친함으로 아내는 남편에게 복종하고 남편은 처의 외로운 처지를 매우 동정했다.

순철은 누워서 내일 일을 생각했다. 찾아가는 것이 옳은가, 안 가는 것이 옳은가 하고. 그러다가 그는 여순 있을 때 자기가 어린 마음으로, 결혼한 것을 안 했다고 속인 것이 생각났다.

그리고 저의 동창생 정대영에게 이끌려서 ××궁에 갔었던 일이 생각났다. 거기서 그는 눈이 부시도록 아름답고 귀여워 보이는 이순영을 만났다. 그 뒤에 순철은 정대영에게 끌려서 여러 번 ××궁에 가게 되었다. 그러는 동안에 자연히 어린 왕녀는 순철과 어깨를 나란히 하고 걸으면서 영어와 한어漢語를 섞어서 순철에게 조선 이야기를 물었다.

어린 왕녀 앞의 외국 평민 대학생은 도리어 소녀보다 더 수줍어했다. 그런 것이 도리어 ××왕과 그의 일곱째 왕비의 눈에 들어서 일요일마다 ××궁에서는 자동차를 보내서 순철이를 데려다가 왕녀와 친하게 했다. 하나 그런 일이 순철에게는 유쾌하지 않을 뿐 아니라 고향에는 처가 있는 사실을 남에게 알리지 못한 두려움이 그의 가슴에 어떤 근심을 일으키게 되었다. 그러나 어진 그는 한편으로 처의 가련한 신세에 이끌리면서 한편으로는 우정과도 비슷하게 된 그 귀엽고 아름다운 왕녀의 사랑에 이끌려서 일요일마다 그의 사촌 오라버니 정대영이가 이끌면 반드시 ××왕궁에 이르러서 놀게 되었다.

16

왕궁에 가면 언제든지 넓은 정원 한끝에 은밀히 담을 쌓은 비밀실인 듯한 곳에서 놀았다. ××왕 이하 시중드는 사람들은 순철이를 성적 좋은 동족同族의 대학생으로 접대했다. 왕과 왕비는 순철이가 몇 주째 왕궁에 가서 그들과 친해졌을 때 하루는 왕녀에게 조선말을 가르치라고 권했다. 그래서 순철은 좀 가슴이 뜨끔하지만 사랑스러움에 이끌리고 권위에 눌려서 하는 수 없이 일요일마다 두 시간씩 조선말을 가르쳤다. 본래 어릴 때부터 동무들을 가르치느라고 여간 괴로운 것은 괴롭게 생각도 안 하던 순철은 그 몇 배나 열성을 다해서 저보다 어린 왕녀를 가르치기 시작했다. 그러면서도 고향에 있는 처에게 동정이 안 가는 것도 아니요, 이 해가 지나서 한 달만 지나면 그때는 아주 조선에 돌아가버릴 테니 하는 안심이 있었다. 그러나 순철이가 고향에 돌아갈 생각을 할 때 ××왕궁에는 어떤 괴변이 일어났다. 하룻저녁에 마적단 같은 도적이 들어와서 왕과 왕비들을 몰살하고 재물을 탈취하고 궁에 불을 놓고 달아났다. 그 소요 통에 자기 부모와 형제가 칼에 찔려 죽고 총에 맞아 죽는 틈에서 순영을 빼내온 사람은 순철과 한 반에서 공부하는 정대영이었다. 정대영은 본래부터 왕족은 아니었다. 그는 저의 고모가 ××궁에 궁녀로 있다가 비로 봉해진 뒤에 그 궁에 있게 되었으므로 본래는 평민이요, 왕녀와는 외사촌 남매간이었다.

정대영은 그 소요 때 순철이가 가서 놀던 비밀실에서 시험 준비를 하고 있었다. 거기 ××궁 왕녀인 순영이는 순철의 이야기를 물으며 방해를 놓고 있었다.

"오빠, 그렇게 그이는 공부도 잘하고 운동도 잘하오? 그때 빙상운동회冰上運動會에서 일등 선수 노릇을 한 사람은 순철이었지요. 그때 나는 그 사람을 우리와 같은 동양 어느 나라의 왕족으로 보았어요. 그렇지 않고는 조선 평민으로는 그렇게 잘날 수는 없는걸요. 암만해도 그는 조선 귀족이나 왕족인가봐요. 그렇지 않고는 그렇게 잘날 수야 있어요? 우리 어머니도 반드시 순철 선생은 조선 평민은 아니리라고 말씀하시더군요. 네, 아마 그렇지요" 하고 큰 은행 껍데기 같은 눈을 궁리하는 듯이 옆으로 떠서 천장을 향해 눈동자를 굴렸다. 그러다가 한참 만에 또

"네 — 오빠, 그런데 순철 선생은 해진 복장을 입고 다닙디다그려. 그건 아마 근본을 감추느라고 그러는 것이지요" 하고 대단히 귀염성스럽고 평민적으로 자라는 왕녀는 그 오빠에게도 평민의 자식같이 그 이상 쾌활한 행동을 했다. 그렇게 이야기하는 것을 평소 같으면 몇 배나 더 열심히 대답도 할 것을 시험 준비가 바빠서

"그렇습니다, 네네" 하고 책만 들여다보았다. 어린 왕녀는 그러한 사촌의 행동을 이상하게 생각하면서

"오빠, 나 그만 가리까?" 하고 일어서려 하던 때였다. 순영의 유모가 허덕허덕 몰래 지하실로 더듬어 와서 대영에게 순영을 업고 도망가라고 했다. 그 나라에는 흔히 있는 일이라 연고도 물을 겨를 없이 대영은 순영이를 업고 복도로 빠져나가서, 매일

외로운 사람들

자동차를 타고 통학하던 길을 순영을 업고 맨발로 삼십 리나 줄달음질을 해서 공과대학 기숙사 문을 두드렸다. 그때는 막 기숙사 문을 걸고 들어간 문지기가 자려고 이불 속으로 들어가던 때였다. 평소에도 상냥하지 못하던 문지기는 또 어떤 학생이 기숙사 규칙을 안 지키고 어디 나갔다가 지금에야 들어오나보다 하고 일본말로 중얼중얼하면서 문도 열기 전에

"오늘뿐이요. 다시 이렇게 늦게 들어오면 용서 없이 사감 선생님에게 이를 테요" 했다. 대영은 덜덜 떨면서 서투른 일본말로 재촉을 했다. 문지기는 뿌루퉁해서 문을 열다가 어떤 청년이 그리 어리지도 않은 큰 처녀를 업고 온 것을 보고 깜짝 놀라며 문을 도로 닫으려고 했다. 하나 대영은 전에 기숙사 생활을 하던 일이 있었으므로, 정신없는 문지기가 한참 만에 생각이 났던지 대영이를 겨우 대문 안으로 넣고 대문을 닫았을 때, 마침 말을 탄 수상한 사람들이 대문을 지나며

"어쨌든 이편으로 오는 것 같았는데"

"그 안에야 단둘이 들어갈 수가 있나"

"그만 돌아가지"

"그만 돌아가지" 하고 말을 주고받으면서 왔던 길로 돌아서서 갔다. 이 정경을 본 문지기는 무슨 생각에 켕겼다.

17

 해서 급히 대영이를 자기 방에 숨겼다. 다행히 밤이 새도록 아무 일도 없었다. 대영과 순영은 사시나무 떨듯 떨면서 그날 밤을 앉아서 새우고 날이 샌 후에 순철의 방으로 갔다. 순철은 골몰히 책을 보고 있었다. 그러다가, 대영과 순영이가 다 죽게 되어서 새벽에 찾아와 꿈이 아닌가 하고 눈을 비벼 보았다.

 그날 아침 여순 도시 전체에는 신문 호외가 눈발 날리듯이 집집마다 돌려졌다.

 '×군이 마적단을 이용하여 ××왕가 일족을 몰살하고 그 재물을 분탕하였다'고.

 참으로 ××왕궁은 기둥 하나 남지 않고 죄다 타버리고 그 가족은 순영이 외에 아무도 남지 않고 몰살을 당했다. 순영은 순철의 방에서 정신을 잃고 있었다. 왕녀는 급히 변한 자기의 경우를 생각하고, 한없는 친절을 다하고 사랑을 보여도 아는 듯 마는 듯 한결같이 부드럽고 냉정해 보이는 순철을 생각하고 가슴이 찢어지는 것 같았다.

 그 후에 대영은 아직도 ×군이 다만 홀로 남아 있는 왕녀를 해할 것이라고 염려해서 순철과 의논한 후 형용이 초췌한 순영을 변복시켜서 조선으로 데리고 갔다. 해서 그를 감춰둘 곳을 찾았으나 마침 그러한 곳이 없었고, 순영은 또 아직 공부할 나이였으므로 D동 ××학당에 입학시켰다. 그의 학비는 그의 몸에 달았던 보석과 진주를 팔아도 당분간은 넉넉했다. 순철은 순영이가 조선으로 가게 된 것을 한편으로 꺼리기도 하고 또 한편으로는 행복스러운 듯이도 생각했다.

순영은 이와 반대로 조선으로 가는 것이 무턱대고 좋았고, 또 순철이 이듬해 봄에 대학을 마치면 돌아갈 것이라는 믿음성도 있었다.

하나 순철은 순영이 조선으로 간 뒤에 한 번 위로하는 말로 편지를 하고, 그 후에 좀 애틋한 말로 편지를 써보았으나 졸업시험을 치르느라고 엉망 중에 써서 아버지에게 하는 편지 봉투 속에 순영에게 썼던 편지를 잘못 넣고는 그 후론 순영의 편지를 받아도 못 본 체할 뿐이었다. 그러나 순철은 대학을 마치고 조선으로 돌아온 그 이튿날 ××학당에 가서 순영을 찾고, 대영이가 여순으로 돌아가서 불타버린 왕비의 방 앞마루 밑에서 파낸 보물을 이불 솜 속에 숨겨가지고 와서 순영에게 주었다.

순영은 몇 달 만에 아주 어김없는 조선 처녀가 되었다. 남자를 만나면 몸을 비꼬아서 고개를 숙이는 것까지 조선 처녀였다. 그는 순철을 보고 그 앞에 엎드려 울었다. 순철이도 아무 말 없이 제 앞에 엎드려 소리도 내지 못하고 우는 참혹히 된 왕녀를 생각하고 너른 가슴에 그뜩한 자애의 진정을 다해서 그 정경을 불쌍히 여기는 마음으로 울었다. 그러나 순철은 순영이가 울 때에 같이 울었을 뿐이요, 울지 말라는 말도 안심하라는 말도 한마디 하지 않았다.

다만 그는 울음으로 울음을 북돋아주었을 따름이다. 그리고 돌아와서 순철은 두 주나 세 주쯤 지나서 한 번씩 순영의 기숙사를 찾아가서 보았다. 그럴 때마다 인정에 주리게 되어서 외짝 연모를 계속해가는 왕녀는 눈물에 가려

"이번에는 또 언제나 오시렵니까" 하고 서러운 얼굴로 묻는다. 그러나 순철은 지난달 초순에 순영을 찾아간 이후로 아무 소식도 보내지 않고, 그 처가 알게 된 까닭에 그 외로운 학대받은 인정에 이끌려서 순영을 잊고 있었다. 잊지 않는다 하더라도 순철에게는 도리가 없었다. 아무리 몰락했다고는 할지라도 한 나라의 왕녀이던 귀인을 저의 두 번째 부인으로 맞아들일 수도 없고, 그렇다고 지금의 부인을 한껏 동정하는 저로서는 자기와 관계있던 몸이 길거리에서 갈 곳을 몰라 헤매라고 내버릴 수도 없는 경우였다.

그래서 순철은 남모르는 속 근심에 밤마다 잠을 이루지 못한다. 오늘 이 밤에도 순철은 순영의 편지를 받아 들고 언제까지든지 잠을 못 이루고 근심한다. 한문이라고는 한 자도 모르는 순철의 처는 그 편지는 못 보고 자다가 이따금 눈을 뜨고

"왜 무슨 편지길래 잠을 못 주무세요?" 하면서 옆에서 편지를 펴들고 누워서 생각하는 그의 허리에 손길을 올려놓기도 한다.

그럴 때마다 의탁할 곳 없는 처가 칠 년간이나 자기를 기다리느라고 까다로운 시집살이를 한 생각을 하고 그 옆에서 다른 여자의 편지를 읽는 것이 참을 수 없는 큰 죄 같아서, 은연중에

아내의 가슴에 손을 올려놓아주며 차마 못 할 말이지마는 그 처를 안심시키기 위해

"친구한테 온 편지인데 답장 쓸 것을 생각하느라고 얼른 잘 수 없으니 먼저 자요" 했다.

18

 이같이 순철은 좌우편으로 마음이 끌리는 것을 애서서 한편으로만 쏠리도록 하려 한다. 저의 도덕적 관념으로 보면, 순영은 자기가 손대지 않은 깨끗한 그릇일뿐더러 그에게는 재물이 두 가지 세 가지 있다. 첫째는 동정童貞이고 둘째는 지식이고 셋째는 금전이다. 거기다 저의 처를 갖다 비기면 그는 세 가지 중에 하나도 못 가졌을 뿐 아니라 아름다운 용모조차 순영을 당하지 못한다. 하나 두 여자는 어느 편이든지 다 ― 순철을 사랑한다. 순철은 즐겁게 그 두 사람의 사랑을 받으려 한다. 하지만 저의 정직한 양심은 그것을 한꺼번에 똑같이 받을 수는 없다고 생각한다. 반드시 순영의 사랑만을 받고 그 사랑에 봉사하려고 할 것 같으면 지금까지 외로운 몸이 몹쓸 고생을 다 해오면서 칠년 동안이나 자기를 지켜온 저의 처를 버려야 할 것이고, 그 처의 사랑을 받아서 모 ― 든 것을 거기 희생하려 하면 순영이 역시 외로운 몸이다. 평민과도 달라서 현실에는 극히 어두운 몸으

로 조선까지 와서 말은 분명히 못 하나 저만을 믿고 기다리고 참된 말 아름다운 말 한 마디 두 마디만 배울지라도 저와 자기 사이의 좋은 전조로 알아두는 순영을 버려야 할 것이다.

그러므로 순철은 그 유순한 인정이 어느 편이든지 차마 못 버릴 것으로 생각할 때가 많다.

순철은 이 밤에도 곰곰 생각한다. 처를 버리면 그 처에게는 절개도 없고 미모도 없고 지식도 없다. 혈혈단신으로 세상 밖에 버려지는 셈이다. 그러면 그는 어찌 될 것이냐. 잘되어야 남의 집 침모이고, 그도 못 되면 세상이 침을 뱉는 추업부나 거지가 될 것이다. 아 ― 그렇도록 잔학한 행동을 어찌 사람이 되어서 하랴. 하물며 나의 몸의 반편같이 생각이 드는 그 처를……. 그의 다만 하나이던 보배 같은 동정도 이미 나에게 받치고, 지금 내가 이렇게 다른 여자의 편지를 보는 것도 아는지 모르는지 고요히 잠들어서 천사같이 순한 모양을 하고 자는 것을…….

이같이 생각하고 앉은 순철의 왼편에는 처가 숨결을 괴롭게 쉬면서 잠들었고, 그 오른편에는 순영의 편지가 놓여서 그 귀한 얼굴에 눈물을 흘리고 하소연하는 것 같다.

순철 선생, 어느덧 봄이 돌아와서 선생을 모신 지 일 년이 되었다고 말하는 것 같습니다. 기숙사 뜰을 무심히 지나도 모래땅을 돌돌 흐르는 가 ―는 샘물과 버려질 때를 말하려는 듯한 꽃봉오리들이 다 착한 처녀 네 마음속에는 무엇을 준비하였느냐,

하고 묻는 것 같습니다. 하나 저는 무엇을 말할 수 있겠습니까. 옛사람의 말에, '뒤를 돌아다보는 이는 어리석다'라고 하였습니다. 그런 까닭에 몸에 넘치는 설움을 안고, 부모 슬하에 행복하게 지내던 옛일을 뒤돌아 생각할 수도 없이 외롭게 탄식합니다. 그리고 학교 생도들은 언어도 불통하고 풍속도 다른 곳에서 자라난 사람이라고 보아서 그러한지 다만 호기심으로 저를 바라봅니다. 하나 그들은 저를 미워하는 것이 필경 아닙니다마는 저는 어찌함인지 그들에게 호의 외 친함을 보내지도 못하고, 누군들 기다립니다. 하나 제게 누가 오겠습니까. 여순서 저 때문에 일년 공부를 희생한 대영 오빠는 감히 바랄 수 없고 선생께서나 와 주셔야 사실이 될 것인데 선생은 연구하시는 바쁘신 어른이시고……. 때때로, 어리석은 일이지만, 부모를 죽여 없애고 집을 불살라준 ○○주의를 빙자하는 ×군을 원망합니다,마는 다 — 운명의 지도하신 바라 의심할 길 없이 이 마음을 누가 위로하려나 와주었으면 하고 애달피 생각합니다.

선생, 제가 이렇게 자주 편지해서 무엇에든지 방해가 없으십니까.

월 일 순영 배백

아아 순철은 그 어리고 순결한 마음이 그렇게 자기를 생각하는 것을 보고 차마 그를 찾아가보지도 않을 수야 있을까, 하고 편지를 다 보고 자리에 누우면서

'내일은 찾아가보자. 그리고 기회가 허락하면 나는 아내 있는 사람이라고 말하리라' 결심하고 눈을 감았다.

19

순철은 그 이튿날 새벽에 처가 자리에서 일어나지도 않았을 때 잠을 깼다. 무엇인지 몸이 무거워서 눈이 쉬 떨어지지도 않으면서 다시 잠이 들 것 같지도 않다.

그는 처의 새벽잠을 깨우지 않으려는 듯이 조심조심 일어났다. 그리고 순영이를 찾아가서 하루 동안만 마음이 편하도록 잘 위로해주고 지금까지 아무런 감정도 가고 온 것이 전부 없었던 것처럼 단지 친형제같이 친하도록 말해보리라 생각하면서 저의 지갑을 열어보았으나 잔돈 몇 푼이 있을 뿐이었다. 그 돈으로는 순영을 위로하려고 동물원 구경을 시키더라도 부족했다. 그래서 순철은 아침에 아버지에게 가려고 생각하다가, 거기로 가면 저의 감정이 상하기 쉬운 까닭에 순희에게 가서 어머니에게 말해달라는 것이 편하겠다고 생각하면서 지갑에 있던 돈을 그 처의 주머니 속에 넣어주었다. 그리고 순철은 가만가만히 자리옷 위에 두루마기를 걸치면서 문밖으로 나섰다. 비옷 장수와 미나리 장수, 두부 장수가

"비옷 드렁 사우"

"미나리 드렁 사우"

"두부 사" 하고 좁은 골목으로 들어오다가 두루마기 고름을 매면서 분주히 나가던 순철과 부딪혔다.

"다치셨습니까" 하고 순철이와 부딪힌 미나리 장수가 순철이를 보고 어려운 듯이 겁을 먹고 물었다. 순철은 부끄러운 듯이

"아니" 하고 달음박질해서 골목 밖으로 나섰다. 관훈동 우편국은 문 닫힌 채로 있고 그 옆으로 흰 두루마기 입은 사람들이 분주히 지나갔다.

아침 안개가 부유스름한 낮은 하늘 밑 땅 위에서 이른 아침 공기를 적셔서 사람들의 아침 정신을 흐렸다. 순철은 안국동 네거리에 와서 간동 편으로 돌아다보았다.

하나 그는 역시 안국동 길모퉁이로 돌아서면서 한 품팔이꾼이 괭이를 들고 아직 아무도 손대지 않은 딴딴한 한길 땅을 힘 있게 괭이로 파는 것을 그윽이 보았다. 품팔이꾼은 두 번 세 번 같은 동작을 연속했다.

순철은 그 앞으로 지나다가 심히 아름다움을 본 사람의 모양으로 한참 우두커니 서서 구경하다가 안국동으로 향해 가면서

'사람의 아름다움도 때를 얻어서 운동하는 데 있다' 하고 생각했다.

안국동 집에는 그 모친이 일찍 일어나는 탓인지 어느새 일어나서 두선두선하고 있었다. 순철은 우선 뜰로 들어가다가 광에서 나오는 모친과 만났다.

"순철이 너 어떻게 이렇게 일찍 왔니" 하고 모친이 근심스러운 얼굴로 물었다.

"어머니, 안녕히 주무셨습니까. 금희는 아직 안 들어왔어요?"

순철은 모친의 놀라시는 표정에 기가 눌려서 한참 만에 인사를 했다. 건넌방 미닫이가 열리면서 순희가 반가운 듯이

"순철이 왔니? 들어와" 한다. 모친이 물끄러미 순철의 얼굴을 들여다보다가 기—다란 마른 손을 만지면서

"안 들어왔다" 하며 한숨짓고

"너 어디 불편하냐. 여순서 나올 때보다도 몹시 수척하지 않았니. 안되었다 애야, 몸조심을 해야지" 하고 근심했다. 순철은

"아니요, 봄부터 여름까지는 늘 이래요" 하고 모친을 안심시키면서 순희의 방으로 들어갔다.

순희는 또 몸이 아프다고 누워 있었다. 벽에는 새 옷이 걸려 있었다. 순철은 그 사치한 순희의 옷을 보고

'언제 누님은 저런 옷을 다— 장만하셨소' 하는 듯이 벌씬 웃었다. 그러나 입 밖에 말을 내지 않고 누이를 바라다본다. 그 눈이 순희를 그윽이 볼 때 이러한 의미를 머금고 있었다.

'누님, 당신은 정택 씨와는 아주 다르시구려. 그러면 당신은 지금 그를 잊으셨구려.'

하나 순철은 또 말은 하지 않았다. 순희는 어쩐지 멀리를 바라보며 그에게 눈을 맞추지 않았다. 그리고 한참 우물쭈물하다가

"순철이— 세수도 안 하고 왔구나. 혹시 말다툼이나 하고 오

외로운 사람들 261

지 않았니. 오빠네처럼" 하고 미소했다.

순철은 매우 주저하다가 순희에게 돈 오 원을 얻어가지고 집으로 돌아왔다.

이럭저럭해서 순철이가 ××학당 기숙사 문에 들어와 서서 순영을 찾기는 오전 열한 시쯤이었다. 사감에게는 먼저 정대영이가 말해두었기에 언제든지 순철이가 찾아갈 때는 순영에게 면회시키기로 허락되어 있었다. 순영은 사감이 들어가자 달음박질해서 나왔다.

기숙사 뜰 저편에서 테니스를 치던 학생들이 라켓을 내던지고 뜰 모퉁이에 서서 이야기하는 순철과 순영을 기웃기웃 엿보았다.

순영은 정대영이가 청국서 사 보낸 것으로 만들었다고 하면서 흰 비단 저고리에 남빛 도―는 옥색 치마를 깡총하게 입고 있었다. 머리는 서양 처녀들이 하는 대로 뒤로 틀어 꿍치던 것을 이날은 층층 땋아서 늘어트리고 그 기―다란 머리채 가운데에서부터 끌러서 새빨간 리본으로 매고 있었다.

20

순철은 순영이가 그동안에 자란 것을 보았다. 그리고 지금까지 못 보았던…… 가슴은 불룩하고 허리가 가늘고 뒤가 퍼―

진 것이 보였다.

"순영 씨, 그동안 공부 많이 하셨소?" 하고 이 말 저 말 끝에 물었다. 하나 지금까지 옷 해 입은 이야기, 운동한 이야기, 동무 사귄 이야기를 하던 순영은 급히 입을 꼭 다물고 조선 처녀들이 하는 버릇대로 치마끈을 말았다 펼쳤다 했다. 순철은 다시 물었다.

"공부 많이 하셨어요?" 하고. 하나 두 번째에도 그는 백합같이 하얀 얼굴을 숙이고 치마끈만 돌돌 말았다 폈다 하면서 대답이 없었다. 순철은 의심스럽게

"순영 씨" 하고 불렀다. 한참 만에 순영은 머리를 들어서 이상히 괴로운 듯한 얼굴을 보이다가 다시 머리를 푹 숙이며 간신히

"저는 공부하기가 싫어요. 당최 그 괴로움이란 참을 수 없어요" 했다. 작은 구슬을 꿰어내는 듯한 그의 음성이 애틋이 들리지만 순철은 그런 감정을 감추고

"순영 씨, 당신은 언제부터 그런 생각을 하게 되었습니까. 아직 어리신 이가 공부를 안 하시고 무엇을 하시겠습니까" 하고 이성적으로 준절히 일렀다. 그리고

"가실 곳도 없으시면서" 하고 더 말하려다가 흰 비단보다도 더 하얘지는 그의 얼굴을 바라보고 말을 채우지 못하고 얼굴을 돌렸다. 순영은 이때야 그의 비참한 표정을 보고는 고개를 들고 좀 점잖은 권위를 보이며

"순철 씨, 저는 금년에 열여덟이올시다. 벌써 어리진 않습니

다. 그리고 이 학당에서는 제가 배우려고 하는 것이 하나도 없습니다. 저는 그래서 생각했습니다. 이 학교에 있는 것보다는 선생 계신 데 가서 청소를 해드리는 것이 좋겠다고……. 해도 선생께서 저를 안 데려가시면 할 수 없지요. 하나 제 생각에는 반드시 선생께서 저를 안 데려가실 수는 없으실 줄 압니다. 그 전에 아버지와 어머니께서는 저를 선생에게 드리고 싶다고 하시면서 선생에게 조선말을 배우라고 하셨습니다" 하는 그 어조에는 괴상한 힘이 넘쳐서 들린다. 그는 여기까지 말하고 순철의 놀라는 모습을 보다가 다시 말했다.

"선생, 저같이 불쌍한 것을 안 데려가신단 말씀은 못 하시지요. 조선으로 온 것도 이렇게 조선말을 배운 것도 다 — 선생을 생각하는 정성으로 한 것이올시다. 저는 그—때 선생이 얼음 위에서 달리시는 것을 바라보고 철없는 마음에 선생을 잊을 수 없어서 어머니께 졸라서 선생을 모셔오게 했습니다. 그때 어머니 말씀이, 의외로 고맙다 하시면서 쉽게 허락하셨습니다. 그리고 제 생각이 그릇된 것이 아니라고 말씀하셨습니다. 그리고 저는 황족이라도 평민같이 되었으니까, 반드시 아무런 이라도 모실 것이라고 말씀하셨습니다" 하고 순영은 입을 다물었다. 그 얼굴에는 열심스러운 빛이 발그레하게 오르고 그 눈에는 고치지 못할 강철 같은 빛이 뜰 귀퉁이에 서서 멀리 바라다보는 사람들을 연고 없이 쫓아버리도록 굳세고 빛나 보였다.

순철은 할 말을 잃고, 우두커니 순영이가 다시 말하기를 기다

렸다. 순영은 이번에는 좀, 그 감정을 보드랍게 하면서

"선생, 제 말이 그릇되지 않지요. 선생은 저를 하루바삐 댁에 데리고 가시고 싶으시면서도 제가 청국 사람이고, 또 이전에 왕녀였으니까 당신의 공평한 심리로 보셔서 좋은 사람이 아닌 줄 아시는 것이지요. 그래도 저는 불쌍한 사람이 아닙니까. 불쌍한 사람은 마음이 순해진다는 법인데 저라고 그렇지 않을 수야 있겠습니까."

이때 순철은 순영의 지혜로움에 깜짝 놀랐다. 그리고 그의 말은 오랫동안 저를 보면 하려고 준비했던 듯이 줄줄 외는 것같이 들렸다. 순철은 순영에게 오늘 기대하고 온 것은 이런 일이 아니었던 까닭에 할 수 있는 대로 그를 흥분된 상태에서 끌어내리고 힘쓰며 고요한 태도를 짓는다.

"순영 씨, 그런 말씀은 아직 하실 때가 아닙니다. 저도 어리지만 순영 씨는 저보다도 더 어리시니까 이다음에 그런 말을 하십시다. 순영 씨를 위해서 좋지 않은 일이올시다. 저는 물론 순영 씨를 데려가고 싶지요. 해도 제게는 그렇지 못한 사정이 있습니다. 저는 그래서 여순 있을 때부터 순영 씨 댁에 가기를 꺼렸습니다. 해도 대영 씨에게 끌려서 하는 수 없이 객지의 외로운 몸이 늘 ― 순영 씨에게 가서 위로를 받았습니다. 하나 저는 그 위로를 받는 만큼 괴로움도 받았습니다" 하고 순철은 순영의 낯빛을 살폈다. 먼저는 하얗다가 다시 불그레해졌던 것이 지금은 남빛이 돌도록 파랗게 질렸다.

하나 순영은 무엇을 생각했는지 낯빛을 고치고

"선생님, 제가 그—때 과하게 호사를 하곤 해서 그렇지요" 하고 이상한 웃음을 웃었다.

21

순철은 그 웃음을 바라보고 무엇을 주저하는 듯하다가 또 서슴지 않는 듯이 인생의 신산함을 말하는 것처럼

"순영 씨, 내가 말하는 것은 그런 달콤한 이야기가 아니······" 하고 말을 채 하지 않고 입을 다물었다. 그는 어린 왕녀의 얼굴이 다시 하얘지는 것을 보고, 말을 채 하지도 못하고 사시나무같이 떨려오는 몸을 간신히 우뚝 세웠다.

순영은 지금은 말이 다했는지 눈 한번 깜짝거리지 않고 뜰 귀퉁이에 나란히 섰다. 마치 새빨갛던 우미인초가 하얗게 변해서 잔바람도 없는 유월 대낮에 별을 쬐고 있는 것 같다. 마침 산들바람이 드물게 나오는 나무싹들을 흔들었다. 순철은 입을 열었다.

"순영 씨, 오늘은 밖에 나가보시지요. 그리고 우리 집에도 가보시고······" 하자, 순영은 꿈이 아닌가 하고 좋아하며 작은 새가 날아가듯이 달음질해서 저—편으로 가며 잠깐 돌아다보고

"선생, 내, 사감께 말하고 올게요" 했다. 그 모습이 아주 순철

을 꽉 믿는다는 듯이 보인다. 순철은 속으로 아무리 보아도 순영이가 전보다는 달라졌다고 생각했다. 급히 그런 경우의 변천을 당하면 사람들이 흔히 신경이 과민해지기 쉽다는 말을 순철이도 인정하는 터이다. 그는 눈살을 펴지 못하고 순영을 애처롭게 생각했다. 하나 순영이를 자기 아내로 삼고 현재의 자기 처를 버릴 생각은 안 한다.

 순영은 사감에게 허락을 받고 층층 땋아서 늘였던 머리를 아무렇게나 뒤로 꿍치고 순철을 따라나섰다. 그 뒤를 바라보는 기숙생들이 무엇이라고 수군수군했다. 그들은 순철이와 순영이가 한어로 말하니까 조그만 말도 듣지는 못하나 수상한 그들의 태도를 단순히는 보지 않는 모양이었다. 순철은 순영이가 길에서 이전에 가졌던 권위도 점잖음도 다 없애고 다만 인정에 주린 어린 양과 같이 자기를 따라오는 것을 생각하면서, 침묵을 지키고 길을 지나가기는 해도 가슴이 파이는 것 같았다. 할 수만 있으면 순영에게 무슨 말을 해주고 싶으나 얼른 그 말이 입 밖에 나오지 않았다.

 그들은 동대문행 전차 위에 올라앉아서 서로 입을 다물고 있다가

 "순영 씨, 날도 좋고 하니 우리 동물원까지 갔다가 돌아오는 길에 우리 집에 들릅시다" 하고 순철이가 순영에게 말했다.

 바람은 자고 날은 아지랑이가 끼여서 아른아른하게 고운 정오 때였다. 전차는 정류장마다 머물러서 흰옷 입은 사람들을 신

고 동대문을 향해 달아났다. 정류장마다 사람들이 몰려서 차 오기를 기다린다. 그 모든 사람의 얼굴에는 모—든 것을 잊은 쾌락의 빛이 넘쳐 보였다.

사람들이 차에 오를 때마다 세상에는 있을 수 없이 아름다워 보이는 순영에게 시선을 빼앗겨서 멍해진다. 그러면서 순영과 같이 옆에 점잖게 앉은 순철을 반드시 쳐다보고

"형제인가보다"

"신혼부부인 게지" 하고 각각 수군수군한다. 순영은 부끄러운 듯이 얼굴을 순철의 가슴을 향해서 숙이고 모로 앉았다. 순철은 그 모습이 더욱 애처로워서 무심결에 순영을 앞으로 끌—어 앉히면서 한어로

"순영 씨, 모두들 쳐다보아서 부끄러우?" 하고 매우 동정하는 듯이 물었다. 순철은 이때야말로 모—든 의리를 잊고 순영만을 생각했다. 하나 그는 그 한때가 지나자, 다시 의리에 부대껴서 순영에게 냉정한 태도를 지었다.

전차는 동소문으로 향해 가는 종로 사정목에서 많은 손님을 내려놓고 다시 동으로 달아났다.

동물원 앞에는 자동차가 느런히 놓여 있었다. 순영은 그런 것은 돌아다도 안 보고 뚜걱뚜걱 걸어가는 순철의 뒤를 총총히 따라갔다. 하나 순철은 다시 천천히 걸어가면서 뒤를 돌아다보고, 자동차를 바라보고, 순영을 향한 옛날과 지금의 차이를 감상적 회포로 느꼈다.

동물원은 경성 안 사람들이 다 — 몰려온 듯이 번잡했다.

시골서 새로 올라온 구릿빛 얼굴의 남학생들, 옥색 명주 치마에 짧은 저고리를 품조차 좁게 해 입은 시골 부인들, 옷소매 긴 일본 여인들, 양복 입은 남녀 소학생들, 그리고 신사들, 머리카락 지져붙인 키 큰 여학생풍의 여인들, 깜장 치마에 흰 저고리 입은 여학생의 무리, 흰 저고리에 세루* 치마 입은 여학생 출신들, 그 주위를 빙빙 도는 청년신사 같은 애매한 사나이들 한 무리 밀려왔다 밀려갔다 한다.

순철은 이 많은 사람 가운데 밀리기 쉽다고 생각한 탓에 순영의 손목을 잡고 먼저 동물원을 돌아서 박물관으로 들어갔다.

22

거기서 순철과 순영은 불상을 구경하고 화폭들이 걸린 곳을 향해 가다가, 순영이가 발을 멈칫하고 지금까지 쥐었던 손을 급히 놓으면서

"저 — 기 가는 이들이 그 — 때 선생이 기숙사에서 보여주시던 사진첩 속에 있는 이들 같아요" 하고, 순희와 어머니와 순철의 댁과 상철의 댁, 어멈이 한때를 지어오는 것을 가리켰다. 그

---

* 모직물의 한 종류인 서지(serge)의 일본식 음역어

들도 순철의 편을 바라보고 웃으면서 한 걸음 한 걸음 더 가까이 왔다. 그 순간에 순철의 댁은 얼굴이 흙빛같이 파래졌다. 순철의 얼굴도 백랍 같았다. 그는 간신히 음성을 진정해서 누구를 지정하지 않고

"언제들 오셨어요" 하고 인사했다. 순희가 얼른 날카롭게 웃는 낯을 짓고

"벌써 왔었다" 하고 변명을 해줄 듯이

"저이가 네 친구의 누이동생이라는 이냐. 저 ─ 런 사람이 세상에 있지? 잘나기도 했다" 하고 흐뭇이 말했다. 순철은 이 기회를 타서

"그래요?" 하고 아무렇지도 않은 듯이

"누님 눈에는 그렇게 잘나 보여요? 눈이 각각이니까" 하고 웃었다.

하나 순철의 댁은 무엇이 불쾌했던 듯이 파랗게 질린 얼굴을 옆으로 돌리고 한숨을 내쉬었다. 순희 모친과 상철의 처도 순영을 놀라운 눈으로 보았다. 그러다가 순희 모친이 그 아들에게

"손목은 왜 쥐고 다니니. 부랑자로 안다" 하고 주의를 주고 상철의 댁이 흘깃흘깃 보고 웃으면서 말 모르는 순영을 옆에 두고

"아주 부부같이 보이는구려" 했다. 순영은 그만 고개를 숙였다.

하나 순철이가 순희에게 인사시키려고 순영의 어깨를 가볍게 치며

"순영 씨, 여기 있는 이가 참 그—때 사진첩에 있던 우리 누님" 하고

"누님, 이이가 내 동무 정대영 씨의 누이동생" 할 때에는 그는 고개를 들고 순희를 반기는 듯이 바라보고 서투른 조선말로

"순희 씨이시지요" 하고 상긋상긋 웃었다. 그 웃는 치밀한 표정과 금강석보다 더 찬란한 아리따운 눈, 의젓한 몸가짐, 또 진주같이 뽀—얀 살결을 순철의 집안사람은 물론이고 그 옆을 지나는 사람들일지라도 본 체 만 체하고 지나는 사람이라고는 하나도 없었다. 아침에는 그 비참한 신세 때문에 얼마큼 조급한 행동을 짓던 순영의 어린 마음은 한길을 지나올 때에 순철이가 친절히 해준 탓인지, 또는 한길 사람들의 화창한 기분에 동화됨인지, 그 뒤도 없이 몇 달 전 왕궁에서 보이던 모양이다. 모—든 구경꾼은 순영의 근본을 알지 못하고 빛 다른 이 비밀의 왕녀를 다시 보고 다시 보는 모양이다. 벽에 걸린 모—든 옛날 그림이 왕녀의 앞에서는 빛을 잃었다. 순영은 모—든 화폭을 정신없이 들여다보다가 젊은 여자들이 지나가면 그 복색을 그윽이 보았다.

순철은 순희와 어깨를 나란히 하고 옆에 순영을 역시 이끌고 가면서 그 처의 눈치를 보고

"또, 시기는 내지 마시오. 외국 풍속은 이러니까" 했다. 처는 아주 안심한 듯이 웃으면서 순영이가 금희가 이야기하던 왕녀인 줄을 모르는 모양이다. 순희는 입을 다물었다. 왕녀라 하면?

외로운 사람들

순철의 처는 금희에게서 언젠가 들은 말이 있었다. 작은오빠에게 청국 왕녀가 반해서 조선까지 따라왔다고. 그래서 오빠는 거기 편지하는 것을 아버지 편지 속에 넣어서 순희와 상철이가 보았는데…… 무엇인지 한문으로 써서 잘 몰라도, 존경하는 여왕 전하여, 귀하신 사랑을 베풀어주시는 것을 생각하면 무엇으로 보답할 바를 모릅니다, 다만 전하의 건강을 빕니다, 그리고 때를 기다리시면 전하에게 상당한 행복이 돌아올 줄 믿고 바랍니다, 이뿐이었다. 그리고 늘 순철의 말이, 그 처를 안심시키기 위해서, 왕녀는 청국으로 돌아가고 정대영이라는 학우의 누이가 새로 와서 ××학당에 들었다고 했으니까, 그가 그인 줄을 모르는 순철의 댁은 순영이가 즉— 순철에게 반한 왕녀인 줄은 꿈에도 모르고 순영이라는 처녀는 어리고 길을 몰라서 이런 사람 많은 데서는 어릿어릿하니까 그 남편이 친구의 대접으로 손을 붙잡아주나보다 하고 안심한다. 모친 역시 그렇게 알고, 상철의 댁은 사람이 간악한 탓에 짐작이 많음인지 분명히는 몰라도 눈치는 채는 모양이고, 순희는 밝게 사실대로 알고 있었다.

순철은 참으로 괴로운 위치에 있다. 그는 그 처가 아무것도 모르는 쓸쓸한 얼굴을 하고 시어머니 옆에 따라가는 것을 볼 때, 그 자신이 의심을 사지 않는 만큼 큰 사기를 행하는 것 같았다. 그래서 순영의 손을 놓으려 하나, 아름다움을 못 보던 주린 눈들이 순영을 탐내서 한 발자국이라도 그의 앞으로 다가와서 바라보는 것을 볼 때, 진주를 돼지우리에 던지듯이 그 갈 바를 모르는 손을 놓아서 험한 물결 같은 사람들 가운데 밀려갔다 밀려왔다 할 것을 생각하니 그런 몰인정한 일을 행할 수 없었다. 그리고 순희와 순영이가 친해져서 나란히 손목을 잡고 가기를 바라나, 어찌함인지 순영은 그 동성인 순희와 얼른 친해서 그를 따르려 하지 않는 것 같다. 순철은 하는 수 없이 모친과 처 앞에서 순영의 손을 이끌고 그 누이 옆에 끼여서 박물관을 나와서 식물원으로 향해 갔다.

그 뒤로 어멈이 한눈을 팔며 따라갔다.

23

순철의 일행은 파릇파릇한 잔디밭을 걸어서 가다가 연못가를 거쳐서 사람들이 통행하는 사꾸라* 나뭇길로 나섰다. 상철의 댁이 시어머니를 보고

"어머니, 꽃 필 때면 좋겠죠?" 하고 아양스럽게 물었다.

"그렇지" 하고 순희 어머니가 대답하다가 순희가 좀 피곤한 듯이 얼굴이 해쓱해지는 것을 보고

"애기, 왜 몸 괴로우냐" 하고 순희의 얼굴을 들여다본다. 순희는 검소한 수목 두루마기 입은 사람들이 지나갈 때마다 유심

---

* 벚꽃을 뜻하는 일본어 독음

히 보다가

"아뇨" 하고 낯을 붉힌다.

순철과 순영은 어느덧 또 손을 꼭 잡고 앞서서 갔다. 순철은 키가 크고 좀 벌어진 체격을 가졌으므로 뒤로 보면 나이가 들어 보이지만 순영은 땋았던 머리를 그대로 꿍졌을 뿐 아니라 그 좁은 어깨와 가―느다란 허리가 아직 소녀의 자라지 못한 티를 못 벗어나서 그보다 심히 어려 보인다.

순영은 어린이와 같은 심지로 순철에게 이야기한다.

"선생, 그이들이 다 선생의 친척이요?"

"그래요."

순철은 화평한 낯을 하고 대답했다. 그도 아직 어린 마음에 목적은 정했을지라도 그 의지가 굳센 터를 못 잡음인지라, 어제 저녁에는 저의 처보다 많은 보배를 가졌으니까 자기가 순영을 거느리지 않더라도 그 처같이 불행하지는 않으리라고 생각해서 그를 간섭하지 않기로 작정하고 오늘은 꼭 그에게 자기 사정을 말하러 간 터인데, 결과는 그와 반대로 되어서 그 처를 속이고 창경원 온 ― 전체가 황홀히 우러러보는 어린 왕녀에게 상냥한 대답을 하고 또 그의 환심을 사려고까지 생각한다.

"그 노인은 누구세요?"

"우리 어머니요."

"그럼 그 먼저 서서 오던 얼굴 넓적한 이는요?"

"그이는 우리 형수요."

"그럼 그 — 때에 선생의 어머님 곁에 섰던 이는?"

"그는, 그는 일갓집 누이" 하고 순철은 낯빛은 변했으나 태도는 고치지 않는다. 그 눈은 죽을 힘을 다 — 들여서 무엇을 감춘다.

어린 왕녀는 그런 눈치는 채지는 못하면서도 사랑하는 이의 상냥함만 다행으로 생각하면서 뒤를 돌아다보았다.

순희의 눈은 역시 검소한 수목 두루마기를 입은 사람들에게로 향해지고, 순희 모친의 눈은 십칠 세쯤 된 소년들이 지나갈 때마다 또 오십여 세가량 된 노인이 지나갈 때마다 반드시 그리로 향해진다.

순철의 댁은 어멈과 무슨 이야기를 하다가 순영을 보고 난처한 표정을 지어 보인다.

순영은 무엇인지 차츰차츰 순철의 댁에게서 무엇을 찾아냈다. 온 사람들이 자기를 우러러보건만 단지 순철의 일갓집 누이라는 그가 자기를 노려보거나 난처한 표정을 하고 옆을 보는 것이 마치 자기를 미워하려는 전조 같아서 시선이 마주치면 불안했다. 하나 그는 힘써서 그런 생각을 흐리게 지워버리려고

'그이가 연고 없이 나를 미워할 리는 없다' 생각했다. 이는 순철의 말을 믿음이다. 이 어린 왕녀에게는 순철의 말만이 모 — 든 천리와 같고 가장 높은 교리 같다. 그는 미신적으로까지 높이 믿는 순철의 말이라면 물불을 가리지 않고 그 속에 뛰어들기도 할 것이요, 죽음도 무서워하지 않을 것이다. 그 무엇

외로운 사람들 275

이냐 하면 어린 왕녀에게는 그 사랑만이 생명이니까.

이 반대로 순철의 댁은 하소연할 곳 없는 심지를 행랑어멈에게

"어멈, 청국 사람은 참 다— 이쁘다지. 거기서는 여자들은 수만 놓고 아무 일도 하지 않는다지" 하고 물어본다. 행랑어멈은

"아씨, 그렇답니다. 그러니까 사람들이 이쁘지요" 하고 저도 모르는 말을 하고 앞서간다. 순철의 댁은 더 풀이 죽어 혼잣말같이

"그런데 조선에 와 있는 것들은 어찌 그리 추해" 하고 속으로 '거기 사람은 서양 사람 같아서 내외법이 없나. 원 저이는, 발도 안 줄이고 저렇게 조선 옷을 입었으니까 하릴없이 조선 사람이지' 하고 반신반의로 생각을 돌려본다. 어멈은 식물원 유리창으로 바싹 붙어서면서 몇 발자국 뒤를 보고는

"아씨, 저 꽃들 보십시오" 했다. 순철의 댁은 풀 없이 그 옆으로 갔다. 일행은 식물원 온실 앞에 이르렀다.

순영은 순철이가 열심히 들여다보지 않으므로 열심히 보지 않고, 순희는 저—편 잔디 위에 앉은 사람들을 바라보느라고 역시 온실을 들여다보지 않고, 상철의 댁은 순희와 순영의 행동을 살피느라고 두룩두룩하고, 온실 안을 들여다보는 사람은 순희 모친과 행랑어멈과 재미없어 보이나마 순철의 댁뿐이다.

순희는 한참 한눈을 팔다가 순철의 옆으로 오며

"야— 저—기 보이는 이들이 큰오빠 일행 아니냐. 무엇인

지 저―편으로 보이는 이가 정택 씨 같다. 한데 그이가 요새는 구락부에도 다니고 하면서, 빈촌 일에 재미가 없어졌나보다" 하고 온실 앞으로 걸어나오면서 순철에게 이야기했다.

24

"글쎄 누님, 분명치 않아도 가정을 지으려고 한다는 말이 있어요. 형님이 어저께 이야기하더군요" 하고 누이의 얼굴을 살핀다. 하나 순희는 태연히 웃으면서

"그것이 옳지. 어느 빈한한 여자와 친해졌다더니 그것이 사실이었던 것이지" 하고 고요히 말한다. 순철은 누이를 쳐다보고 얼마큼 낙망을 하면서

"그래도 누님은 섭섭하지 않으십니까" 하고 그 누이의 매정스러움을 생각한다.

"참 언젠지, 한번 편지했더니 이후부터는 안부 편지도 하지 말아달라고 하더군" 하고 이상하게 순희는 그가 과히 냉정하지도 않았다는 듯이 말하고 순철의 낯빛을 살핀다. 순철의 낯에는 얼마쯤 의심스러움이 보인다. 순희는 다시 말을 꺼냈다.

"나 때문에 몹시 괴로움을 받았으니까 안부 편지쯤 받아가지고 또다시 고통을 받기는 억울한 것이지. 내 맘을 내 맘대로 못하니 나도 근심이야" 하고 한숨과 아울러 하소연한다. 순철은

쉽게 입을 열지도 않을 듯이 있다가 웃으며

"누님은 정 씨와 친하고 싶으셔도 다시 연인으로 생각하고 싶지는 않으시지요?" 하고 부드럽고 침착한 음성으로 묻는다. 순희는 머리를 흔들었다. 이때 순희 모친이 그들이 서 있는 곳으로 와서

"너희들은 점심 먹지 않으려느냐" 하고 물었다.

"먹지요" 하고 순철은 모친에게 대답하고 옆을 보았다. 하나 옆에 있을 줄 알았던 순영이가 눈에 보이지 않았다.

순철은 가슴이 무너지는 것 같았다. 그래서 급히 눈을 둥그렇게 뜨고

"누님, 순영이가?" 하고 물으면서 온실 서편으로 돌아가려 할 때 그편에서 순영이가 돌아오면서 손을 치마 갈피에 넣고 얼굴을 붉혔다. 그리고 숨이 찬 듯이

"선생, 저를 찾으셨습니까" 하고 순철이가 아주 자기만을 사랑하는 듯이 묻는다.

"그래요."

순철은 미미히 웃으며 그 태도를 귀엽게 안 바라볼 수 없는 듯이 본다.

"이리들 와요" 하고 순희가 온실 서편에 몰려 앉아서 이야기하는 오라범댁과 순철의 댁을 부르면서 순철을 바라다보고

"너희는 어떡하련" 하고 몰라 묻는다.

순철은 잠깐 순영을 보고 얼핏 조선말로

"순영 씨, 점심 어떡하려우" 했다. 순영은 치마 갈피에서 손을 꺼내면서 종이에 싸줬었던 것을 보이며

"여기" 하고 말 대신 웃는다.

그는 설마 점심을 사 왔으랴 해서 다시

"순영 씨, 점심 어떡하려오" 하고 물었다. 하나 순영은 전과 같은 동작을 거듭해 보이면서 웃는다. 순철은 이제야 그 종이 뭉치를 짐작하고 그 모습이 더욱 귀여운 듯이

"오 ─" 하고 놀랐다.

그들을 식물원 뜰에서 나와서 정택의 일행이 앉은 편을 향해 걸어갔다. 그들이 그편을 향해 거진 가까이 갔을 때 금희가 어느 편에선지 뛰어나오면서 순철의 옆에 와서

"오빠" 하고 달려들었다.

순철은 순영의 옆에서 몇 발자국 앞섰던 것을 다시 앞으로 걸어가서 금희를 붙들고 귓속말을 했다.

"흥, 그럴게" 하며 얼른 허락은 하고도 금희는 무엇이 못 미더운 듯이 순철의 댁을 보고, 순영을 보고, 도리도리하는 어린아이같이 머리를 이리로 저리로 돌렸다. 순철은 얼굴이 해쓱해졌다. 순희도 해쓱해졌다. 저 ─ 편의 정택도 그 낯이 검고 누르게 변했다.

상철이가 잔디밭에 앉았다가 일어서 오면서 모친에게

"어머니도 오셨어요. 아이고 온 집안이 다 ─ 오고……" 하다가 순영을 보고 눈이 황홀한 듯이

외로운 사람들 279

"저이는 순희 동무냐" 하고 물었다. 순희 모친은 어머니의 어진 마음으로 큰아들과 막내딸을 보고 무엇을 살필 여지도 없이 기뻐하는 모양이다.

순철은 생각 외에 아무 환란을 만나지 않았다는 듯이 안심하고, 구락부 사람들이 있는 곳으로 가면서

"누님, 부탁합니다" 하고 순영을 눈으로 가리켰다.

순철은 이날 반나절 동안 다만 귀엽고 아름다움에 끌렸다가, 정택을 보고 그 마음속에 숨어 자던 마음이 도로 깨어난 것이다.

순영은 순철의 뒤를 우두커니 바라보다가, 순희가 옆으로 와서

"저리 가 점심 잡수시지요" 하고 찬 손을 내밀어 그의 손을 잡을 때, 순희의 해쓱한 얼굴을 보고 무서운 듯이 그 손길을 밀치다가 다시 내켜서 순희에게 쥐여주면서

"네" 하고 겁쟁이같이 웃었다.

일행이 나무 그늘로 들어가서 점심 싸 온 것을 펼쳐놓을 때, 순영의 눈에는 눈물이 핑 돌았다. 순희도 고개를 들지 않았다. 순철의 댁은 점심을 먹지 않았다.

25

순철은 사월 열흘 무렵 중학교 이과 선생으로 학교에서 교편

을 잡게 되었다. 그는 형 상철의 주선과 최 목사의 추천으로 학교의 선생이 되었다.

하나 그는 사월 초승에 필운동에서 만날 때보다, 또 동물원에서 볼 때보다 훨씬 수척해졌다. 무엇인지 필운동 꼭대기에서 사막 구락부원들이 이야기하는 것을 들으면, 순철은 실력이 좋을 뿐 아니라 인격자여서 교회 학교에서는 제일 환영할 위인이나, 제일 월급이 적고 또 제일 힘이 드는 이과 선생이면서 거기다가 제일 말썽스러운 4학년 담임선생이 된 것은 필경 상철이가 너무 급히 그를 교원이 되게 하려고 최 목사에게 부탁한 탓이라 한다. 그래서 거기 교원이 된 것은 다행스럽지만 사람들이 흥정을 할 때, 가령 파는 사람이 서둘러서 급히 팔려고 하면 사는 사람을 다그치고 파는 사람이 급해서 더 깎을 수 없이 싸게 팔더라도, 오히려 사는 사람은 파는 사람이 얼른 팔려는 틈을 엿보고 다행으로 여겨서 점점 더 다그쳐 파는 사람의 목을 바싹 말려서 더 참을 수 없이 된 후에야 마음껏 욕심을 채움으로써 싸게 산다는 이치가 있다. 이를테면, 상철이라는 상인은 급히 그 동생을 헐값으로 판 셈이란다.

순철은 ××중학교 교원이 되면서 저 자신이 공부할 것과 생도에게 가르칠 것을 합해서 시간표를 짜놓고 밤이 이슥하도록 공부한다.

그의 처가 한참 실컷 자고 깨었을 때도 건넌방을 건너다보면 전등이 환하게 비쳐 있었다. 어릴 때부터 공부만 하기로 결심을 한 그는 자기 일생의 목록 중에 연애나 교원 같은 것은 차례에 넣지도 않았었건마는, 뜻밖에도 귀여운 왕녀에게 붙들려서 하지 않아야 할 근심을 밤낮으로 하게 되고, 이상으로 품은 용광로(쇠 끓이는 가마)의 쇠 끓는 것은 교문을 나서자 다시 구경도 못 하고, 뜻도 안 먹었던 칠판 앞에서 백토白土 가루만 먹게 되었다. 그는 몇 번인지 주먹을 부르쥐고

'아무 데라도 좋건만 큰 제철소에서 나를 데려가지 않나' 하고 제가 졸업한 경성고등보통학교에 가서 교장을 보고 말해보려 했다. 하나 그가 고등보통학교를 졸업할 때

"공업을 하더라도 거기서 밥이 생길까 말까 하다" 하고 비웃던 생각을 하면 어느덧 교문 앞에까지 갔다가 그 선생을 만나보지도 못하고 누가 볼세라 급히 돌아왔다. 그도 그런 것은 일이 아니라고 생각은 하면서도 하릴없이 목적을 달하지 못했다.

그의 좀 수줍은 부드러운 마음이 언제든지 그 냉소하던 것을 생각하지 않을 수 없어서, 그들이 어디 주선하면 될 줄은 알지만 차마 그럴 수도 없었다.

순철은 그러한 것을 때때로 후회하면서

'가서 말해보더라면 어느 제철소에든지 가 있게 될 것을' 하고 생각하다가, 여순에서도 자기는 성적이 좋았건마는 그 아래 일본 사람들은 다 자기보다 배 되는 월급을 받고 큰 제철소에 가게 되었으나 자기는 아무도 소개해주지 않던 것을 생각하고 어떤 자포자기 같은 염세증이 일어나기도 한다.

×　　×　　×　　×

 그는 이날 밤에도 내일 생도들에게 가르칠 교안을 생각하고 야금학冶金學을 참고하려다가 몹시 정신이 헷갈려 수습할 수가 없던지

 '이런 잡생각을 좀 그만두어야 할 텐데, 나는 연애라는 것은 나의 생활 목록에 넣지도 않고 이렇게 순영이를 생각하니 어찌하면 좋은가. 어려서부터 나는 이렇진 않고 강철 같았건만' 하면서 책상 서랍 속에 있는 묵은 일기장을 꺼냈다. 육 년 동안에 하루도 거르지 않고 적어둔 일기장을 다 꺼냈다. 그는 이것저것 뒤져보다가 제일 글씨가 어린 것을 골라서 펴본다. 한참 펴보던 그는 무심결에 소리를 내어서 읽기 시작했다.

 삼월 이십구 일, 맑다가 눈.

 내일 아침 열 시 ○○분 차에 여순으로 출발하겠다. 오후 세 시에 처가와 동무들의 집을 찾아가보고 부친께 이십 원 얻고 모친께 이십 원 얻고 누님에게 십 원 얻어서 여행에 필요한 물건과 일용품을 샀다. 밤에 짐을 정돈하고 있을 때 형수가 과자를 사가지고 와서 준다. 밤에 짐을 정돈하고 나니 장 씨(이후부터는 복순이라 하지 말고 장 씨라 존칭하자. 사랑하는 부부간에는 서로 존경하는 것이 좋으니) 울더라.

 "왜 우는가" 하고 물으니 참으려고 해도 참을 수 없다고 하더라.

26

생각하면 할머니 돌아가신 지 며칠이 못 되어 나조차 먼 데로 가게 되니 서럽기도 할 것이다. 나와는 어릴 때부터 좋은 동무이니까. 하나 조혼의 폐, 인정으로 이삼 개월을 작별해도 대단히 섭섭할 텐데 하물며 육 년간! 어찌 울지 아니하랴. 장 씨! 장 씨! 용서하시오. 내 어린 탓에 이런 일이 생기니.

장 씨는 내 행불행을 따라서 불행스럽게도 되고 행복스럽게도 된다. 나보다 몇 살 위 되는 장 씨가 어린 내게 매달리게 되었다. 어머니 말씀과 같이 다른 곳에 출가시키는 편이 장 씨에게는 행복이 되었을지 모른다. 나는 마음으로는 장 씨를 생각한다 하더라도 아직 어려서 중학을 겨우 마치고 유학 가는 길이니 내 마음대로 장 씨를 위로할 수도 없다. 하나 나는 장 씨를 싫어하지는 않는다. 그리고 나를 그렇게 귀애하시던 할머니의 소원으로 된 것이니까, 지금은 장 씨에게 불행을 끼치나 후일에는 행을 끼칠 날이 있겠지!

삼월 삼십 일, 맑음.

눈을 번쩍 뜨니 여덟 시가 거진 되었더라. 부친께 먼저 인사를 여쭙고 출발하려 할 때 누님과 모친과 형님, 또 장 씨 모두 울었다. 금희도 쫓아나오면서 울었다. 모친은 누님이 있으니까 그리 섧지는 않겠지. 형님은 일본으로 가면 또 잊어버리시겠지. 누님이나 금희도 무엇으로 소일을 하든지 잊어버리겠지. 하나 장 씨는 그 무언중에 파랗게 질리면서 나를 울리더라. 이후부터 그는 서러운 일이 있어도 누구에게 그런 말 한마디 못 하겠지. 어머니나 누님이 나를 사랑하는 대신 좀 더 장 씨를 사랑해주었으면 좋겠지만……. 남대문역에는 장 씨는 못 나오고 형님과 귀동이 누님이 나와서

"잘 가거라"

"성공해가지고 오너라" 하고 전송해주었다. 기차가 경성역을 떠날 때 내 눈에서 눈물이 흘렀다. 아아 부끄러운 일이다. 내 일생 생활의 목록을 지으러 여순으로 가는 첫길에 어린 마음을 이기지 못하니 이래서야 무엇을 성공할 수 있나. 나는 조선 사람들의 좋은 동무가 되겠다. 나는 다른 동무들이 원하는 학식 있는 아름다운 여자도 부럽지 않다. 양옥집 피아노도 내 이상이 아니다. 다만 한낱 공학사로서 제철소의 기사가 되어 조선의 공업을 일으킬 쇠를 만들겠다. 지금 그 목록을 세우러 길 떠나는 것이다. 기차는 자꾸 달아나서 어느덧 평양역에 이르렀을 때 한번 수학여행 왔다가 다 ― 못 본 곳이라 심히 내리고 싶었다. 하나 나는 역시 내 마음을 꾹 눌렀다.

안동을 지나 봉천으로 가는 차 속에서 조선 남녀 일행 넷과 만났다. 부부와 조카딸, 친딸. 무엇인지 조카딸은 그 쓸쓸스러운 표정이 장 씨와 비슷했다. 심한 기차 멀미를 하면서도 사촌 동생과 삼촌 부부의 심부름을 했다. 그 사람들은 장춘으로 향하는 사람

들이었다. 무엇을 하러 가는지 그들의 목적에도 충분한 성공이 있기를 바란다. 조카딸이라는 처녀도 행복스럽게 되었으면 좋겠다. 그러나 그들의 친딸 이상 행복스럽게 되기는 어렵겠지. 나는 기차 안에서 고국을 떠나 수만 리 밖으로 가는 동포들의 건강을 가만히 속으로 빌었다.

그는 여기까지 읽고 한참 있다가
"이것이 처음으로 여순 갈 때 쓴 것이로구나" 하고 다시 몇 장 이어서 읽는다.

사월 십 일, 흐리다 갬.
무사히, 공과대학 예과에 합격했다. 합격한 사람 중에는 내가 제일 어려서 수학 선생이 '지비(꼬맹이)' 하고 놀리더라. 오늘 오후에 신곡神谷 선생에게 갔더니 조선은 독립운동으로 떠든다고, 그런 염려는 하지 말고 공부하라 하더라. 기숙사에 돌아와보니 장인한테서 편지가 왔더라. 후취에게 반해서 자기 딸은 돌보지도 않으면서 그 딸의 ○○ 되는 나는 귀엽다고 편지했네. 아주 제반 행동을 주의하라지. 귀동이 누나는 편지 한 장 안 하네. 공부도 안 하고 학교에도 안 다니면서 무엇을 하누. 어디 오늘 또 누님한테 편지를 해보자.
또 장 씨한테서 편지가 왔다. 공부 안 한 셈 치면 꽤 쓸 줄 안다. 그러나 편지 겉봉을 세 장만 써주고 왔는데 벌써 세 장을 다

했으니 또 써 보내야지. 누님더러 써달라면 게으름만 부리고 싶다 하겠지?

그동안에 동무가 많이 생겼다. 네 시에 짧은 휴식을 이용해 송전松田 군하고 하야河野 군하고 전가둔田家屯에 있는 포대에 갔다. 도중에 수학 선생의 아들들을 만나서 채광야금과探鑛冶金科에 있으니 놀러 오라 하니까 큰 아이가 내게 '지비'라고 놀리더라. 나는 자기 아버지가 놀리던 생각을 하고 멈출 수 없이 웃었다.

27

그는 여기까지 읽고 다시 몇 장을 읽지 않고 한참 뒤를 읽었다.

유월 십사 일, 맑음.

일곱 시에 일어나서 제1시간에 휴강하고 제2시간에 출석하다. 마침 슈신* 시간이었는데 뇌신경 쇠약에 대한 주의와 양심에 대해 말하다. 지질학과 물리학은 휴강하고 화학이 있었다. 선생들이 여러 가지로 사고가 생겼다 한다. 오후에 물리 실험을 하고 기숙사에 돌아왔을 때 웅전熊田 군이 제2실에 모이라 하기에 갔더니, 요즘은 휴업이 많으니 그 시간을 이용해 설계 혹 공작법의 강

---

* 수신修身은 당시 학과목의 하나로, 지금의 도덕에 해당한다.

의를 하자고 하더니 소천小川이하고 싸움을 하더라. 사소한 오 전 오 리의 싸움을, 현해탄을 지나 황해黃海를 건너와서 한 반에서 공부하는 이들이 그러니 답답한 일이다. 그들은 단결심 많고 애국심 많은 줄 알았더니 시기심도 많더라.

제2실에서 낙심하고 돌아와 신문을 보니 어떤 문학박사의 소위 '조선통치방침에 대하여'라는 상중하의 논문이 있더라. 그렇게 긴 ─ 말 속에는, 다 조선 사람이 독립사상이 없다고 했더라. 자 ─ 이런 말을 듣고야 장죽의 갈지자걸음 꿈이나 꿀 수 있으랴.

　　　　　　　수신 부친 누님 금희, 발신 부친 누님 형님 금희

그는 또 몇 장을 그저 넘겼다.

칠월 십 일, 맑음.

시험을 다 ─ 치르고 난 뒤라 『철가면』이라는 소설을 읽었다. 반다* 부인은 참 열녀이더라. 조선에도 그런 경우를 당하는 부인이 많이 있겠지. 오늘 성적을 물으니 광물이 '병丙'이고 그 외에는 그리 불량한 성적은 없더라. 그러나 물리, 대수, 해석기하는 아직 발표되지 않았다. 밤 일곱 시에 제9실에 있는 정대영이라는 청국 학생이 놀러 왔을 때 명치정파출소에서 내 연령과 미혼인

---

* 부아고베의 소설 『철가면』(1878)에 등장하는 인물 '방다'

가 기혼인가를 조사해 갔다. 나는 여러 친구들 앞에서 부끄러워서 물론 미혼이라고 했다. 그것도 거짓말이 되고 보니 마음에 부끄럽더라. 아, 조혼의 폐여.

칠월 십일 일, 맑음.

지질 시간에 길전吉田 선생이 1학년 성적이 불량하다고 하면서 내 성적도 좋지 못하다고 하더라. 좀 부끄러웠다. 하나 어디 보자. 2학기에도 그러할까? 이 피가 마르도록 공부해보자. 한껏 좋은 성적을 얻어놓고 그 자리에서 죽나 보게. 오래 재미없이 영광 없이 사는 것보다는 잠깐 재미있게 영광스럽게 살고 싶다.

다음 학기부터는 공연한 근심을 말자. 집안일이고 나랏일이고 사회일이고 모두 후일에 해보자. 아무것도 모르고야 무엇을 할 수 있나. 다 ― 두었다 보자.

신이여 신이여, 내가 다른 사람들이 원하는 모 ― 든 영화를 빌지 않으니 다 ― 만 나에게 인격과 지식을 많이 주소서. 한 의리 있는 많이 아는 공학자가 되게 하소서. 내가 내 인자함과 풍부함 외에는 아무것도 주께 빌지 않습니다. 아멘.

그는 여기까지 읽고 은연중에 한숨을 휘 ― 쉬며

"소원은 옛적이나 지금이나 달라진 것이 없다마는……" 하고 부르짖었다. 그리고 다시 이 책 저 책 펼쳐보다가 읽지 않고 혼자 생각한다. 풋고사리의 어린 손길 같은 것을 펴듯이 소년의 때를, 지나친 그동안을……. 그는 그 화려한 외양과 깨끗한 과거를 돌아볼 때, 낯을 붉힐 일도 없는 대신 그리 흥미 다른 일도 없다. 그중 유쾌한 일이라고는 공부 잘하게 된 것과 겨울에 메추리 사냥, 토끼 사냥, 꿩 사냥 하던 일이고 제일 근심스러운 것이란 자기의 일이 아니고 남의 일뿐이었다.

그는 머리를 숙이고 생각한다. 생각은 이 봉오리에서 저 봉오리로 날아다니는 새의 지저귀같이 이리저리 그 그림자를 모양 다른 곳에서 찾아본다.

'이것은 내가 여순 간 첫해의 일기이고 그다음 이 책들 속에는 내가 이전에 공부하던 것과 친구 교제하던 것과 근심하던 것이 적혀 있다. 또 정대영이와 친해진 것과…… 그리고 사랑하는 누님이 연애를 해서 집안이 어지러워진 일과…… 내가 정대영이와 ××왕궁에 다니게 된 것과 내 처를 생각한 것이 있다. 그리고 연애……(결과를 속히 보려는 육적 연애)는 사람을 대개 멸망시키기 쉬운 것이라고 쓰여 있다.

그것은 내 경험이 아닐지라도 나는 여러 곳에서 염증이 나도록 그런 일을 많이 보았다. 사람의 오랜 역사는 몇천 번, 만 번 그것만을 되풀이했다고 해도 거짓말은 아니다,라고도 쓰여 있다.

그리고 성경에 쓰인 마귀들의 변화같이 연애란 것도 여러 가지 변화한 형태를 가지고 출현한다고도 쓰여 있을 것이다. 그것은 내가 문예 책을 보게 된 이후의 일이다. 오스카 와일드의 전기와 벼르렌*의 전기를 읽은 뒤의 일이다. 그래서 동성끼리라도 심히 마력 있는 친구에게 이끌리기를 주저한 일도 쓰여 있고 괴롭도록 나와 친해진 사람이 많은 것도 쓰여 있을 것이다.'

28

'그리고 남자로서 불쌍한 사람들을 돕고 측은히 여기는 것은 퍽 상쾌한 일이고 우월한 자기표현이라고도 쓰여 있을 것이다. 그리고 추운 겨울밤에 전등이 꺼졌을 때 뒷간 옆에 가서 공부하던 것도 쓰여 있을 것이다.'

그는 이같이 묶은 일기책들을 앞에 놓고 지나온 일들을 생각하다가 지금의 생각이 그—때와 얼마 다르지는 않으면서 부질없이 한 이성의 그림자로 인해 제가 어릴 때 지어놓은 생활의 목록대로 되지 않을 것을 두려워하게 되었다. 그는 일기책들을 앞에 놓은 채 뒷일에 비추어 앞일을 생각하게 되었다.

'나는 전부터 내 목표를 한 의리 있고 부지런한 공학자로 정했다. 그래서 사람들의 업도 늘릴 겸, 남의 것 수입만 하지 말고 우리 것 수출은 아직 못 할망정 우리가 만든 것으로 우리가 쓰기만 하더라도 좋은 일일 줄 알았다. 그렇게만 되면 공연한 생

* 프랑스 시인 폴 베를렌

각을 하고 조선서 못 벌어먹는 이들이 만주로 가서 노숙을 하면서 직업도 못 얻고 객사하는 일들이 없을 것이다. 하나 지금 내가 어떤 제철소의 노동자로도 못 들어가는 이상 공장을 시설하기는 더군다나 어려운 일일 것이다. 그러면 모—든 내 목적했던 일은 한 공상에 지나지 않는 일인가. 그러나 중학교 교원일지라도 공중을 위해 하는 일이니, 내가 어느 제철소에든지 들어가게 되면 모르거니와 그러지 못하는 이상에는 중학교 생도들의 친절한 선생이 된들 얼마나 좋은 일이랴. 그리고 나도 스스로 연구하고 생도들에게도 열심히 가르치고…… 하면 결국은 같은 것인데 중도에서 망설이니 암만해도 순영이를 대영이에게 돌려보내야 할 것이다. 하나 대영이가 특별히 내게 순영이를 아주 맡긴 것은 아니다.

하나 대영은 내가 처가 없는 줄로만 알고 으레 순영이를 내 처로 삼을 줄 믿는 것이 아닐까. 어떻게든 이런 일을 처치해버리고 공부를 해야지, 내 처만 하더라도 사실 공부하는 몸으로는 감당을 못 하는데 순영이를 어찌하란 말인고. 일전에 ××학당 사람의 말을 들으니까 아주 공부는 안 한다는데. 좌우간 대영에게 편지를 하자. 조선 사람과 달라 자기 나라에서 길러야지 어찌하자고 ××학당 같은 데 넣어두었누……. 내일은 일요일이니 편지를 쓰고 일부러라도 순영이를 찾아가지 않아야 하겠다. 그것은 그렇고 이즈음 처의 행동은 이상하지 않은가. 밥도 안 먹고 매일 신색이 좋지 못해가고 또 구역이 난다 하기도 하니,

소위 임신이란 것은 아닌지.'

이때 마침 열두 시를 친다. 그 소리에 놀라서 깨었는지 처가

"이것 보세요, 주무시지 않으세요?" 했다. 순철은 일기책들을 도로 서랍에 넣고 책상 위에 책을 정돈해놓고는 처가 누워 자는 방으로 건너갔다. 이튿날 새벽에 잠이 깨었을 때 처는 기침을 하면서 헛구역질을 하고 있었다. 순철은 무심코 쓸쓸하게

"왜 그러우" 하고 묻고는 자기도 메스꺼운 듯이

"응" 하고 문밖으로 나서며 침을 뱉었다. 처는 미안한 듯이

"나 왜 이런지 모르겠어요" 했다. 순철은 다시 측은한 감정에 눌려서 엊저녁에 의심한 대로

"당신, 그거(월경) 언제 있었소?" 하고 물었다.

"그때 여순서 나오시기 전에 있고 그 후로는 없었어요" 하고 미안한 듯이 대답했다.

"그럼 다섯 달이 되었나" 하고 생리학에서 배운 것으로 추측해보고 그런가 보자는 듯이

"병원에 가보시오" 하고 권했다. 순철의 댁은 남편이 좀 더 상냥히 해주지 않아서 대단히 섭섭한 듯이 홀로 입을 비죽비죽했다.

그리고 안잠자기 마누라가 아침밥을 지어 들여왔을 때도 먹지를 않았다. 순철은 아침 일찍이 일어나서 공부하려던 것을 무엇인지 알 수 없는 것에게 방해를 받는 것 같아서 불쾌한 듯이 찌푸리고 건넌방으로 건너갔다. 그는 거기서 다시 생각하고 있

었다.

'처가 해산하면 나는 아버지가 된다. 그러나 나는 자격 없이 되는 모―든 것을 탐탁히 여기지 않는다. 그것은 그리 기쁠 이치가 없다. 순영이의 연인이 되는 것도 나을 것이 없다. 그것보다 나는 제철소의 기사가 되었으면 다행하겠다. 그 외에 아무것도 바라지 않는다. 그러나 이 어린 아버지, 다른 나라에는 서른이 돼야 장가든다는데 나는 겨우 스물이 되자마자 이미 칠 년 전에 장가들고 아버지가 돼?

분명치는 않으나 참 귀찮은 일이다. 내 연구에 방해될 일만 생기는구나. 그건 할 수 없는 일이고 우선 순영이를 대영에게로 보내버리자. 원, 청국 여자가 조선에 무슨 소용이 있길래 그런 아름다운 용모를 가지고 와서 사람을 괴롭게 하누' 하고.

그는 급히 펜과 종이를 들자 속히 속히 붓대를 놀렸다.

29

순철이가 정대영에게 편지를 한 지 이십 일 후, 일요일 오후이다.

순철은 오랜만에 정택과 만나서 창경원 안을 산보하고 있었다.

활짝 피었던 꽃들이 봄바람에 휘날려 사람들의 어깨와 모자

위를 배회했다. 땅 위에 흩어진 꽃잎들이 빛 곱게 사람들의 발부리에 밟혔다. 창경원 안에는, 꽃 필 때와 질 때의 회포가 같지 않을 것 같아서 그런지 꽃 필 때보다 사람이 없었다.

사꾸라 나뭇길 사이를 걸어가면서 신경질적으로 생긴 일본 청년이

"다 — 떨어져서 꽃이 되단 말가 떨어져서 떨어져서" 하고 「낮꿈」이라는 노래를 외었다.

정택과 순철은 노랫소리를 뒤에 남기고 앞서가면서 무슨 은근한 이야기를 하고 있었다. 그 뒤로 ××중학교 모자를 쓴 학생 네다섯 명이 가만가만히 지나가면서 수군수군했다.

"제일로 그 설명하는 음성이 다르지. 전에 임 선생 같으면 물리 시간에 졸음만 오더니 지금은 재미가 나서 그 시간만 기다려진다."

"너도 그러냐?"

"그 부드럽고 큰 음성이 사람을 감동시키는 것이지."

"참 최 선생 좋겠다. 우리는 그 나이에 중학교를 졸업할지 말지 한데."

"그러게 을죠* 끼 —스노가 최 선생의 나이를 물으니까 머리를 득득 긁다가 한 스물두어 살이요, 했단다"

"빠가다, 얼굴 보면 모를라고. 그 꼴에 거짓말을 다 하나" 하

---

* 소녀, 미혼 여성을 뜻하는 일본식 표현으로 을녀乙女, 을조乙孃 등이 있다.

고 이야기하면서 자기의 선생 뒤에서 감히 앞서지도 못하면서 수군거렸다. 이들보다 삼 간쯤 앞서서 정택과 이야기를 하면서 가는 최순철은 저의 생도들이 자기 뒤에서 그 이야기를 하는 줄도 모르고 무슨 은근한 이야기를 하는지 정밀스러운 얼굴로 지나간다.

그들은 사꾸라 나뭇길로 식물원을 향해 가다가 바로 온실 앞으로 가지 않고 맞은편 잔디밭에 앉았다.

××중학교 학생들은 그 앞을 지나다가 모자를 벗고 허리를 굽혔다.

붉은 눈보라가 사람들의 봄옷을 장식했다.

정택은 이야기를 다시 시작한다.

"우리 곤란은 첫째 물질상 빈한 것이지요. 이제 몇 해만 지나 보시오. 조선 사람은 다 — 거지나 다름없을 것이니" 하고 탄식했다.

"정 군, 그런데 조선 사람들은 왜 게으릅니까" 하고 순철은 정택에게 의심스러운 눈동자를 굴렸다.

"……그럴 것입니다. 최 군, 준비 없는 사람이 준비 없이 무슨 일을 시작했다가 며칠이 못 되어 그만두고 그만두고 하면 아무리 부지런한 사람들일지라도 자연히 끈기 없는 사람들처럼 게으름이 나겠지요."

"그것은?" 하고 순철은 다시 의심스러운 눈을 굴리다가

"그것도 역시 경제 공황으로 그렇게 됩니까" 하고 물었다.

"그렇지요. 말하자면 그것이 제일 큰 원인이겠지요" 하고 정택은 대답했다.

"그럴 것 같으면 조선 사람은 왜 좀 더 검소하지 않습니까. 그 보기도 싫은 외국 사람들이 안에나 넣어 입는 비단옷 같은 것을 무슨 일로 입습니까"

"아 ─ 젊은 친구, 그것도 조선의 부인들이 운취 없는 탓이지요. 그들이 이렇게 반짝반짝한 것 얄팍한 것만 찾아서 옷을 지어 입으니까 그 손에 옷을 입게 되는 남자들도 그러한 것을 몸에 걸고 나가게 되는 것이지요. 하나 그것은 꼭 여자의 책임으로만 지울 수는 없지요. 본래는 여자들의 그러한 것이 남자에게 있었으니까. 그러나 조선의 제일 호사하는 부인의 옷이 사십 원이라 하면, 일본의 호사하는 부인의 옷은 오백 원이라 해도 부족합니다. 또 이것은 상류의 일이고, 일본의 남의 집 하녀의 옷이 십여 원이라고 가정하면 조선 하인들의 옷은 그 걸레 조각 같은 것을 벗겨보면 단 오십 전의 가치도 없습니다. 금년에 비로소 물산장려가 일어났지만 조선 사람들이 전부터 입던 비단과 옥양목, 당목, 뜨개를 버리고 수목과 명주를 새로이 살 돈이 있을까 없을까가 문제입니다. 그러니 물산장려도 공연히 머리로는 들어놓았지만 내처 이 운동을 힘써나가기가 어려울 것입니다. 금년 정월에 어떤 사람들이 말하는 것을 들으니까, 시골서는 그리 빈한한 농가가 아니라도 부인들이 옷 단벌인 까닭에 출입을 임의로 못 하고, 시어머니 며느리 딸 아울러서 한 벌을 지어두고 나갈 때마다 돌려가면서 입는다는 이야기가 있었습니다. 이것은 좀 부풀려놓은 듯한 이야기 같기도 하지만, 조선 사람의 흐르르한 비단 또 뜨개옷이 사치한 것만은 아닙니다."

30

"우리들 가운데는 벌써부터 자기네의 옷감은 조선 사람들의 손으로 하는 것만 사 입는 사람이 있기는 있지요. 해도 대개 조금이라도 여유를 가진 사람들입니다.

그러면 그런 일을 그대로 두고라도 어려운 사람들이 벼르고 벼르다가 해진 옷을 더 못 입겠기에 새 옷을 급히 입으려 하면, 베는 고사하고 수목은 그것을 사다가 손질을 해야 합니다. 그러니 급한 마음에 자연히 더딜 것 같습니다. 그러하면 — 그만 아무것으로나 속히만 해 입자 하는 마음에 또 당목이나 옥양목으로 짓게 됩니다. 이런 일은 내가 있던 빈촌에는 없었지만 그것은 내가 억지로 권하던 일이었습니다. 지금 내가 그 촌을 나오게 되면 거기 사람들의 십의 팔 분은 도로 손쉬운 옥양목이나 당목을 사게 될 것입니다. 이번에 내가 그 촌을 나오게 된 것도 여러 가지 원인이 있지만, 첫째는 제일 촌사람들이 끈기 없는 것이고 더러운 투기심이 많은 탓입니다. 아무리 그러지 않도록 하려고 힘은 썼지만 참 조선 사람으로서는 그 마음을 버리기 어

렵습니다" 하고, 정택은 말을 잠깐 멈칫했다. 순철은 휘 — 숨을 쉬고 나서

"그러면 조선 사람은 단결심이 없고 시기가 많은 것이 사실입니다그려?" 물었다.

"그렇지요. 조선 사람은 일본 사람이 흉을 보는 결점을 가졌습니다. 그뿐 아니라 그 결점을 속히 버리지 못할 큰 애착을 가졌습니다. 그것은 지금껏 우리의 역사가 다 그렇던 탓이지요. 내가 처음에 나 있는 촌에 가서는 그런 것을 다 잊어버리고, 한 곤란한 수평선 아래서 똑같이 생활해나가면서 다 부지런히 일해나가자고 했습니다. 하나 며칠이 못 되어 그들에게 여러 가지로 사고가 많이 생기는 것을 보았습니다. 물론 사고가 생기는 일도 있겠지요. 그래도 사고가 없으면서 있는 듯이, 그날그날 할 일을 쉬고 술에 취해서 저녁때에 어정어정 제집으로 돌아오는 일이 많습디다. 처음에는 나는 그들을 꽉 신용하는 체하기로만 했습니다. 하나 그도 며칠이 못 되어 그들까지도 내가 다 — 알면서도 모르는 체하는 것을 알게 되었습니다.

그들은 내가 맨 처음에 촌에 갔을 때와 같이 빈한하지는 않게 되어갈수록 점점 그 전에 가졌던 조선 사람 일반이 가진 결점을 발휘하고 싶어 했습니다. 첫째로, 여자들은 번지르르한 비단옷이 입고 싶었습니다. 둘째로, 사나이들은 비단옷 입은 계집의 뒤를 따라다니고 싶어 했습니다. 그리고 술이 먹고 싶고 담배가 먹고 싶습니다. 그래서 그들은 매일같이 내가 권하는 목수

질이라든지 대장질이라든지, 신 만드는 것, 새끼 꼬는 것이 싫어졌습니다. 또 여자들은 양말을 짜고 꿰매서 돈푼이나 모이면은 밤에나 쉬었으면 좋으련만 낮에는 나가 놀려 하고 그 밤에 낮에 하지 못한 일을 밤새워서 하려 합니다. 하나 밤에는 노동은 되는 것이 아닙니다. 그래서 밀려 밀려 그릇되면 또 아무렇게나 되어라 하는 자포자기를 일으킵니다. 그래가지고 나중에는 몇 푼 남은 돈을 마저 마셔버린다든지 먹어버리고는, 다시 할 수 없이 되어서 풍구질을 시작하거나 대패질을 시작합니다. 그것을 내가 다 — 금지하지 못하겠느냐고 질문하는 이가 있을지 모릅니다. 하나 내 한 몸으로 미처 손이 돌아가지 않을 뿐 아니라 나에게는 또 책 보는 버릇이 있어서 용케도 책을 들기만 하면 며칠이고 놓을 줄을 모르고 또 지병인 가슴을 앓습니다. 그러는 동안에 한 이십 일도 되고 삼십 일도 되는 날이면, 촌사람들은 한 십의 팔 분쯤은 그동안 그쳤던 게으름과 술버릇과 노름을 일으켜서 몇 푼 모았던 돈을 허비해버립니다. 그리고 만일 그러는 사람들 가운데서 몇 사람이 그렇지 않다 하면 그 사람은 도탄 중에 빠지는 것이나 다름없습니다. 이런 일들은 오히려 좀 낫지만 이보다 제일 용서할 수 없는 것은 술도 아니고 노름도 아니고 음란도 아니고, 제일 표리가 다른 것입니다. 내가 보지 않는 곳에서는 갖은 흉악한 짓을 다 하고라도 내가 보는 곳에서는 내가 지어놓은 규칙 이상 더 훌륭한 행동을 해서 내 눈앞에서만 신용을 얻습니다. 그러면 나는 그 내용을 모르고 턱 신용하지요. 그러고 보면, 거기서 풍파가 생깁니다."

31

"한편으로는 그가 아무 때는 어찌하고 어찌했다더라 하는 밀고가 일어나고, 또 한편으로는 그 사람을 때려죽인다는 둥 그 촌에서 내쫓아버린다는 둥 하고 수선이 일어납니다. 그뿐인가요. 한 번만 그럴듯한 의심을 하게 되면 그 뒤로는 자기들이 각각 흉을 지어서 있지도 않은 사실을 그럴듯하게 거짓말로 만들어냅니다."

정택은 여기까지 말하고 이마와 가슴에 분주히 날아드는 꽃잎들을 귀찮은 듯이 손길로 털면서 다시 말을 시작한다. 순철은 의외의 이상한 일을 듣는 듯이 눈을 둥그렇게 뜨고 일일이 놀랄 뿐이다.

"그래도 그런 거짓말을 지어내는 것은 오히려 여자들보다는 남자 편이 적습니다. 대체 여자들의 거짓말이란 참으로 괴상스럽도록 세밀해서 사람을 그르게 하는 것입디다. 우리 촌에 한 여자 고학생이 들어와 있었습니다. 대단히 총명하고 아름다운 여자였습니다. 보기에 한 스물이 될락 말락 한 여자인데, 고향은 평안도이고 대단히 공부하고 일하기를 좋아합니다. 그러한 이가 우리 촌에 와 있게 된 것은 그 여자가 나와 같은 사회학자인 탓이었습니다. 그래서 그 여자는 우리 촌에 들어오자마자 거기 여인들과 같이 노동도 하고 어린애들을 가르치기도 해서, 촌 사람들에게 힘자라는 대로는 친절히 해주었습니다. 하나 이 촌 여인들은 그에게 은혜를 무엇으로 갚았겠습니까. 촌 여인들은 그 친절한 젊은 여자가 몇 해 전에 정화情話를 가졌던 것을 어디서 주워듣고 와서 그 촌에 왁자지껄하게 펼쳐놓았습니다. 전에 그 여자가 가졌던 정화라는 것은 이러합니다. 여자가 중학교를 마치자 어느 촌에 소학교 선생으로 갔었습니다. 거기에는 그 고을에서 대단히 부유한 집 젊은 주인이 명예 교원으로 있었습니다. 그는 그 총명한 여자의 눈으로 보기에 대단히 부러울 만한 남자였습니다. 남자는 도회처에서 보는 사람들같이 고상한 사람도 아니고, 그 수수한 모양이라든지 태도가 어디까지든지 여자의 존경과 동경을 이끌고 말았습니다. 그뿐 아니라 남자도 여자를 귀히 보았습니다. 그리고 친절히 했습니다. 하나 그 친절함이 이상했습니다. 이것은 그 여자가 다 ― 자라서 그 남자를 아주 모르는 딴 사람과 같이 알게 된 후에 깨달은 것이지만, 그 남자의 친절이란 이러했습니다. 무슨 귀한 상품같이 그 여자가 그 남자에게 친절히 하면 남자는 얼마큼 냉정해지고, 여자가 남자의 태도를 짐작하고 같이 냉정히 할 것 같으면 남자는 도로 친절합니다. 그래서 그 정직한 여자는 번민과 고통 가운데 남자를 의심하고 괴로워하면서도 부지중에 그를 올곧지는 못하게라도 사랑하지 않을 수 없이 되었습니다. 하나 남자는 쉽게 한 여자의 사랑만으로 만족하고 자기가 뿌려놓은 씨의 수확을 좋든지 그르든지 거두어들일 줄 아는 남자는 아니었습니다. 아니요, 그는 그 뿌려놓은 씨가 곡식이어서 벼가 그만큼 되었을 것 같으면 주저하지 않았을 것입니다. 그렇지만 남자는 자기가 뿌려놓은 친절이 그 여자의 가슴에서 가시덩굴같이 무성했을 때, 여자가 괴로워하면서 의심하면서 또 몹시 주저하면서 자기에게 주는 사랑을 그대로 수용할 만한 의리가 없었습니다. 그뿐 아니라 그에게 만일 의리라는 것을 물을 것 같으면 그는 힘 있게 머리를 흔들면서 모릅니다 모릅니다 할 것입니다.

그 남자는 그만큼 자기 본능의 충신이었고, 또 제 본능이 향하는 것만 힘 있게 믿는 남자였습니다. 그들은 한 두어 달 동안 같이 한 사무실에서 얼굴을 마주 대했습니다. 하나 남자는 일본서 공부하다가 봄에 나와 두어 달 동안 쉬던 몸인 터라 다시 일본으로 향하게 되었습니다. 하나 여자는 놀랐습니다. 여자는 남자가 일본 관립학교 학생이고 그같이 부유한 집 사람인 줄은 전혀 몰랐습니다. 만일 알았다고 하더라도 그것은 문제가 아니었을지 모르지만, 여자가 보기에 남자는 어디까지든지 순박한 시골 청년이었습니다. 만일 남자가 부잣집 아들, 일본 관립학교 학생이었던 줄을 분명하게 알았더라면 여자는 분명 남자를 멀리했을 것입니다. 거기까지 안 했더라도, 반드시 친하더라도 정도가 달랐을 것입니다. 하나 그 학교에서는 여자가 교원이 되어가자 모―든 교장 이하 남자들이 여자의 사랑을 다투어 받으려 했습니다. 그런 까닭에 남자가 부잣집 주인, 일본 관립학교 학생인 것을 여자의 허영심을 돋울까 하여 말하지 않았습니다. 남자 역시 자기의 내력을 말하지 않고 여자가 얼결에 들은 일이지만, '사랑을 하는 사람이 그 상대자의 역사와 경우를 알 필요는 조금도 없다'라고 했습니다."

32

"여자는 남자가 다시 일본으로 간 뒤에야 비로소 그가 여자의 사랑을 무역하는 것으로 일삼는 남자였던 줄을 알았습니다. 그때부터 여자는 비극의 첫 막을 열기 시작했습니다. 그 후로 여자의 불량한 남자에 대한 지식은 무한히 늘었습니다. 그리고 그 남자가 그중 천재적 불량한 성질을 가진 유탕자인 줄을 의심하지 않게 되었습니다. 하나 여자는 남자를 하루라도 잊을 수는 없었습니다. 언제든지 사모했습니다. 그뿐 아니라 남자를 이해하기 위해서 모─든 계책을 다 썼습니다. 어떤 때는 도서관에서, 또 어떤 때는 요릿집에서, 또 어떤 때는 창녀의 집에서 온갖 경험을 다! 겪어가면서, 단지 남자를 이해하고 감싸주고 싶어서 온갖 노력을 다했습니다. 그러는 동안에 그는 세상에서 악평을 받게 되었습니다. 하나 여자는 조금도 낙심하지 않고 언제든지 그 남자는 내게로 돌아오리라 하는 믿음을 가지고 여러 가지 경험을 쌓았습니다. 하나 남자는 돌아오지 않았습니다. 그뿐 아니라 잠깐잠깐 만난다 하더라도 그들은 이전에 사랑하던 티도 볼 수 없게 서툴러졌습니다. 거기서 여자는 깨달았습니다. 그 남자를 아주 단념하기로 하는 것이 제일 좋은, 자기모욕이 아니리라고.

그래서 여자는 아무도 모르는 곳을 찾는다는 것이 우리 촌에 와서 살게 되었습니다. 하나 먼저 말한 바와 같이 그 옛적 정화를 촌사람에게 들키게 되었습니다. 이런 때에 여자가 자기 애인이던 남자의 방탕을 위로하고 괴롭지 않게 하기 위해서 그 남자 앞에서

'저도 단정한 여자는 아닙니다. 그— 때보다 지금 내 마음속에는 여러 사람의 그림자가 드나들게 되었습니다. 그— 때는 참 당신 외에는 아무도 몰랐지만, 사람이 자라면 다 그런 것이 아닙니까' 하는, 사랑하는 그 방탕한 사람을 위로한다고 생각하면 극히 친절하고 또 제 일신을 생각하면 극히 부질없는 말이 되는 일까지 나 사는 촌의 사람들이 들은 때에는 극히 그 여자가 방탕이나 한 듯이 되었습니다. 그러한 말이 어찌해서 세상에 퍼—졌느냐 하면, 연고가 있지요. 여자의 애인이던, 사랑을 은근히 무역하던 남자가 이제는 드러내놓고 사랑의 매매를 하게 되어 창기의 집에서 술에 취하면 전에 아픔을 받던 옛이야기 주머니를 들추어놓는 탓입니다. 하나 그 여자는 언제든지 그 사랑의 마음을 잊을 수는 없습니다. 그래서 누가 그를 아느냐고 물으면 좋은 낯빛을 하고 단번에 주저할 것 없이

'네, 압니다' 하고 말합니다. 하나 사람들은 그 부잣집 젊은 사람을 안다는 것이 그의 자랑인 듯이 시기를 일으키게도 되고, 또 그의 '분명히 압니다'라고 하는 말을 우월한 듯이 밉게도 듣습니다. 환란은 이런 데서 일어나기 시작해서, 그 여자가 아무리 빈한한 처지에 빠지더라도 몸을 깨끗이 단장하는 일들까지 몹쓸 문젯거리가 됩니다. 그리고 여자의 마음은 극히 보드라우면서도 인내성이 많고 강하지만 겉으로는 한 서리 맞은 풀잎 같은 것이 남에게 학대를 받을 약점이 되어서, 여자는 세상에서 순결하면서도 여러 가지 복잡한 경우와 그 성질로 인해서 세상의 오해를 받게 되었습니다. 그래서 여자는 우리 촌에서도 또 업신여김을 받게 되었습니다. 하나 여자는 그것을 방어할 줄을 모릅니다. 여자에게는 절대로 보호자가 필요합니다. 자, 순철 군, 여기까지 말하면 내가 그 보호자가 된 것도 짐작을 하시겠지요. 하나 그와 내가 어찌 타협할까를 생각해보시오. 나는 순희 씨를 사랑해왔습니다. 또 지금도 사랑합니다. 하나 그 여자, 전영이라는 여자도 참을 수 없이 불쌍히 여깁니다. 그와 같이 복잡한, 또 대단히 좋은 점을 많이 가진 여자는 아무도 보호해주는 사람이 없으면 세상의 무지한 발걸음에 밟혀 죽겠지요. 그 여자는 의탁할 곳뿐만 아니라 친절한 말 한마디 할 곳이 없습니다. 하나 여자는 아무 사람이나 몹시 친하려고 합니다. 하나 아무도 친한 사람이 없습니다. 그것은 아무도 그와 같이 총명하고 굳세고 정직하지가 못한 탓입니다. 그뿐 아니라 여자는 사람을 너무 신용하는 탓에 남자들까지도 가리지 않고 친구 대접을 합니다. 하면 아무나 그의 가느다란 눈초리와 좁다란 애교 있는 입 모양을 보고 자기를 생각하지나 않는지 하고 또 여자를 학대하고 싶어 합니다. 그래서 여자와 이상한 관계라도 있는 듯이 세상의 오해를 일부러 사려 합니다."

33

"여자는 이런 때 그런 남자를 의심은 하지만, 대낮에 어두운 것을 의심할 수 없다는 밝은 마음으로 무심한 태도를 짓고, 삼가지 않는 것과도 비슷한 큰 음성과 웃음으로 상대자인 남자의 은근한 심리를 거스릅니다. 그 결과는, 남자의 은근한 심리는 사라지게 하지만 그 대신 불만과 노염을 채워줍니다. 그리고 그 내용을 모르는 제삼자에게는 결국 삼가지 않는다는 비난을 받게 됩니다.

제가 아는 전영이는 그러한 경우에서 큰 인격과 재주를 감추고 있는 여자이올시다. 그는 그 밝은 심지로 보건대 조금도 양심을 거스를 처세법은 안 합니다. 하나 제삼자로 그를 볼 때에 그는 맨발로 칼날 위를 걸어 다니는 여자입니다."

여기까지 말한 정택은 급히 무엇을 생각하는지 낯빛을 흐렸다. 순철은 말없이 순희에게 전해야 할 말을 생각하고 있었다.

제일로 어제 정택과 전화로 약속하고 오늘 만난 것과 전영이라는 여자의 이야기를 들은 것과 그가 정택 씨와 친하게 된 것을 정택에게 들은 대로 다— 순희에게 옮겨야 하리라고.

정택은 한참 가만히 앉았다가

"순철 군" 하고 다시 이야기를 시작했다.

"내가 알고 있는 전영이, 그 여자는 분명히 나와 같은 보호자가 필요합니다. 그리고 순……!" 하고 정택은 한참 주저하다가

"순희 씨는 내가 그 지배를 받고 섬겨야 할 사람입니다. 하나 남자는 대개 남의 지배만을 받기는 싫어하는 본능이 있습니다. 거기서 순희 씨가 지금도 나를 지배하고 싶어 하신다면, 말이 아니지요. 하나 나는 언제든지 암연하게 늘 그 지배하는 법칙 아래서만 살았습니다. 그리고 그이가 나를 버리고 간 뒤에도 나는 독신을 지켜왔습니다. 그런 중, 늘 마음속으로는 나는 순희 씨에게는 필요치 않은 남자라고 생각했습니다. 하나 전영이를 생각하면 그에게는 내가 필요하리라고 생각됩니다. 나는 이전에 장숙희…… 장숙희라고 하는 여자와 결혼하려고 하던 날 마침 순희 씨와 어디로 숨었었지요. 나는 그 불쌍한 숙희와 약혼하기 전부터 순희 씨에게 사랑을 구했습니다. 하나 순희 씨는 그—때는 너무 어리신 탓이었는지, 소녀로서는 가지기 어려운 권위와 총명을 가지고 있으면서 일 년 동안이나 내가 기다렸으나 아무 대답이 없다가 불행히 장숙희와 약혼하게 된 다음부터 나를 보면 인사도 하고 호의도 보내는 듯했습니다. 하나 나

는 방학 동안에나 조선에 돌아오는 신세였으니까 기회가 늘 좋지는 못했습니다. 그래도 내 생각에 저 순희는 내가 다른 여자와 약혼을 했으니까 아무 혐의가 없어져서 그런가보다 했습니다. 하나 순희는 그때까지 내 존경과 사모를 받는 여자였습니다. 해서 내가 그의 호의를 얻게 된 것은 다행하지만, 나는 그로 인해서 번민을 깨달았습니다. 불현듯이 장숙희가 싫어졌습니다. 그런 마음이 차츰차츰 도졌습니다. 그래서 나는 부득불 '순희 씨, 보다 더 사랑합니다' 하고 자백하게 되었습니다. 내가 전에 추측한 것으로만 보면, 십의 팔구는 순희 씨가 내 이런 고백을 들어주지 않을 듯싶었는데 사실은 예상과 달라서 그도 나를 사랑하노라고 말하셨습니다. 그래서 그—때는 서로 타협이 되어 장숙희를 버리고 갔습니다. 하나 순희 씨는 내 정열을 북돋을 뿐이요, 그 자신은 몹시 냉정했습니다. 그리고 장숙희와 동무 사이였으니까, 숙희가 꿈에 보인다고 말하는 날은 종일 나와 아무 말도 안 하고 죽은 사람같이 고요히 있었습니다. 그러다가 순희 씨는 종내 나를 버리고 조선으로 먼저 건너왔지요. 그러면서도 무슨 까닭인지, 내게 다시 사랑을 안 하겠다는 맹세를 받았습니다. 그러나 나는 지금 전영이를, 사랑이 아닌지 모르지만 구하지 않으면 안 될 경우에 있습니다. 그는 벌써부터 그 사랑의 무역자인 전의 애인을 잊었지요. 하나 어찌하면 내가 순희 씨를 못 잊는 정도만큼은 그도 그 전의 애인을 못 잊는지도 모르겠습니다. 그런 때는 우리는 어두운 얼굴을 하고 서로 바라보기도 미안, 미안하겠지요. 하나 그렇다고 나는 전영이와 같이 전 조선에 필요한 여자를 가시덩굴 속에 버려둘 수는 없습니다. 그는 조선과 우리 사회를 위해서라면 물속에도 뛰어들고 불속에도 뛰어들 것입니다. 그리고 이전에 받은 상처를 잊기 위해서는 남이 하는 몇백 배의 노력을 힘들다고도 안 할 것입니다. 거기서 나는 순희 씨에게 맹세한 것을 거두어와야겠습니다."

순철은 가만히 듣다가 엄숙한 태도로

"그러면 정 군의 이야기를 전부 내 누님에게 전해도 괜찮겠습니까. 내 누님은 분명히 당신의 맹세를 잊고 그러하시기만 바랄 것입니다. 분명한 내용은 모르지만 누님은 어쩐지, 당신을 잊고 계신 것 같습니다."

34

"그렇다고 누구를 생각하고 있는 것도 아니겠지만 내 누님은 분명히 정택 씨와 같이 나를 위해서든지 사회를 위해서든지 일할 사람은 아니고, 정에 살다가 정에 죽는다는 사치만 할 여자입니다." 순철이가 여기까지 말할 때, 정택은 감개 깊은 듯이 가만히 하늘을 쳐다보고 휘 ― 한숨을 쉬면서

"순희 씨는 나와 동경 가서 또 다른 남자를 생각했답니다. 이것은 아무도 모르고, 단지 순희 씨와 나만 알 뿐이고 그 순희 씨

의 사랑을 받은 남자도 모르는 일이지만…… 그 남자는 이 세상에는 다시 없을 것같이 고상한 사람이었지요. 그는 확실한 큰 예술가였습니다. 보통 우리 조선서 떠드는 청년들과는 다르고 대단한 귀족적 인물이면서도 결코 남에게 악감을 주지 않는 사람이었습니다.

그저 보기에 게으름 많은 사람 같지만 내용은 무서운 힘을 가진 사람이었습니다. 그러한 점에서 그 남자는 순희 씨와 같았으나, 매우 간결하고 밝은 점에 있어서는 순희가 갖지 못한 장점을 구비하고 있는 남자였습니다. 지금도 순희 씨는 그 사람을 생각하겠지요. 하나 나를 몹시 불쌍히는 여깁니다. 그것은 내가 순희 씨 때문에 양 부모에게 쫓겨나고 나 땜에 한 여자가 죽고 또 자기 땜에 내가 낫지 않을 상처를 받았으니까! 하나 순희 씨는 어느 날 하루아침에, 참 그 말같이 그 큰 예술가를 잊을 수가 있겠습니까. 그가 행복스럽게 잘 살면 모르겠지만……. 외국서 표류하면서 불치의 병을 앓으니까 순희 씨의 가슴은 그로 인해서 병들었습니다. 하나 나는 순희 씨 땜에 병들고, 지금도 못 믿어서 또 당연히 할 일을 하면서도 순희 씨의 승낙을 얻으려 합니다. 참 세상은 얼마나 코웃음이 나는 일이 많습니까. 그것을 현명한 젊은 친구는 경험이 없으시니까 모르시겠지요."

순철은 모욕을 깨달았다. 하나 사람에 대한 의리로

"그러면, 누님은 정 군과 같이 달아나서 또 다른 사람과 관계를 맺었습니까" 하고 묻지 않을 수 없었다.

"순철 군, 당신이 교육자로서 그런 것을 의심스럽게 묻는 것은 당연한 일이겠지만, 그런 일은 전 우주에 그뜩 차 있습니다. 사람은 누구든지 한 사람만 사랑할 듯이 또 그래야 옳은 듯이 말하지만 그렇진 않고, 누구든지 그중 자기 성격에 어울리고 이상에 맞는 사람을 만나기 전에 그다음으로 그러한 사람을 만나면 좀 이상과 다른 불만을 깨달으면서도 결합이 될 것입니다. 그런 뒤에 또 그보다 더 자기 이상에 맞는 사람을 만나면 새로이 마음이 이끌릴 것이 아닙니까. 나도 이것을 안 것이 최근의 일이고, 또 순희 씨가 그 동경서 만난 큰 예술가를 숨겨서 사랑하는 것도 이즈음의 그의 태도로나 혼자 추측한 일이지만. 무엇이든지 순희 씨는 나를 따라서 우리 촌에 오신다 하고, 헤어져 있을지라도 똑같은 정도로 생활하자고 약속하셨으나 조금도 나와 같은 일은 안 하셨습니다" 하고 정택은 다시 꽃잎들이 날아와서 얼굴에 가볍게 부딪히는 것을 손길로 털면서 말을 멈추었다. 순철은 속으로

'내 상상이 맞았다. 하나 순희 누님은 정택 씨를 사랑하기도 하는 줄 알았더니 그것은 연민이란다. 그러면 연민과 사랑의 다른 것은 무엇일까. 분명한 경계선이 있을까 없을까 의문이다, 의문이다' 하고 생각했다.

이때 마침 저―편 연못가로 구락부 사람들이 왔다. 놀러 갈 데 많지 않은 봄 사람들의 일이라 이곳저곳서 만나기 쉬워서 반도 정경을 추측하게 한다. 유식한 사람들이 할 일이 없는 것, 총

명한 얼굴이 게으름에 지친 것, 열이 많을 청년들이 모이면 하품과 어울려서 재미스럽지도 않은 방탕한 소리를 하는 것. 정택과 순철은 하던 이야기를 뚝 그치고 맞은편으로 오는 손님들을 맞았다. 한 사람이 바싹 앞으로 먼저 오면서

"자네들, 처남남매끼리 조용히 만났었네그려" 하고 놀렸다. 여러 사람들이 웃지 않을 수 없는 듯이 웃었다.

35

순철은 창경궁에서 여러 사람들과 먼저 작별하고 집으로 돌아왔다.

"편지도 오고 전보도 왔어요"

하고 순철의 댁이 남편에게 편지와 전보를 주었다. 그리고

"점심 어쩌셨어요?" 물었다.

순철은 정택과 어느 요릿집에서 점심을 먹은 터라

"먹었어요" 하고 급히, 전보를 뜯어보았다.

'평양서 급발 정대영'이라고 했다. 순철은

'그럼, 아주 해결된다' 생각하니 가슴이 두근두근했다. 그는 전보를 보고 편지를 뜯어보았다. 그것도 정대영의 것인데 여순서 출발하기 전에 써 부친 것이 때늦게 들어왔다.

그 편지에는 먼저 정대영이가 어디 실습 갔다가 답장이 늦어

졌다고 사죄했다. 그리고 순영의 일에는, 순철이가 그런 경우일 것 같으면 주저치 않고 다시 외국으로 보내겠다고, 지금 이 편지 쓰자마자 곧 조선 갈 준비를 하겠노라고 써 왔다.

순철은 편지를 다 — 읽고 긴 한숨을 내쉬었다.

순철은 편지를 읽고 오늘 일을 생각하고 우두커니 앉았을 때 순철의 댁도 수심스러운 얼굴로

"왜 어디 불편하세요?" 하고 옆에 와 앉았다. 순철은 아내의 얼굴을 한번 유심히 쳐다보고

"당신은 몸단장하기는 싫으시오?" 하고 빙그레 웃으며 물었다. 순철의 댁은 무안한 듯이

"단장하면 더 잘나집니까? 그 꼴이지요" 하고 대답했다.

"흐흐" 순철은 웃어버리고 다시 혼자 무엇을 생각했다. 순철의 댁도 혼자 미미히 웃다가

"참, 잊었었어요. 안국동 댁에서……" 하고 말하다가 머뭇머뭇

"아마 아버님께서 도로 안국동 댁으로 오신단 말이 있나 봐요."

순철은 급히 놀란 듯이 눈을 둥그렇게 뜨고

"그게 무슨 소리요?" 하고 귀를 의심하는 듯이 물었다. 순철의 댁은 여전히 머뭇거리며

"서모가, 달아났다나봐요. 아버님께서, 전답을 다 파시고 그 돈으로 회사를 시설한다고 하셨는데, 서모가 돈을 다 — 가지

고 달아났었대요."

"참말?" 하고 순철은 낯빛이 변하면서, 마루에 구츠 신고 앉았다가 그대로 다시 일어서며

"내 다녀오리다" 하고 대문 밖으로 나왔다.

순철이가 안국동 집 대문 밖에 왔을 때 아버지와 어머니의 말다툼하는 소리가 들렸다.

"글쎄, 왜 나가 계시다가 지금 다 잃어버리시고 다시 돌아오셔서 공연한 애를 들볶으세요. 순희는 최가 집 재산으로 호사하고 살지 않습니다. 그 애는 김가 집 재산으로 이날 입때껏 살아왔어요. 왜, 영감께서는 조상 적부터 내려오는 재산을 기생 년의 꾀에 속아서 빼앗기시고 지금 왜 딴것을 넘보세요. 그 애가 뭐랍니까" 하고 모친이 악을 썼다.

"계집애를 그렇게 기르니까 난봉이 났단 말이야. 본래 내가 집을 나간 것도 다 순희 저 한 계집애 때문이지 왜 그렇단 말이오" 하고 아버지가 버럭버럭 화를 냈다. 순철은 심한 두려움에 눌리면서 대문 안으로 들어서서 안뜰로 들어갔다. 순희와 금희는 보이지 않고, 어머니와 아버지만 마루 위에서 말다툼을 하던 판이었다. 그들은 순철이가 들어가서 인사를 하자 말다툼을 그치고, 그 아버지가 먼저

"순철이냐" 하고 인사를 받았다. 아버지는 다시

"요새는 교수법이 늘었느냐" 하고 지금까지 아무런 격의도 없었던 것처럼 물었다.

순철의 아버지는 요사이 대단히 늙은 것같이 보였다. 어머니는 세상이 다…… 귀찮은 듯이 언제까지든 찌푸리고 있다가

"네 큰누이가 너희 집에 가지 않았더냐. 이 애가 아침에 나가서 입때껏 소식이 없다. 원 어디 가서 빠져 죽지나 않았는지. 하도 세상이 재미없다니까 자식이라고 미덥지가 않다" 하고 이야기를 했다. 순철은 인사를 하고 우두커니 섰다가

"어디를 갔을까요" 하고 근심스럽게 물었다.

36

순희는 이즈음에 행동이 심히 달라졌다. 그는 매일같이 사치한 옷을 입고 정오 때쯤 나가서는 밤 아홉 시가 지나서 자동차로 돌아오는지 문밖에서 자동차 멈춘 소리가 나면 순희가 여왕과 같이 호사한 몸을 문안에 들여놓았다. 모친은 무슨 영문인지 몰라서 그 딸을

"무슨 일로 매일 나가니" 하고 말려도

"답답해서 좀 나가 노니 어머니 너무 염려 마셔요" 할 뿐이다. 그리고 역시 이튿날 정오면 이 옷 저 옷 골라서 입어보다가 제일 몸에 맞는 것을 입고 머뭇머뭇하며 대문 밖을 나선다.

이날도 순철은 아버지에 대한 어머니의 불평을 들으면서 아홉 시가 지나도록 순희를 기다렸으나 얼른 돌아오진 않았다. 순

철은 하는 수 없이 내일을 생각해서 집으로 돌아왔다. 하나 그의 마음은 어두운 어두운 근심에 젖어서 어찌하면 좋을지 알 수 없었다.

이튿날 새벽에 순철은 정대영을 맞으러 정거장에 나갔다. 차는 이십 분 늦게 경성역에 이르렀다. 순철은 정대영을 반갑게 맞아놓고, 패한 족속의 한층 더 괴로워하는 표정을 볼 때 더욱더 상심되는 듯한 기운에 눌렸다.

순철은 대영을 정거장 옆의 큰 여관으로 인도하고, 자리에 앉은 후에 괴로운 이야기를 시작했다.

"저는 그―때부터 처가 있었습니다. 그러나 제가 여순 갔을 때는 겨우 열여섯 살이었으니 무슨 철이 있었습니까. 순영 씨의 마음을 저는 저버리는 것과도 같지만 한편으로 생각하면 저는 그의 행복을 지어드리는 셈이지요" 했다.

대영은 간절히 말하다가

"그야 순철 씨의 마음이지요. 저는 다만, 순영이가 불쌍할 뿐입니다. 일전에도 ××학당 사감의 편지를 보면, 완연한 향수병에 걸렸다니까, 신경쇠약이나 히스테리가 아닌가 하고 의심합니다" 하고 심히 괴로운 표정을 하고 맥이 풀려서 다시는 말할 기력이 없는 듯이 근심했다.

순철은 대영의 피곤을 염려해 그대로 집으로 돌아오려다가

"순영 씨가 대영 씨 오신 것을 아직 알지 못합니까" 하고 물었다.

대영은 한숨을 내쉬고 괴롭게 웃으며

"무슨 일인지, 편지마다 대영 오빠 조선 오지 말라니까 연고를 모르지요. 확실히 자기도 아는 바에, 그가 의탁할 곳이라고는 이 외사촌 되는 나뿐인데, 그렇게 아무 잘못한 것도 없는데 제 일을 근심 말아달라고만 하니까……" 하고 모로 누우며 피곤한 눈을 감았다.

순철은 그 소리를 듣고 무엇인지 순영에 대해서 일종의 반감 같은 것을 품고, 열일곱 살 된 처녀의 심리도 대단히 알기 어렵도록 복잡하다 생각했다. 하나 한 번 더 그가 자기를 깊이 믿고 의탁하려 하는 것을 생각할 때 일종의 무서운 듯한 근질근질한 마음이 그의 가슴 턱밑까지 치밀어올라왔다. 순철은 힘 있게 그 마음을 누르고, 대영과 내일 만나기로 약속하고 여관 문밖을 나섰다. 그는 일부러 전차를 타지 않고 한 정거장 두 정거장 걸었다. 아직 사람들은 분주히 걸어서 왔다 갔다 했다. 순철도 학교에 가서 가르쳐야 하는 까닭에 분주히 분주히 걸어가면서 곁눈질도 안 하지만 마음속에는 여러 가지 복잡한 그림이 풀려 보인다. 순영이가 대영에게 이끌려서 먼 외국으로 가는 것과 정거장에서 자기를 보고 들입다 우는 난처한 모습이 무늬를 놓은 숱한 비단 필같이 풀고 다시 풀수록 끝도 없고 처음도 없으면서, 다만

'대영이가 순영이를 외국으로 데리고 가? 그러면 내가 그때에는 순영을 만나지 않을 수는 없다. 만날 것 같으면 순영은 몹

시 울 테지' 하는 말을 되풀이하고 또 되풀이하는 것과 같이 그런 모습이 마음속 눈에 연달아 보였다.

37

순철이가 학교에서 돌아왔을 때 정대영의 명함이 마루에 놓여 있었다. 그는 명함을 집어 들고 처에게

"이 사람이 어느 때쯤 왔었소?" 하고 물었다. 처의 말이, 어떤 사람이 인력거를 타고 와서 말도 통하지 못하면서 무슨 말을 할 듯 할 듯 하다가, 이 명함을 들여보내고 한참 섰다가 그대로 가 버리더라고 했다. 순철은 무슨 불길한 전조 같아서 유심히 명함 뒤를 보았다. 명함 뒤판에는 순영이가 벌써부터 병이 나서 기숙사에 누워 있던 것을 지금 총독부병원으로 입원시키노라고 쓰여 있었다. 순철은 그것을 읽자마자 자기가 무참한 실수나 한 것같이 미안했다. 편지를 해도 답장도 안 하고 찾아가보지도 않았더니 그동안에 앓아서 몸져누웠던 것이다. 생각하면 참을 수 없이 불안했다. 순철은 그길로 총독부병원까지 가려 했으나 몸이 솜같이 피곤해지고 다시 여력 없는 것을 깨달았다. 그의 머리는 몹시 혼돈했다. 순영의 일이 아닐지라도 순철은 순희의 일을 생각할 때 말할 수 없이 불쾌했다.

'나의 동복의 누이가 처녀로서 어떤 남자와 같이 달아났었

다. 그러나 두 달이 못 되어 그도 버리고 집으로 돌아왔었다. 하나 삼 년이라는 긴 세월 동안 아무런 일도 다시 일으키지 않고 있다가, 정택의 일이라면 그리 무심하지도 않으면서 그가 결혼을 한다고 하는 이때 겉으로 아무렇지도 않은 표정을 짓기는 하면서도 밤과 낮으로 집을 비우고 나가는 것은 무엇일까. 혹시 그 동경서 마음속으로 사랑했다던 남자가 돌아왔나. 만일 그들이 말하는 그런 훌륭한 사람일 것 같으면 그가 돌아올 때 아무런 소식도 없지 않았을 것이다. 이즈음으로 어느 신문에든지 주보에든지 그런 사람이 외국서 돌아온 일이 쓰여 있지는 않았다' 하는 누이에 대한 생각과

'노인이 무슨 첩인가 무엇인가 얻어서 나가시더니, 다 ─ 빼앗기시고 돌아오셨다니 기막힐 일이다. 어머니가 좀 불쾌하실까' 하는 집안 생각과

'그 가련한 신세가 게다가 병까지 들어 입원을 했다니 참 비참한 일이다' 하는 순영에 대한 생각이 순철의 앞뒤로 치밀어 왔다 갔다 한다.

그는 가만히 누워 있자니, 먼저 학교에서 교수하던 때 등 뒤와 가슴이 맞닿듯 하던 것이 또다시 뜨끔뜨끔하는 것 같다. 그러나 그는 좀 피곤한 것이 풀리면 안국동 집에 들렀다가 상철의 집을 돌아서 집안 형편 이야기를 하고 순영이가 입원했다는 총독부병원에도 가보리라고 생각했다.

순철은 저녁때가 되자 몸이 점점 달아오고 생각이 몽롱해졌

다. 그는 그 처가 얼마 전부터 자리를 펴주려고 해도 머리를 흔들고 양복을 벗으라고 해도 대답이 없다가 점점 더 괴로워짐을 알고 열리지 않는 입을 겨우 열고

"여보시오, 내 이 옷 좀 벗기고 자리 좀 펴주시오" 했다.

그는 아내가 옷을 벗기고 자리를 펴줄 때 그 행동이 심히 무겁고 날쌔지 못한 것을 보았다. 그리고 순영이가 한 달 전에 작은 새와 같이 기숙사 뜰에서 달음질해 가던 것이 눈에 환했다.

어느 때 그가 생각하기를

'사람의 아름다움도 때를 얻어서 움직일 때 볼 수 있다' 한 것이 다시 어렴풋이 의식되었다. 그리고 그의 마음속 맨 밑에 묻기를

'만일 네가 먼저 순영이를 생각하게 되었던들 너는 그렇게까지는 냉정히 하지 않고 이 둔한, 취할 점 없는 너의 처 같은 것은 돌아보지 않았을지 모르지 않느냐' 했다.

하나 그의 피곤한 마음속은

'좀 쉬게 해다오, 쉬게 해다오' 하면서 잠들기를 심히 원했다. 하나 그의 근심 외에 그의 쉬고 싶어 하는 것을 방해하는 것이 또 있었다.

"서방님이 어디 불편하신가봐."

"글쎄요, 아주 신색이 못되어만 가시지요. 아씨, 몹시 앓으시기 전에 조리를 하셔야지, 그러다가 몹시 앓으시면 어찌합니까."

외로운 사람들

"그렇지만 내가 어떡할 수가 있어야지, 할멈. 안국동 댁에서 나 무사하셔야 할 터인데, 시누이님이 매일 나가시고 아버님께서 다시 돌아오셔서 법석을 하니 이런 말 한마디 할 곳도 없고…… 남은 이 내용은 모르고 나를 다 부러워하지. 부잣집 며느리, 남편과 의가 좋으니 하지만 나같이 속을 썩는 사람이 또 어디 있을라고. 팔자도 기구하지."

"아이고, 그래도 아씨보다 기구하신 이가 세상에 얼마나 많은 줄 아십니까. 저 — 건넌댁 아씨는 그 서방님이 일본 가서 여러 해 공부하고 돌아오시더니 학생 아씨를 새로 맞아 오시느라고 친정으로 쫓아 보내셨답니다."

"아이고, 저를 어쩌나. 가엾어라. 그런 서방님 보면 우리 서방님은 성인같이 착하시지만 그늘의 풀같이 연하시기만 하시니 미덥지가 않아. 해도 위풍은 좋으시지만 어쩐지 기운이 없어 보이지, 할멈."

이같이 주종이 수군수군하는 것이 그가 잠자려고 하는 것을 방해했다. 순철은 풀 없이 몸을 뒤채며

"여보, 떠들지 말아요" 했다.

38

순철은 자기 아내가 이야기하는 것을 그치게 하면 고요해서

잠이 쉬 들 듯했으나 문밖에서 두부와 묵 사라는 소리와 엿장수의 목소리가 다시 그의 잠듦을 막았다. 그는 귀찮은 듯이

"아이고" 하고 신열 때문에 온전치 않은 긴 숨을 내뿜었다. 몸을 일으킬 뼈가 없는 듯이 다만 물씬물씬한 그 몸은 피곤 그것과 같아도 잠이라고는 들 것 같지 않고 한 초 한 시각이 지나갈수록 몸이 점점 달아오는 것 같았다. 그러한 가운데 그는 모ㅡ든 생각을 그칠 수 없었다. 그의 마음속으로는 순희를 만나서

'누님, 왜 그러시우? 당신은 정택 씨와 결혼하실 기회를 아주 잃어버리셨구려. 벌써 아버지께서 자기 것을 다 없애시고 집으로 돌아오셔서 당신만을 노리시는데 그 괴로움을 어찌하려고 합니까. 조선 풍속에 딸은 자식이 아니랍니다. 아버지께서 다시 당신을 어디로 보낸다고 하면 어찌하려고 그럽니까. 그리고 왜 밤낮 나가세요. 남이라도 알면 문젯거리가 되지 않습니까' 하고 순영과 대영을 찾아가서 대영에게는 몸이 고돼서 늦게 찾아왔으니 용서하라고 하고 순영에게

'순영 씨, 그동안 앓으셨습니까. 어서 나으셔야지요' 한다.

하나 그는 일어날 수가 없도록 몸이 괴롭다. 그는 잠도 오지 않는 몸을 죽은 듯이 고요히 누이고 있다. 잠깐 동안 고요해졌다.

그는 설핏 잠이 들었으나 그러한 동안이 얼른 지나가고 그의 집 문 앞으로 바로 향해 오는 인력거 바퀴 소리에 다시 눈이 뜨였다.

물론 그런 짧은 동안의 휴식으로는 피곤함이 풀리지 않는다. 그는 다시 눈을 감으려고 힘썼다. 하나 이번에는 서투른 발자취 소리와 목소리가 그의 눈을 아주 뜨게 했다.

"이 댁이 최순철 씨 댁입니까? 총독부병원에서 얼른 모셔오라는데요. 주인 나리는 안 계십니까" 하고, 바로 순철이가 누운 맞은편의 중문간에서 행랑 사람과 이야기한다.

"계셔요, 몸 편치 않으신데" 하고 어멈이 들어왔다.

때는 저녁때 가까웠으나 긴 봄볕이라 아직 뜰 한편에 얼마큼 누런빛을 띤 햇빛이 쉬 — 이울어질 것 같지는 않다. 어멈이 명함을 들고 인력거꾼과 같이 안뜰로 들어왔다. 순철은 벌떡 일어나서 손을 부들부들 떨면서, 그의 아내가 저편 마루에서 받는 것을 급한 듯이

"이리로 보내시오" 하고 손을 내밀었다. 명함은 정대영의 것이다.

'이 명함을 보시고 곧 와주시오, 순영이가, 당신의 이름을 불러서 걷잡을 수가 없습니다.'

순철은 전후를 돌아보지 않고, 다시 벌떡 일어나며 양복장 서랍을 힘들여 빼면서 인력거꾼에게는

"같이 가세" 하고 당부했다. 그는 지금껏 동복을 입고 있었다. 사람들에게 말을 하지 않아도 아침저녁으로 몸에서 올랐다 내렸다 하는 신열은 일반으로 춥다는 느낌을 주었다. 하나 그는 지금도 춥건만 무슨 일인지 춘추복을 꺼내 입었다. 그렇지 않아

도 창백한 얼굴과 위엄 있는 검은 큰 눈에는 신열 때문에 한층 윤택한 빛이 번쩍거리는 것이, 누가 보더라도 병인으로 보지 않을 수가 없다. 그는 쉬지 않고 부들부들 떨면서 양복을 갈아입고 마루로 나왔다. 처는 무슨 영문인지 몰라서 다만 우두커니 바라보고 섰다. 순철은 그래도 의리를 잊지 않겠다는 듯이

"친구가 병이 들어, 입원했다니 좀 가보고 오리다" 했다. 그 음성이 듣는 사람에게 참을 수 없는 처량함을 주었다.

안뜰에서는 세 여인이 우두커니 서서

"저렇게 아프신데 어디를 가시누" 하고, 문밖에서는 인력거 바퀴 소리가 황급히 들린다.

39

간호부가 인도한 순영의 병실에서는 방금 의사와 간호부들이 빙 둘러서서 지금 숨넘어가는 순영에게 인공호흡을 시키고 식염주사를 놓던 중이었다. 대영은 흐득흐득 울고 섰다. 순철은 그 눈을 의심했다. 아무 말 없이 그는 대영의 옆에 가 서서 의사의 손길 아래만 바라보았다.

그러한 시간이 십 분 이십 분 지나갔다. 하나 마음이 부어 죽은, 순영은 다시 숨을 돌리지 않았다. 눈과 입은 닫히지 못하고 있었다. 일 분 일 초가 지나갈수록 앉은뱅이꽃빛이 돌던 그의

손톱은 점점 하애지고 식염주사로 따뜻하던 그의 가슴도 점점 식어갈 뿐이었다. 의사들은 지금은 손길을 늘어트리고 아침에는 나으리라고 하던 그 입으로

"이렇게 될 줄은 몰랐습니다. 이렇게 병세가 급히 더쳐 죽는 일은 드뭅니다" 하고 말할 뿐이다. 순철은 순영의 시체 옆에서 손길을 읍하고 흐르는 눈물을 금하지 못했다. 대영은 아무 말 없이 점점 아프게 울 뿐이었다. 눈물 어린 간호부들도 아침에는 미인 환자라고 우러러보던 눈에서 불쌍하다는 눈물을 흘렸다. 의사들은

"참 미안한 일이올시다" 하고 다만 그 조각한 듯이 아름다운 얼굴과 하얀 살결을 바라보다가 나가버렸다.

간호부들도 하나씩 둘씩 나가버렸다.

순철과 대영은 입을 벌리고 눈을 감지 못하는 순영의 시체에 간호부가 갖다주는 하얀 보를 씌워 놓고 순영의 이야기를 했다.

이보다 전에 순영은 ××학당 기숙사에서 순철에게 만나기를 바라고 편지를 써서 보내고 보내고 하다가, 그 내용을 모르는 기숙사 학생들과 사감의 눈에는 우연한 일같이 병들어 누웠다. 하나 순영의 어린 가슴속에는 비분과 동경이 한데 엉클어져서 그의 정신을 어지럽게 했다. 그 어지러운 정신에서 우러나는 행동이 그를 귀여워하던 사감과 기숙사 생도들에게까지 미움을 사게 되었다. 순영은 모―든 일에 흥미가 없었다. 다만 순철의 일만 생각하고 또 생각하고, 그는 혼자 외딴 생각에 젖어들

어서 혼자 웃다가 혹시 동무들이 그것을 바라보고 무엇이 우스워서 웃느냐고 물으면 급히 시치미를 뚝 떼고 노했다. 그뿐 아니라 그는 사감에게도 아침 인사를 하지 않으려 하고 매일같이 학교에 나가지 않고 먹지도 않고 누워 있었다. 기숙사 사감은 그래도 자기가 거느리는 생도이므로 학교의 의사에게 보였다. 그 결과가 대영이가 말한 바와 같이 향수병이라고 해 사감은 순영이가 하는 대로 무엇이든지 맡겨두고 병 낫기만 바랐다.

하나 순영의 병은 점점 더쳐갔는지 한 십여 일 전부터 아주 나빠졌다. 기숙사 사감은 순철에게 의논할 겸, 또 순영과 말이 충분히 통하지 않았던 까닭에 그 의향도 들으려고 순철을 청하자고 물어보았으나 순영은 머리를 흔들고 순철의 집 번지를 가르쳐주지 않았다.

그리고 때때로 울기도 하고 웃기도 했다. 사람들은 점점 그를 이상하게 생각해 아무도 가까이하지 않았다. 그리고 어김없는 과도한 신경쇠약으로만 알았다. 하나 대영이가 순영을 찾아갔을 때는 그렇지 않고 고요히 누워서

"오빠, 잘 오셨소. 내가 더 살 것 같지를 않아서 오빠에게 편지를 하려던 중이오" 하고 울었다. 그러나 그는 몹쓸 숨채기를 하고 호흡이 괴롭다고 말하면서 가슴을 눌렀다. 그때까지도 기숙사 사감과 교내 의원은 향수병이니 신경쇠약이니 했다. 그러나 대영은 의심스러워서 총독부병원에 데리고 갔다. 병원 가는 길에도 순영은 가슴을 누르고, 인력거가 급히 흔들면서 갈 때는

얼굴이 해쓱해지면서

"가만히 가만히" 했다.

결국 총독부병원에 와보니, 순영은 신경쇠약에 심장병까지 더쳤다고

"조심하지 않으면 고치기 어려우나, 하나 잘하면 고쳐질 것입니다" 하고 능숙한 늙은 의사가 친절히 말했다.

40

거기서 대영은 순영을 입원시켰다. 의사도 나이 어린 병인을 심히 동정해서 입원하도록 애를 썼다. 순영은 병원 침대에 누워서는 좀 편한 듯이 웃기도 하고 이런 일 저런 일 이야기도 했다.

이때 대영은 무슨 정신으로 그런 이야기를 시작했는지, 필경 며칠 동안 기차 안에서 피곤했던 뒤라 말하기에도 피로함을 깨달으면서 하필 순철의 이야기를 들려주었다. 하나 순영은 그 이야기를 들을 때는 아무 말도 하지 않고 눈을 꼭 감고 가슴을 누르면서

"오빠" 한마디 하고는 다시 가슴을 눌렀다. 그리고 한참 만에 순영은 그 아름다운 눈을 꿈을 보는 듯이 뜨고

"오빠, 그래서 오빠가 급히 여기를 오셨구려" 하고 한눈을 팔다가 눈에 눈물을 그뜩 머금고

"그이도 사람치고는 퍽 인정 없는 이야. 어떤 때는 나와 친척이나 되는 듯이 내게 친절하다가 급히 내가 그렇게 싫어졌나" 하고 얼굴을 가렸다. 대영은 불쌍히 바라보다가

"그야 인정이 너무 많아서 그렇지. 순영을 심히 사랑하지만 그에게는 전부터 처가 있었다니까. 옛날과 달라 일부일부一夫一婦 주의가 온 세상을 지배하는 때, 순영을 다시 부인으로 맞아 올 수도 없는 것이지" 하고 아주 원망 없이 그의 가슴속에서 순철이가 싫어지도록 말했다. 하나 순영은 흐득흐득 울다가 점점 크게 울면서

"오빠가 지금 내 귀에 그런 말을 하시오. 그가 독신이라고 말한 것은 분명히 오빠의 일이었습니다. 저는 그―때 그런 말을 들었을 것 같으면 이렇게 내가 망하도록 심한 병도 들지 않았을 것이요. 다― 오빠 입 때문에 내가 망해요. 나는 인제 더 살 수가 없으니 원망이라도 한마디 하게 순철 씨를 데려오세요" 하고 조르기 시작했다. 대영은 이때 비로소 병인을 격동시킨 것이 실수인 줄 알았지만 한번 해놓은 말을 거두어올 능력이 없었다. 그는 하는 수 없이 인력거를 순철의 집으로 빨리빨리 당부해서 보냈다. 하나 순영은 아주 인정 없이 그 오빠를 나무라면서, 인력거 보낸 지 십 분이 지날까 말까 해서

"오빠, 또 거짓말을 하는구려" 하고 한 말을 또 외고 또 한 말을 다시 되풀이하다가 심장마비를 일으켰다. 대영은 간호부도 없는 때 변을 일으키고, 의사 있는 곳까지 가서 의사를 데려온

때는 벌써 일이 글러서 순영은 눈을 뒤로 뒤집어 뜨고 있었다. 그때 인공호흡을 시키고 식염주사를 놓았지만 아무 효험이 없었다. 순철은 대영에게서 이 이야기를 다 듣고

"이런 참혹한 일이 어디 또 있겠습니까" 하고 울었다. 대영도 울었다.

날은 아주 어두워서 어슬어슬했을 때 병원 뜰에는 까막까치가 까맣게 뒤덮여서 짖었다. 처녀의 어린 혼이 괴로워하다가 괴로워하다가 그 아름다운 아직 채 피지도 않은 육체의 애착을 잊어버리고 곱든지 밉든지 흙으로 돌리라고 그 육체를 떠나가버렸다.

이때 순영의 시체를 병실에서 시체 옮기는 방으로 옮겼다.

순철과 대영은 시체방에서 촛불을 다시 켜고 향을 다시 꽂으면서 밤을 새웠다. 날이 새서 훤하게 동틀 때 정대영은 눈을 잠깐 붙였다. 그동안에 순철은 무엇을 생각했는지 슬그머니 일어나서 발소리를 내지 않고 순영의 시체 옆에 가서 향을 다시 피우고 다 — 꺼져가는 촛불을 다시 켜고, 그의 몸을 폭 — 덮은 흰 보를 들었다.

숨넘어갈 때 열린 채로 있던 입과 눈은 꼭 닫혀 있었다. 그 사꾸라빛 돌고 따뜻하던 손길에는 대리석과 같은 차가움과 하얌이 있을 뿐이다.

순철은 그 손길을 다시 잡고 그 귀에 속삭였다.

"후세에는 어떤 방해물이 있더라도 물리치고 꼭 만납시다"

하고 시체에 약속한 순철은 다시 그 뺨과 가슴에 자기의 뺨을 고요히 대어주었다. 하나 이전에 손길만을 마주 댈 때만큼의 열도 그 두 몸이 서로 통하진 않았다. 순철의 뺨이 점점 달아올수록 순영의 가슴과 뺨은 점점 더 찬 것 같았다. 순철은 한숨을 휘쉬고 다시 흰 보를 곱게 씌워주었다. 말 없는 찬 애인에게……. 이 광경을 몰래 뒤에서 보던 대영은 급히 흐득흐득 울며

"죽은 몸이라도 좋아할 터이오" 하고 부르짖었다.

순철은 고개를 푹 숙였다. 그리고 다만 눈물을 흘렸다.

굵은 눈물이 그 창백한 뺨을 연달아 고요히 굴렀다.

41

×　　　×　　　×　　　×
　　×　　　×　　　×

순영을 무덤에 누인 지 한 달 후의 일이다. 그동안 순철은 피곤과 슬픔을 이기지 못해 병을 이루었다가 벌써부터 회복해 ××중학교 교단에 서게 되었다. 그렇지만 순철의 그 모습에는 병색이 조금도 떨어지지 않고 하루이틀 날이 지나갈수록 더욱 형용이 초췌해져갈 뿐이다.

또 그의 집안일이 한층 더 그를 괴로운 구렁텅이 속에 집어

넣었다. 그는 그 근심을 자기 몸에서 덜게 하고자 하나 그럴 수가 없었다. 모친이 날마다 순철에게 와서 집안 형편 이야기를 했다. 그뿐 아니라 그는 조선의 모—든 청년들이 그렇듯이 집안에서 일생 불쾌한 우울을 알게 되었다. 생각하면 순철은 처음 조선에 나와서 정택이라는 사람의 사업과 인격에 대단한 감동을 받아서 그 인도주의의 영향을 입었으나, 지금에 이르러 정택이가 한마을 사람들을 위해서 일하는 것보다는 자신의 이상에 맞는 한 여자를 구원하리라고 생각하는 마당에 그 얻어 입었던 영향이 얼마큼 헛된 일이었던 것 같기도 하다. 그것이 헛된 일이었던 것을 다시 알고 나니, 순철은 순영을 희생시킨 일이 차마 못 할 일 같기도 하다. 그는 지금은 길을 지나가면서 아름다운 여자들을 언뜻 쳐다볼 때가 있다. 하나 그는 순영과 같이 아름다운 여자를 다시 볼 수는 없었다. 그는 이편으로 저편으로 순영을 생각하면 창자가 끊어지는 것 같다. 거기서 그는 다시 인도적 심리로 돌아가서 제 아내를 불쌍히 생각하고 민중을 위해 일하리라고 굳은 결심을 지어서 먹을 때가 있다. 그런 때 순철은 정택이 있던 촌에 가볼 때도 있고, 또 그보다 더 더러운 빈촌들을 찾아서 가볼 때도 있다. 그래도 정택이가 가 있던 촌같이 어떤 촌도 점점 악화되어가는 촌은 없었다. 그 촌에는 얼굴에 분 바른 계집이 득실득실해서 흔들흔들 놀게 되고, 술주정꾼이 대낮에 좁은 골목 안에서 비틀비틀하게 되었다. 마치 오랫동안 쇠사슬에 매인 사나운 개가 그 쇠사슬에서 풀려나서 다시 사납게 이 사람보고 으르렁거리고 저 사람보고 물으려고 쫓아가듯이 되었다.

    습관을 자기 마음속으로 고치지 않고 건성으로 세력에 눌려서 고치면 그것은 아주 나아지는 것이 아니고 나중에 그 세력이 없어지면 도리어 이전보다 더 한층 심하게 옛날 습관으로 돌아간다. 순철은 정택을 처음과 같이 존경하지는 않으면서 그를 미워하지도 못한다. 그뿐 아니라 그는 무엇에 그렇게 힘 있게 끌리는지, 기회만 있으면 정택과 만나고 싶다. 그러나 정택은 새로운 단꿈에 취해서인지 자주 순철과 만나지지 않았다. 순철은 어떤 때는 구락부에 가서 보기도 한다. 거기도 물론 정택은 자주 오지 않는다. 그는 전영이라는 여자와 혼례 준비를 하는 모양이었다. 순철은 어느 토요일 오후에 필운대에 있는 구락부에 갔다. 일상 모이는 모임은 이날도 구락부 안에 십여 명 넘어서 장기 두는 사람, 바둑 두는 사람, 알 굴리는 사람으로 방 안이 어수선스럽다가 순철이가 갔을 때에 하던 일을 그치고 인사를 했다. 순철에게 정택이가 이상한 친함을 주는 것같이 구락부 사람들도 그에게 친함을 준다.

  "이 친구 오랜만일세그려"

  "애인을 묻어버리고 어찌 사나. 세상에 그런 몰인정스러운 사람이 있나"

  "분명 저 어린 친구는 정택이라는 작자의 영향을 받았었으려니, 하나 '청출어람이 청어람'이라고 정택이가 빈촌 여자를 빼

내다가 같이 사는 대신 저 친구는 자기를 목숨과 같이 믿고 사랑하더라는 왕녀를 묻었으니 세상이 우스워" 하고 놀리는 사람도 있고 같이 알 굴리기를 하자고 끌어당기는 사람과 같이 바둑을 두자고 잡아끄는 사람도 있다. 순철은 이편에 붙잡히고 저편에 끌리면서

"그런 일이 아니오" 하고 벌씬 웃으면서 자기를 변명한다.

42

순철은 구락부에 가서도 정택을 만나지 못한다. 그의 마음속에서는 정택을 만나려 하는 마음을 스스로 의심도 하고 비평도 한다.

'내가 이전에는 이상히 마음을 쏠리게 하는 사람은 피했건마는, 이전에 그가 하던 재미나다고 생각하던 그 일은 벌써 그가 집어던진 일인데……' 하기도 하고

'그러나 그에게는 무슨 사업을 시작했다가 집어던진 역사가 있는 것이다. 그렇다'

'무엇이든지 그는 우리의 선배다. 선배의 성공이든지 실패가 전부 우리에게 모범이 된다' 하고 자기 마음을 헤아려서 변명도 스스로 한다.

순철은 녹음의 그늘이 우거진 필운대 아랫길을 천천히 구락

부 사람들과 같이 걸어서 큰길로 나온다. 그들은 지껄인다.

"최 군, 그래, 애인상을 당해서 그렇게 수척해가나"

"그것은 물을 일도 없지"

"그러나 하는 수 없지"

"그러나 최 군은 그런 애인을 도무지 몰라보았다는 이야기가 있지 않은가, 딴은 고인이야" 하는 말들을 듣고 순철은 말없이 표정으로 부정하며 오다가 전차 정류장 앞에 와서 멈칫 서며

"여러분 실례합니다" 했다.

그중에 한 사람이

"자네 우리하고 ××관 가던 길 아닌가" 하고 다른 사람들이

"같이 가세" 하기도 하고

"지금 집에 가서 무얼 하나" 하기도 하면서 순철을 잡아끈다. 순철은 역시 웃으며

"월요일 교안이 백지 그대로 있고 또 만날 사람이 있으니 이 다음에나 그럽시다" 말한 후에 간신히 구락부 사람들과 작별한다. 그리고 순철은 공연히 전차를 타고 해태 앞을 지나서 종로까지 돌아와서는 안국동으로 다시 들어가며

'그 친구들 때문에 돈 오 전을 허비했지. 내가 이래도 최가 집 경제를 유지해갈지도 모르는데. 형님은 뜬어만 가시고 아버지께서는 서모에게 속으셨다고 하면서 순희 누님 말같이 어머니의 것을 다 ─ 앗아가실 작정이신데. 아버지께서는 자식에게 아무런 정도 없으시니까 그렇게 어머니의 것을 아주 앗아가시

외로운 사람들 335

더라도 필경 우리를 조금도 돌아보시지 않을 것이다.'

이런 생각 저런 생각 하면서 순철은 또 마음속에

'오늘은 또 무슨 일이나 일어나지 않았는지' 하고 급히 급히 저의 집으로 돌아왔다. 마침, 무슨 변이 다시 일어났는지 순철의 집에서는 순철의 아내가 흐득흐득 느껴 울면서

"서방님이 어디를 가셔서 안 오실까" 한다.

순철은 미친 듯이 대문 안으로 들어가서

"왜 그러시오" 물었다.

아내는 마루에서 옷을 갈아입으며 안국동 댁 행랑어멈과 같이 울다가

"저, 아버지께서 어머니 것과 형님의 것을 다 ― 앗아가지고 서모와 같이 청국으로 갔는데 형님이 독약을 마시고 시방 숨넘어가신대요" 하고 또다시 소리쳐 운다.

순철은 눈물도 나오지 않았다. 그가 몇천 리 밖에서 공부할 때는 좀 곤란한 일이 있더라도

'집에만 가면 이런 일은 없을 것이다' 했으나, 참으로 돌아와 보니 파란이 겹겹이 쌓여서 그를 기다리고 있었다.

그는 지금 이 급한 변에 한 번 놀랐던 상한 가슴이 다시 상했다. 그는 말없이 벌벌 떨었다. 사지가 각각 떨어져나갈 듯이 떨렸다. 그는 속히 정신을 차려서 안국동 집으로 가려 하나 발이 움직여지지 않았다. 그의 속에서

'모 ― 든 것은 파멸이다' 했다.

'상은 상대로 못 받을지 몰라도, 벌은 벌대로 받게 되는 것이다' 했다. 그는 모 ─든 것이 두려웠다. 그의 아내가 옆에 와서

"안 가세요?" 해도 그는 떨 뿐이었다. 그는 간신히

"먼저 가오" 하고 부르짖듯이 말했다. 그의 아내는 먼저 나가면서 남편에게 그들이 나갈 때마다 대문을 잠그는 자물쇠를 주고 안잠자기 마누라까지 데리고 갔다. 순철은 그들의 뒤를 따라 나가려는 듯이 몸을 돌리다가 발이 떨어지지 않는 듯이 마루에 털썩 주저앉았다.

십 분 이십 분 그는 아무런 생각도 하지 못했다. 다시 그의 어깨와 가슴이 맞닿는 것 같다. 그리고 그 가슴이 우그러드는 듯한 힘 없음과 간질이는 듯한 가 ─느다란 아픔을 깨달았다.

등 뒤에서부터 찬물을 끼얹는 것 같다. 그는 급히 가슴을 욱여 잡았다. 보드라운 것이 찢어지는 듯한 기침이 한 번 두 번 그의 가슴에서 톡톡 나왔다. 그는 입에서 뿜어져나오는 무엇을 내뿜었다. 그것은 빨갰다.

43

순철은 그대로 놀라서 고개를 푹 숙였다. 이마와 가슴과 등 뒤에서 식은땀이 비같이 흘렀다. 순철은 그래도 힘을 다해서 머리를 쳐들었다. 그 얼굴은 평소에 사람들 앞에서 보이던 어리고

순하고 부드러운 것만은 아니었다. 그의 검은 큰 눈에는 무엇을 견주어 노려보는 듯한 결투가 보였다. 그는 속으로 부르짖었다.

'이 원망, 이 설움, 그대로는 못다 받겠다.' 그는 다시 저의 온몸에 식은땀이 쑥 기어들어가도록 끙 하고 힘을 주면서 일어났다. 그러나 비틀비틀 마루 위에 쓰러질 것 같았다. 그는 또다시 두 주먹을 불끈 쥐었다. 그리고 아내에게 받은 자물쇠를 집어 들고 문밖으로 나왔다.

그는 쇠를 잠그고 저녁 해가 지루하게 비치는 먼지 심한 길거리를 걸어나오면서

'실상 끈적끈적한 것이 입안에서 나올 때 또 붉은 것을 볼 때 놀라는 것이 아픔보다는 몇 배가 된다' 하고 생각했다. 그는 뜻밖에 몸의 괴로움이 적었다. 그러나 친동기를 잃어버렸다는 일이 꿈같으면서 눈물이 멈출 새 없이 앞을 가렸다.

그는 안국동 집에 왔다.

늙은 아버지가 강도 무리같이 온 집 안을 둘러엎고 전답 문권과 집 문권과 여간 남았던 돈푼을 다 긁어내 간 집 안방에 순희가 죽어 누웠다. 그는 아버지의 의리 없는 행동을 말렸었다. 하나 도깨비에게 홀리듯이 돈 귀한 것과 계집에게 아첨해야만 좋은 줄 아는 늙은 사내는 그 딸을 애처로운 줄도 모르고 마구 때려눕히고 갈 곳으로 가버렸다. 순희는 뺨이 퍼렇게 붓고 이마와 손과 가슴과 또 발에 수없이 상처를 받았다. 그는 아름답던 얼굴이 괴물같이 된 것을 아는지 모르는지 방바닥에 빗누워

있었다. 입은 옷은 전부 이리저리 따지고 찢어져 있었다.

순철은 그 모양을 보고 다시 아득해졌다. 그는 아무 말도 할 수가 없었다. 순사와 의사가 한곳에 모여서 수선스러웠다. 의사의 말이

"심한 상처로도 죽었을 것이오. 하필 모루히네* 독으로만 죽지는 않았습니다" 했다. 순철은 가슴을 두드리면서

"누님 누님" 부르며 울었다. 어머니는

"이 고약한 자식아, 내 앞에서 이것이 무엇이냐" 하고 울었다. 상철은 그래도 미운지

"무슨 원수로 이 설움을 남겨주고 가니, 이 악독한 것아" 하고 욕하면서 울었다. 간악한 상철의 처는

"이럴 줄 알았더라면 더 공손히 할 것을" 하고 울었다. 금희도

"언니 언니" 하고 울었다. 행랑어멈들도 울었다. 온 집안이 울음빛이었다. 순희는 아무런 유서도 없이 숨넘어갈 때

"이 꼴을 하고 살 수가 있어야지요" 하고 눈을 감았다. 생각하면 모루히네 분량은 몹시 적었던 것이다.

순희가 죽은 지 며칠 후에 순희의 아버지는 안동현에서 첩과 같이 붙들렸다. 그때는 벌써 그들이 마적에게 가진 돈을 다 빼앗긴 후라고 했다.

---

* 모르핀

×　　　×　　　×　　　×

 순철은 또다시 병석에 누워서 며칠 쉬게 되었다. 그는 누워서 순희의 일기책을 보았다. 그리고 그는 그 비밀스럽던 누이의 일을 짐작했다.

 누님은 독약을 안 먹고라도 매 맞아서 죽었으리라는 말보다는, 매 맞지 않았어도 할 일이 없어서 죽었으리라. 세상에 이와 같이 민첩하고 힘 많은 여자가 다시 있을 리가 없다. 그가 죽기 한 달 전에 정택과 전영이가 외딴곳에서 남몰래 다니는 것을 자동차 타고 따라다닌 것은 결코 정택에 대한 미련이 아니었고 자기의 신성한 동정에 대한 미련이었다. 그리고 누님이 숨긴 사랑을 가졌다는 것은 애매한 일이다…….

 순희가 죽은 지 몇 주일 후에 정택과 전영이라는 여자는 결혼예식을 지냈다는 소문이 들렸다. 바로 그날 저녁이었는지 한 실성한 노파가 순희 어머니를 찾아와서

 "속이 편하시오, 속이 편하시오" 하고 대들면서

 "히히" 웃으며 도로 나가버렸다.

 그동안에 구락부 사람들에게는 이야깃거리가 늘었다. 그중에 제일 놀라운 이야기는 ××중학교 의사의 입에서 나온 말인데

 "××중학교 이과 선생 최순철은 불치의 병에 걸려서, 1학기 끝까지는 생도들을 겨우 가르치겠지만 다음 학기부터는 어려울 일이라" 하는 말이다.

순하고 부드러우나 결코 어리석고 둔하지 않은 최순철은 생각할 것이다. 저도 무덤 속에 들어갈 것을. 또 저가 세상을 떠난 뒤에 유복자가 나와서 또 외롭게 자라날 것을……. 그리고 '보고 싶은 용광로는 못 보고 관棺만 본다' 하며, 그는 고요히 누워서 고달픔과 아픔을 뒤섞은 제 가슴을 쥐고

　"왜 사람은 생각한 일을 하나도 못 하고 죽는단 말인가" 하고 부르짖는다.

　어떤 날은 원망에 불타고 어떤 날은 아픔에 고된 순철의 병석에 문병하러 오는 손님이 많았다. 그는 또 생각한다.

　'잃어버리는 돈은 많아도 공장 시설할 돈과 내 병 고칠 돈은 없다' 하고…… 그 가슴이 더 괴롭도록…….

　순희의 모친은 그동안에 전답 문권을 찾아가지고 병든 아들을 버리고 딸 잃은 설움을 잊으려 금강산으로 가버렸다. 금희는 상철의 집과 순철의 집으로 돌아다니면서 눈치꾸러기 노릇을 하게 되었다.

(오월 그믐에 피곤과 싸우면서)

인생행로난

권선영 옮김

「인생행로난人生行路難」은 김명순이 1937년 일본어로 쓴 소설로, 잡지 『조선급만주朝鮮及滿州』에 수록되었다. 이 번역은 문학평론가 권선영(경희대 외래 교수)이 2014년 옮긴 초출 번역본(『白楊人文論集』 Vol. 24, 신라대학교 인문과학연구소, 2014)에 수정을 가한 것이다. 번역 원전은 「人生行路難」(『朝鮮及滿州』 358호(1937.9))과 「人生行路難續」(『朝鮮及滿州』 359호(1937.10))의 복각판 大村益夫・布袋敏博 編 『近代朝鮮文学日本語作品集』(1901-1938) 創作扁 5(緑蔭書房, 2004)으로 삼았다.

1

쇼와昭和 ××년 팔월 하순의 어느 토요일.

희망에 타오르는 인생을 싣고 특급 열차 노조미*는 여섯 시 이십 분 F역에 도착했다.

기관차는 운전을 멈추고, 끝까지 달려 테이프를 끊은 마라톤 선수처럼 헐떡거리고 있었다. 물청소가 되어 있는 깨끗한 플랫폼 양측에는 권총을 찬 헌병, 철포를 모방한 병대, 모자에 빨간 선이 그어진 관동청關東廳 순사, 카키색 옷으로 몸을 고정시킨 만주국 순사, 사복형사, 감색 저지 옷을 입은 세관 관리, 역무원 등이 제각기 자리해 객차 승강구에서 흘러나오는 여객을 날카로운 시선으로 일일이 훑고 있었다. 빨간 모자와 역부驛夫가 우왕좌왕하는 가운데 검은색 비단옷을 입은 수 명의 만주인 승객

* 희망을 뜻하는 일본어 독음

도 끼어 있는 호화로운 특급 승객이 우르르 시멘트 육교로 사라져갔다. 뒤처져 터벅터벅 걸어나오는 한 젊은이에게 문득 눈길을 준 것은 폴라 복장의 몸집 작은 형사였다.

"어이, 이것 봐, 좀 기다려."

뒤돌아본 젊은이는 붉게 태운 밀짚모자를 쓰고, 약간 지저분한 흰 삼베의 힐금복詰襟服*을 입고 있었으나, 뚝 떨어진 오늘 아침 기온에 떨었는지 어지간히 추워 보였다.

"어디서 왔나? 표를 보여주게."

젊은이는 급행권을 포함해 손에 있던 두 장의 표를 보였다.

"경성에서 왔습니다."

"뭣 때문에 왔나?"

"취직 때문에 왔습니다."

"취직하러? 음, 학교는?"

"××대학을 작년에 졸업했습니다."

"그런가. 이름은?"

젊은이는 명함을 내밀어 보이며

"이렇습니다."

"구레 미쓰히토吳光仁로군."

"아뇨, 고코진吳光仁입니다."

"음, 자네는 조선인인가?"

---

* 깃을 세운 목단이 모양의 양복으로, 군복이나 학생복에 많음

"네, 조선인입니다."

"젠장, 일본어를 너무 잘하잖아. 소개장이라도 갖고 있나?"

둥그스름한 얼굴을 한 형사는 씽긋 웃어 보였다. 고는 안동성安東省 공서公署 모 씨로부터 받은 명함과 봉인된 편지의 겉봉에 쓰여 있는 글을 보이며

"실은 이런 것을 가지고 있습니다" 하고 자신 있게 대답했다.

"그런가, 좋아. 이제 가도 좋아."

개찰구를 나온 그는 깜짝 놀랐다.

'어라 마적, 갱?'

그는 좌측에 도열해 있는 호객행위를 하는 만주인을 보고 흠칫했다. 그들은 복희여인숙, 심양여관 등 무슨 표시를 한 파란색 앞치마를 두르고 있었다. 그 한가운데쯤에서 불쑥 머리를 내민 러시아인은 오리엔탈호텔이라는 금색 글자가 그려진 모자를 쓰고 있었다. 고는 마중 나올 사람이 있을 리도 만무해, 잡다한 냄새가 나는 군중으로부터 계속 오른쪽으로 떠밀려 갔다. 역전 광장에 맥없이 우두커니 서서, 눈앞으로 드넓게 펼쳐져 있는 많은 숫자의 방사형 거리에 홀리고 말았다. 가슴으로 꽉 조여오는 알 수 없는 외로움이 사라지면서 매연과 먼지를 붙이고 빨갛게 타오르는 이국의 태양을 보며 어렵게 찾아온 이 땅에서 자신의 생활은 하나의 신기원을 쓰는 것이라고 생각했다. 그러자, 차오르는 기쁨이 한꺼번에 가슴으로 번졌다.

그는 어느샌가 열 명도 넘는 인력거꾼들에게 둘러싸였다. 꾕

장한 인력거 홍수다.

"요오마要麽? 요오마要麽?"

그들은 제각기 연신 불러대면서 물건을 잡아채기라도 하듯 그의 주위를 뛰어다녔다.

주력走力이 좋은 인력거는 체중이 가벼운 고를 태우고, 또각거리는 마차 무리를 요리조리 벗어나 전차 레일을 따라 달렸다. 먼지를 일으키는 바람이기는 했으나, 팔월이라고 하는데 초가을 같은 선선함을 띤 아침 바람이 그의 뺨과 목덜미를 훔치고 갔다.

"니이츄나베 ── 르你去那邊兒?"

"시이토오西塔, 초오슨반텐朝鮮飯店."

그의 부자유스러운 만주어도 그럭저럭 통해서 시이토오의 더러운 뒷골목에 있는 조선인 여인숙에 여장을 푼 그는 조반도 대충 먹고서 인력거를 잡아타고 목적지인 S친챠청廳에 도착했다. 이미 아홉 시경이었다. 동변東邊 문밖의 굽어진 길을 통과하여 옛 대관 저택이었다고 하는 건물이 예의 친챠청이었다. 주름과 얼룩투성이 노란 경찰복을 촌스럽게 입은 만주인들이 어느 방에서나 넘쳐났다.

허수아비처럼 서 있는 보초는 그와 같은 양복 차림의 일본인 침입자에게는 특별히 주의를 기울이는 것 같지는 않았다. 오히려 끊임없이 경의를 표하며 맞이하고 있었다.

그는 접수처로 들어가 마흔을 넘긴 연배의 검은색 오구라*

옷을 입은 보—이에게 명함을 건네며 총무과장과의 면회를 요청했다.

"기다리세요."

보—이는 명함을 받아 책상에 둔 채 느릿느릿 아침 우편물을 구분했다. 그런 후에 명함에는 눈길도 주지 않고 안으로 들어갔다.

"빌어먹을, 서둘러주시오, 콰이콰이디."

그는 초조해 안에서 느릿느릿하게 나오는 보—이에게 예의 책상에 방치한 명함을 집어 들어 서두를 것을 종용했다.

"내가 좀 바빠요, 쇼쇼만만디."

변함없이 활기찬 응수였다. 드디어 삼십 분이나 지나 안내된 친챠청이라는 곳은 바깥 정원이 있고 한 개의 중간 문을 통과하여 중간 정원이 있었다. 문지방 하나 더 너머에 안 정원이 있어 사찰 건축과도 닮은 구조였다. 양측으로 복도가 없는 석단 가장자리에 단청을 칠한 사무실로 이어져 있었다. 본전이라고 불러야 할 것 같은 건물은 복도를 끼고 양쪽으로 나뉘어, 왼쪽에는 문을 꼭 닫은 청장실이 있고, 오른쪽은 총무과장실이었다. 문은 열린 채 영롱한 채색으로 만든 주렴이 열 자 남짓 시원스레 늘어뜨려져 있었다. 과장실은 넓고 천장도 높은 방이었다. 청색 양탄자풍의 터무니없이 큰 책상을 앞에 두고 딱딱한 카키색 옷

---

* 촘촘한 날실과 굵은 씨실로 짠 면직물

으로 무장한 과장은 조용히 서서 그에게 목례했다. 바라보이는 벽 중앙에는 만주제국 황제 폐하의 존영이 걸려 있고, 만주국 전도, 비적匪賊 출몰 개황도, 통계도도 각각 눈에 잘 띄게 붙어 있었다. 그중에서도 개황도의 동변도東邊道 주변은 붉은 원이 무수히 겹쳐 있었는데, 이들 원은 '조선 공비'의 출몰 개황으로 특히 그의 주의를 끌었다.

초대면 인사가 끝나자 과장은 온화하게

"통역을 희망해서, 경성에서 멀리 이곳까지 왔는가. 먼 곳까지 일부러 감사하군."

사십 줄 남성의 삼각형에 가까운 얼굴에는 차가워 보이는 이성이 움직이고 있었다.

"네, 그렇습니다. 아무쪼록 잘 부탁드립니다."

고는 '차렷' 자세 그대로 답을 했다. 과장은 특히 헌병 출신이라는 것도 들었기 때문에 그는 있지도 않은 군인 기질을 흉내 내어 빠릿빠릿한 모습을 보여주려고 했다. 그는 이력서에 사진을 첨부해 내놓은 다음, 보자기에서 졸업증서와 성적표를 꺼내 그 옆에 놓았다. 과장은 하나씩 면밀히 살펴본 후

"훌륭한 자격이군요. 실은 이렇게 훌륭한 자격을 지녔어도 대우는 그렇지 못해요. 무엇이든 만주국이라고 하면 황금비라도 내릴 듯이 오해하고 있지만, 당신도 알다시피 지금은 건설 도상 중인 신흥국가지요. 무엇보다 재원이 아직 정비되어 있지 않고, 대학 졸업자가 기대할 정도의 급료는 아무래도 나오지 않

아요."

"각오하고 있습니다."

"음, 그렇군요. 당신은 만주어와 러시아어는 어떻습니까?"

"아주 조금밖에 알지 못합니다."

"그래요. 실은 이 친챠청에는 영어를 하는 만주인이 네다섯 명이나 있기는 하지만, 영어로 말하는 것은 잘하는데 일본어로 하면 전혀 대화가 되지 않아서 이번에 일본인 통역을 한 사람 채용하게 된 거요."

"네, 잘 알고 있습니다. 저는 조선 반도에서 출생했지만, 내지에서 태어난 일본인 누구와도 지지 않을 정신으로 신흥 만주국을 위해 일하겠습니다."

"그런가, 자네의 그 마음가짐에는 감동이 되는군. 자네는 이름도 구레 미쓰히토라고 하면 일본인으로도 생각될 터이고, 말은 내지 일본인과 조금도 다르지 않아. 사투리를 쓰는 내지인보다는 자네 쪽이 훨씬 좋게 생각되는군. 하지만 자네, 만주에 와 있는 조선인은 도대체 어떤 사람들인지 자네는 잘 모를 걸세."

"어렴풋이 알고 있습니다. 한마디로 말하자면 불량성을 띤 자가 많은 것으로 생각합니다."

"바로 그거야. 힘에 부칠 정도로 무지한 농민이 아니면, 모두가 일한 합병에 불만을 갖고 흘러들어온 불령선인不逞鮮人이지. 자네는 러시아를 앞세워 광분하는 저 동변도東邊道의 조선인 공비를 어떻게 생각하나?"

과장은 비적匪賊 출몰 개황도를 가리키면서 분연히 일어섰다.

"실로 곤란한 일이라고 생각합니다."

"자네에게 책임을 물으려는 것이 아니야" 하고, 과장은 말이 지나쳤다고 생각했는지 조용히 달래듯이 말했다. 그리고 담배에 불을 붙여 고에게도 한 개비 권했다. 잠시 침묵 후에

"때로 자네와 같은 사람은 조선에 있어 약진 조선을 위해 크게 기함을 토하는 편이 좋다고 생각하는데, 어떤가?"

과장은 우회적으로 거절하려고 했다.

"네, 실은 저도 그럴 생각으로 있었습니다만, 오히려 조선에는 매년 내지로부터 물밀 듯이 인텔리 구직자가 몰려오고 있어서 취직이 매우 어렵습니다. 게다가 저는 만주국 건설에 대해 마음으로부터 신념을 가지고 일하고 싶은 사람이어서."

과장은 한참 생각을 했지만

"음"이라고 끄덕이고, 관자놀이를 문질렀다.

"좋아, 그렇다면 일부러 왔으니 자네의 기량을 한번 보여주게" 하고 호탕하게 승낙하고, 외무부처에서 고시 문제를 받아와 그에게 줬다. 시험은 번역과 논문이었다. 영어는 하얼빈 주재 미국 영사로부터 북평北平* 주재 아메리카 공사에게 보내는 장문의 공문서로, 내용은 만주국 황제 관함식觀艦式에 있어서 영사의 배관陪觀 문제였다. 논문 제목은 '만주 건국과 조선인의 지

* 북경

위'가 주어졌다. 그가 쓴 대체의 논지는

'처음 만주사변 발발의 단서는 지나支那* 군벌의 왜곡된 배일排日 모일侮日 반일反日 폭동에 대한 우리의 정당한 자위권 발동이다. 그 결과로 오족협화五族協和의 큰 뜻 아래에 생긴 만주국 건설의 홍업鴻業은 실로 구미 제국의 패도覇道에 의한 세계정책에 대해, 우리 일본 정신의 선양宣揚인 왕도낙토 건설의 성업이다. 백인의 물질적 공리적 세계관을 무시하고, 욱일승천의 기세를 가지고 도의적, 정신적 세계관 창성에로의 제일보가 이것이다. ……조선인은 황공하옵게도 메이지 천황의 조칙으로 인해 이십오 년 전 이미 숭고한 황은을 입어, 그동안 교육을 잘 받아 이제 동양의 모든 민족 중 야마토 민족에 이은 우수 민족이 조선 민족이라는 사실은 그다지 과장이 아니다. 단지 이 만주에는 불행하게도 위와 같은 황은으로부터 떨어져, 일본문화의 고마움을 모르고 유랑하고 있는 조선 농민이 백만 명이나 있다. 국적도 가지지 않은 이 비참한 농민의 생명과 재산을 지키기 위해서, 일본의 군대는 만보산萬寶山을 시작으로 곳곳에서 존중되어야 할 생명을 빼앗기고 피를 흘렸다. 그들은 처음 황은에 감읍했다. 그러나 무지몽매한 그들, 아이를 인도하듯 친절한 지도 없이는 그들에게 일본 정신을 이해시키고 신흥 만주국을 바로 인식시키는 고원

* 중국

한 이상은커녕, 만주 옥토沃土에 수전 개발조차 도저히 곤란하다고 보지 않으면 안 된다. 이 지도는 마땅히 누가 해야 하는가, 고등교육을 받은 조선 청년이 마땅히 해야 한다. 인텔리 조선 청년의 사명은 그것에 그치지 않는다. 일본 내지인과 섞여 들어와 제일선에 서서 만주국을 짊어지고 설 각오가 있어야 한다. 세상에 통용되는 '내선만內鮮滿'의 합성어는 단순히 내지와 만주 사이에 있는 조선을 지리적, 경제적 관계로만 규율하고 그 영토 가운데 약동하는 이천만 생명의 존재를 잊고 있는 경향이 있는데, 이것은 크게 반성해야만 한다. 한족으로서 조선인은 야마토 민족과 북방 제 민족의 협화융합을 위한 쐐기다. ……만주국 건국에 동반하는 조선 민족의 지위는 두드러지게 향상되어 실로 중차대한 것이 되었다. 운운.'

그는 글을 다 쓰고 보—이가 떠다 준 녹차를 마셨다. 자연스레 기쁜 감정이 들었다. 행운의 무지개는 그의 머리를 뛰어다녔다.

"자네, 점심은 어떻게 할 건가?"

과장은 붙임성 있게 배려해주었다. 혈색이 좋지 않은 그의 삼각형 얼굴은 온화함을 띠고 있었다.

그러나 유정천有頂天이 되어 기뻐하는 것도 잠깐, 외무부처 주임이라고 불리는 뚱뚱하고 고집스러워 보이는 표정의 남자가 그에게 증오로 가득한 종이 한 장을 주고 과장실에서 사라졌다.

그로부터 삼십 분이나 지난 후, 고를 부르는 과장의 얼굴은 창백하고 목소리는 뼛속까지 차가워져 있었다.

"고 군, 심히 죄송하지만, 만약 시간이 있으면 모레 아홉 시경 한 번 더 나와줄 수 없겠습니까. 실은 통역 지원자가 두세 사람 더 있어서 새롭게 시험을 쳤으면 좋겠군요."

말투가 너무 정중해서 기분이 조금 나빴다. 외무부처 주임이 고에 대해 과장에게 이유 없이 나쁘게 말한 게 틀림없었다. 고는 그가 통역을 희망하는 그의 친구에게 전화로 무엇인가 상의하는 것을 우연히 들었다.

고는 시험으로 단련된 남자였다. 어떤 곤란한 문제가 나오더라도 다른 사람에 뒤처질 사람인가, 상관없다, 괜찮다!라는 자부와 긍지로 자신을 북돋우면서 그날은 그대로 여관으로 철수했다.

모레, 월요일.

시험장은 후원과 간격을 둔, 강당인지 교실처럼 보이는 이 층에 위치했다. 시험장은 붐볐다. 그저께 석간에 돌연 큰 광고를 내어서 응모자는 도합 여덟 명이나 모였다.

영문 일역 한 시간, 일문 영역 한 시간, 회화, 그리고 오후는 논문 한 시간이라고 발표되었다. 총무과장은 양복 차림으로 시험장에 나타났다.

그의 인사를 요약하면

'이렇게 요란스럽게 채용시험을 치를 생각은 없었는데 무엇보다도 지원자가 너무 많고 저 멀리 조선에서 온 사람도 있어서 공평무사의 필요성에 따라 번거롭지만 시험을 치게 되었다. 운운'

외무부처 주임은 강단에 올라 칠판에 크게 '사전을 보지 말 것, 시간을 재므로 가능한 한 빨리 번역해서 제출할 것'이라고 다 쓰고 나서 문제를 배부했다. 책상은 4열로, 제2호석에는 외무부처 주임의 친구라는 사람이 앉았고, 제3호석에는 고, 그리고 제7호석에는 워싱턴대학 졸업생이라는 사람이 앉게 되었다.

졸렬한 답안을 급히 제출하기보다는 역시 괜찮은 답안을 늦게 내는 편이 지금까지의 경험상 득이 되었음을 알고 있던 고는 문제를 천천히 두 번이나 반복해서 읽고 난 후, 유유히 문장을 다듬어 답안을 써냈다. 그러나 시간이 이십 분도 지나지 않은 시각에 2호석의 남자가 둔탁한 소리를 내며 득의에 가득 찬 얼굴로 답을 가지고 외무부처 주임에게 달려갔다. 다른 사람들은 그때 모두 배짱이 빠져나가고 말았다. 영문 일역은 그렇게 대단한 문제는 아니었다. 1번이 나가타 데쓰야마 중위 암살의 책임을 둘러싸고 하야시 육군제상의 사임 문제를 다룬 영자 신문의 일면 기사 25행, 2번은 코민테른 지도의 공산주의 선전에 대한 히로타 수상의 유레네프 대사에 항의 9행, 3번은 유머 일구소화 一口笑話 엮음 6행이었다. 그러나 일문 영역에는 2호석을 제외한 모두가 실망하지 않고서는 견딜 수 없었다. 단 한 시간이라고 해놓고 외교관 시험으로도 어려울 듯한 것만, 게다가 네 문제였다. 1번은 불령 러시아인의 동정을 살피기를 바라는 특무기관 주변에서 나온 의뢰문 7행, 2번은 이탈리아가 에티오피아 정벌의 사師를 일으킨다는 선명宣明에 대해 영국이 미국과 프랑스 양쪽 정부에게 켈로그 부전조약을 원용하고 무솔리니 수상을 응징했다는 요지의 런던발 정부 문서 12행, 3번은 마쓰오카 만철滿鐵 총재의 부모 효행 소식 3행, 4번은 북지나 정정위원회 해소 기사 3행으로 일본어로 음미하며 한 번 읽는 것만으로 이십 분은 충분히 걸렸다. ××총국으로부터 초빙되어 온 시험관은 난해 방대한 문제를 보고 놀라서 말했다.

"이것은 무리다. 아무리 영어를 잘한다고 해도 한 시간에 이런 것 네 문제는 불가능하다. 제군, 걱정하지 말고 한 문제라도 괜찮으니까 영어다운 번역을 해주길 바란다."

아니나 다를까, 2호석의 남자는 오십 분 정도에 다 쓰고 싱글벙글 웃으면서 답안을 제출했다. 7호석의 워싱턴 출신의 미국 M.A는 두 번째 문제인 일본어에 막혀 절반 부근에서 시간이 되었다. 고는 처음부터 번역을 계속해서 한 시간의 최후의 일 초까지 힘을 내어 겨우 번역을 끝냈지만 답안을 다시 읽어볼 여유가 없었다.

다음은 한 사람 한 사람 옆방으로 불려 가 회화 시험이 행해졌다. 단 오 분간의 짧은 회화였지만 시험관이 웃는 얼굴로

"You are prospective.(자네는 유망하다)" 하고 맛깔스러운 미

국식 어조로 말해주어서 힘이 난 고는, 지금까지 2호석의 수험자에게 끊임없이 불안과 초조감을 느꼈던 기분도 날아가

'내가 질 사람이랴' 하고 확신도 들었다. 고는 2호석을 제외한 모든 사람과 함께 순경 등이 사용하는 숙직실에 가서 점심시간을 보냈다. 2호석은 혼자서 외무부처 사무실에 들어가 식사를 하고 있었다. 한 시를 신호로 그들은 슬슬 시험장에 왔는데 수험 우선권자 2호석은 가장 늦게 나타났다. 논문 제목은 그저께의 문제와 동공이곡同工異曲으로, '만주 건국의 이상과 일본 및 일본계 관리의 사명'이었다. 만주 건국의 이상에 대해서는 역사적 필연성부터 풀어나가기 시작해 전날과 거의 같은 결론으로 이끌어갔고, 일본의 본질에 대해서는 진정한 일본 정신의 파악에 있는……즉,

'일본 정신은 그 단순하고 편파적인 야마토다마시이大和魂*가 아니라면 막연한 동양 정신도 아닌, 그 중핵에 황도皇道 정신을 두면서도 부디즘, 컨퓌셔니즘**, 헬레니즘 내지 헤브라이즘을 들어 취사 선택해 좋은 점을 얻어 소화한 소위 포괄적인 세계정신이지 않으면 안 된다. 그렇다면 고금동서의 모든 문화, 위대한 정신은 일본이라고 하는 대양에 그 궁극의 귀추를 발견할 것이다. 이 반짝이는 민족정신 즉 세계정신은, 마치 일본해의 저편 수평

* '야마토의 혼'이라는 뜻의 일본 고유의 정신
** 유교

선으로부터 떠오르는 아침 해와 같이 우선 조선 반도에 그 자비로운 빛을 던지고, 이윽고 지금에 와서는 만주 광야로 빠짐없이 그 빛의 날개를 펼치고 있다. 거기에는 폭소가 있고, 환희가 샘솟을 것이다. 왕도낙토王道樂土의 성장이 있고, 오족협화五族協和의 성역이 전개될 것이다. ……그래서 만주국은 행정, 재정, 산업, 문교, 경비 그 외 모든 부문에 걸쳐 강력한, 게다가 절대적인 통제가 수행되어야만 한다. 그런데 직접적으로 중요한 역할을 담당하는 사람은 뭐니 뭐니 해도 관리인 까닭에 관리를 둘 수밖에 없다. 만주국의 관리는 제외국의 관리와 달라 관리, 즉 군인이면서 교육자이다. 그들은 제일선에 서서 잘못된 것을 물리치고, 무지한 민중을 성역성취聖域成就하도록 노력하지 않으면 안 된다. 중일계 관리는 그 선천적인 일본 정신을 내세워 만주계 관리에게 솔선하고, 또는 만주계 관리를 이끌어 이상을 위해 용감하게 싸워야만 한다. 운운.'

외무부처 주임은 특히 문어체로 쓰라고 명령했다. 그 이유는 고도 잘 알고 있었다. 그 말은 그저께 그의 논문이 이따금 구어체로 쓰였기 때문에 필시 고와 같이해서는 문어로 쓰는 문서 등에 사용할 수 없을 것이라고 생각했기 때문이다.

"여보게, 도쿄 한가운데서도 이런 엉터리 시험이 성대히 행해지고 있어. 하물며 만주는 더하지. 예를 들면 어떤 여학교에서는 서른세 명의 모집 광고를 내고 서른 명 정도는 뒤에서 몰래 입학시켜두는 거지. 그리고 수백 명이나 되는 지원자 중에서 터무니없이 세 명만 뽑아 보충한다네."

돌아가는 길에 워싱턴대학 출신의 M.A는 고의 어깨를 가볍게 두드리며 말했다.

"자네를 떨어뜨리려고 하는 플롯 중에 나까지 보기 좋게 말려든 거야. 진짜 수상해. 저놈들은 악랄해."

그 후 일주일이 지났다. 고는 무거워 보이는 주렴을 가르고 가장자리에 융단을 씌운 테이블 앞에 섰다.

과장은 자못 난처한 듯 그에게 말했다.

"당신에게는 참으로 안됐으나, 시험 결과가 아쉬운 부분이 있어 안 된 것이니 포기해주시오."

과장은 정면으로 고의 얼굴을 보지 않고 눈을 가슴츠레 떴다. 시험 결과의 득점은 제2호석의 외무부처 주임의 친구라고 하는 자가 94점, 고가 91점, 워싱턴의 M.A가 85점이었다.

"실은 이런 것을 인쇄해서 당신에게 드리려던 참입니다" 하며 그는 미농판美濃判의 담사판쇄謄寫版刷 한 장을 고에게 건넸다.

지난번 당청에서 통역 모집 시험 시행에 먼 길임에도 참여해주셔서 큰 수고를 하셨을 줄로 압니다. 채점 결과 한 명만 채용하는 것으로 결정되어 이번에는 귀하를 채용할 수 없게 됨을 매우 유감스럽게 생각합니다. 그러나 귀하는 우수한 성적을 취득했기에 장래 채용할 때에는 재통지하도록 하겠습니다. 경구敬具.

"여러 가지 걱정을 끼쳐 죄송하게 되었습니다."
'쳇! 제기랄, 절망인가?'
그는 온몸이 후들후들 떨리고, 분해서 막무가내로 눈물이 났다.
　—설마라고 생각한 것이 정말일 줄이야?
그가 발을 동동 구르고 푸른 하늘을 저주한다고 해서 결과가 바뀌지는 않았다. 그는 완전히 어찌할 바를 몰랐다. 이대로 맥없이 철수할 수도 없었다. 그는 사기에 가까운 거짓말로 여비를 마련해왔던 것이다. 당장 경성에 돌아간다고 해서 직장이 기다려줄 리는 만무하다. 빚쟁이들에게 쫓길 것이고, 룸펜이 되어 거리를 방황하지 않으면 안 된다.

2

하룻밤 내내 건밤 새워 골몰했다. 다음 날 아침 눈을 비비고 일어났을 때, 문득 그의 가슴에 떠오르는 영감이 있었다.
　—그렇다.
그는 중얼거렸다.
　—모든 것은 도전이다.

전날 친챠청에서 했던 회화 시험 때의 일을 생각해냈던 것이다.

"You are prospective.(자네는 유망하다)" 하고 시험관이 남긴 한마디는 그의 귀에 하나의 리듬이 되어 뇌리 깊숙이 파고들었다. 그 시험관의 둥근 얼굴, 검은 구레나룻, 검은 테 안경, 쾌활한 듯한 웃음, 그리고 'r' 발음의 명료한 영어를 종합해서 그는 하나의 구주救主를 창조했다.

―'You are prospective'는 내게 있어 복음이다.

―부탁해보면 의외로 좋은 말을 들을지도 모른다.

그는 자신을 달래기도 하고 위로하기도 하면서 용기를 냈다.

밖은 맹렬한 모래 먼지가 불어 눈을 뜰 수가 없었다. 그는 시이토오 대로의 전차 레일을 따라 열 번째 건물에서 오른쪽으로 꺾어 댄스홀 '명성明星' 앞을 터벅터벅 걸었다. 곧 H거리 광장에 다다랐다. 의과대학의 부속 청사처럼 보이는 빨간색 벽돌 이 층이 T총국이었다. 그의 시험관이 있는 사무실은 이 층 끝 총무처의 한 방이었다.

시험관은 테이블 앞에 선 채 탁상전화의 송화기에 대고 으르렁대듯 화를 내고 있었다.

"……너, 그런 터무니없는 일이 있느냐, 음, 음, 뭐? 너, 너, 멍청이!"

그는 흥분지도 않고 화를 내는 것도 아닌, 큰 소리로 계속 사람을 압도하는 것이 그의 성정인 듯하다. 힐끗하고 새로운 침입자인 고에게 눈길을 한 번 주었다. 멍하니 서서 시험관의 일거수일투족, 말 한마디 한마디를 신경 쓰고 있던 고는 반사적으로 차렷 자세로 인사를 했다. 시험관은 그에게 시선을 두지 않고 잠시 으르렁대고 있다가 철커덕 수화기를 내렸다. 그리고 이번에는 고의 얼굴을 보지도 않고 책상 위 서류에 시선을 옮기며

"자네는?"

"네, 실은 저는 요전 S친챠청에서 보셨던 사람입니다만."

"알고 있네."

"요전에는 대단히 감사했습니다."

고의 대답도 끝나기 전에 그는 무언가 영어로 쓴 서류를 집어 들고 나갔다. 나가면서 어안이 벙벙해 있는 고에게

"거기에 좀 앉으시오."

고는 처음으로 안심이 되어 가슴을 쓸어내리며 시험관의 대형 테이블 앞의 작은 원형 의자에 주뼛주뼛 걸터앉았다. 테이블 위에는 경제, 정치, 철도, 교통에 관한 외국 서적이 십여 권이나 쌓여 있고, 벽에는 영문으로 쓴 만주국 지도가 두 장이나 붙어 있었다. 안쪽 창 가까이에는 인정머리 없어 보이는 타이피스트가 타닥타닥 타이프를 치고 있었다. 다른 직원도 각각 대형 테이블을 둘러싸고 원서나 외자外字 신문을 만지작거리고 있었다. 게다가 그중 한 사람은 독일인 같은 서양인과 영어로 무언가 끊임없이 절충을 거듭하고 있는 것 같았다.

─얼마나 은혜받은 사람들인가. 이런 곳에서 무언가 좋은

일이라도 주어진다면 감사할 텐데.

그의 공상은 철회할 수 없는 화려한 것으로 내달리려고 했다. 'You are prospective'와 '거기에 앉아 있어라' 두 마디를 인과적으로 생각할 때, 어쩌면 시험관이 자신을 채용하려고 하는 속내는 아닐까. 그렇게까지 적극적이지는 않아도 어떤 의지나 취지가 있음에 틀림없다. 시험에 안 된 사람이 뻔뻔스럽게 시험관이 있는 곳에 왔음에도, 보통이라면 딱 잘라 거절해야만 하는 것이 아닌가. 이렇게 기다리게 한다는 것은 자신을 위해 무언가 도모하려 함이 아닐까.

"자네, 무언가 용건이 있다면 빨리 말해주게."

돌아왔나 하고 생각하자 앉지도 않고 갑자기 물었다.

"네, 실은 대단히 갑작스러운 부탁입니다만, 잘 알고 계시다시피 저는 조선에서도 내지에서도 취직 활동에 모두 실패해서."

"만주 변방까지 와서 말이지, 실력은 자네가 월등하다고 생각하지만, 오히려 자네에게는 기술적으로 뛰어나지 못한 점이 있었지."

시험관은 시가에 불을 붙였다.

"네, 그렇습니까."

"아무튼 이번에는 시험이 안 되어서 할 수 없지 않은가."

"S친챠청 쪽은 체념했습니다."

"과연 그렇군. 하지만 다른 곳이라고 해도 별수 없겠지. 나도 지금 자네를 어딘가에 부탁할 수도 없고, 얌전히 돌아가는 편이, 뭐 자신을 위해서 말이지. 참고 차원에서 이력서를 한 통 받아놓을까."

"네, 그러시겠습니까, 감사합니다."

"하지만 자네, 기대하면 곤란해."

그는 시험관의 의중을 이해할 수 없어, 어떻게 말을 해야 할지 몰랐다.

"감사합니다. 일단 고향으로 돌아가겠습니다만, 이후 무언가 도움이 될 것 같은 일이 있으시다면 아무쪼록 잘 부탁드립니다."

"됐네, 이제 가도 좋아."

시험관은 산뜻하게 대답을 한 반면 오히려 시가를 세게 빨았다. 고는 안달이 난 채, 머뭇거리며 인사를 해도 좋을지 생각했다. 그가 뒤꿈치를 돌려 바로 앞에 있는 문 핸들을 잡으려고 했을 때

"잠깐, 자네. 기다려."

그는 뜻밖에 호출되었다. 시험관은 그의 오른쪽에 이웃해 있는 부하 같은 사람에게 말을 걸었다.

"노하라 군, 좋지 않은가, 그 취직자리에."

"그렇습니다."

대답을 한 것은 시험관보다 젊은 남자로, 손에 든 신문을 책상에 놓고 호의적인 눈길로 고를 주의 깊게 바라보았다.

"자네, 무언가 특수한 기능 같은 것 갖고 있는가? 예를 들면 상업영어 같은."

"네, 타이프와 속기에는 상당한 소양이 있습니다. 코리스폰던스文通*와 부기簿記*도 대강 공부했습니다."

"그런가, 그것 잘됐군. 어떤가, 노하라 군, 고 군은 독일어도 불란서어도 할 수 있는 수재야."

"그렇습니까, 좋은 것 같습니다. 서둘러 그쪽에 문의해볼까요?"

"일본어는 최고 인텔리로도 손색이 없으니까. 아하하."

'이런 유쾌한 구주가 어디에 있으리.' 그는 기뻐서 감격의 눈물이 배어나왔다.

"고 군, 어떤 것도 자네를 책임지고 머무르게 할 수는 없지만, 이삼일 기다려볼 텐가, 귀국 일정을 연기해서 말일세."

"네, 감사합니다. 가능한 것이라면 언제까지 기다려도 상관없습니다."

"음, 그쪽은 영국인 회사인데."

"그렇습니까, 그것은 더더욱 생각지도 소망해보지도 못한 일입니다."

그는 단연 밝아졌다. 구주의 둥근 얼굴에도 광채가 더해지는 것 같은 기분이 들어 바로 볼 수가 없었다. 총국을 나온 그는 의

* 사무직과 회계 업무

기양양하게 시이토오로 귀환했다.

다음 날 오후 네 시 반, 그는 야마토호텔의 돌계단을 밟고 경양식집에 모습을 나타냈다. 영국식 대형 당구대가 두 대, 불란서식 소형 당구대가 한 대 놓여 있는 주점으로, 그는 노하라 씨와 합류해 만저우리滿洲里 데일리 뉴스 외인 통신원 세 명과 명함을 교환하고 계속해서 ×철鐵의 후지무라 씨와 초대면 인사를 마쳤다. 고는 예쁜 웨이트리스가 따라 주는 맥주를 마시면서 노하라 씨의 일을 도와주고 당일 발행의 만주국 통신을 영역해 외인 기자에게 설명했다. 그는 포켓트 머니를 털어 웨스트민스터를 구입해, 스스로도 우스울 정도로 건방지게 뻑뻑 피웠다. 드디어 예의 영국인 회사에 관계를 맺고 있는 후지무라 씨는 고를 별실로 불러 취직 이야기를 진행했다.

"고 씨가 이번 친챠청에서 그르친 게 마음이 안돼서, 어떻게든 해드리려고 생각하고 있습니다."

우선 노하라 씨는 후지무라 씨에게 고를 소개한 이유를 설명했다. 고는 취직 신청서와 사진을 후지무라 씨에게 건네고

"장사는 큰 경험도 없습니다만."

"수입은 어느 정도 희망합니까?"

"저는 그다지 희망하는 금액도 없습니다. 그저 이쪽은 집세도 꽤 비싸고 다른 물가도 상당히 높은 것 같으니까, 그 점은……."

"그렇지요. 에이전트의 이야기로는 생활비로 최초 이백 원

낸다고 해요."

"그 정도라면 저는 좋습니다. 회사는 어떤 장사를 합니까?"

"일영 합병 기계회사로, 훌륭할 정도로 영어를 잘하는 사람, 뛰어난 교제력을 가진 인물로 이루어져 있어요."

"일은 어떤 것인지요?"

"코리스폰던스라든가 세일즈맨 일은 아니죠, 주인(에이전트)을 대신해서 가게 일을 꾸려나가야만 해요. 가끔 술을 할 수 있겠어요?"

"조금은 합니다만."

"회사에 입사하는 데 음주가 중대한 조건이 된다는 게 조금 이상하게 들릴지도 모르겠지만, 실제로 교제가 회사원에게 있어서 생명인지라."

상냥하고 감촉 좋은 여성적인 느낌이 나는 후지무라 씨는 훈계하듯 말했다.

"노래는 어때요? 자신 있는지?"

"노래는 유행가라면 꽤 알고 있습니다만."

"그것만으로는 부족하지. 경우에 따라서 나니와부시* 한 구절이라도 해야 하고, 야스기부시, 이소부시, 기소부시 …… 노우에부시, 오하라부시**에 이르기까지……"

---

* 샤미센 반주로 의리와 인정을 주제로 한 노래
** 야스기 지방의 민요, 이바라기현의 민요, 나가노현의 민요…… 에도 시대 말기의 유행가, 가고시마 민요

"어떤 것이라도 조금씩 흉내 정도는 낼 수 있습니다. 하우타*나 기요모토** 등도 이해는 하고 있습니다."

그는 술도 기호하는 편이 아니었고 노래 따위도 잘하는 편이 못 되었지만 그것들이 입사의 조건이라면 조금씩은 거짓말도 해야만 했다.

"그게 말이야, 일이라는 건 좀 전에도 말했듯이 에이전트를 대신해서 일본 내지로부터 오는 손님을 접대하는 일이니까, 잘 나가는 요릿집, 카페, 댄스홀 등으로 안내해서 대접하지 않으면 안 돼요. 상대 바이어를 기쁘게 하고, 자리가 비지 않도록 노력하는 것이 모스트 임포턴트 리스펀스빌리티(가장 중요한 책임)이니까, 큰 거래든 뭐든 그렇게 허물없이 노는 중에 술술 성립되는 것이야. 생각하기에 따라 유쾌한 일이지."

"저는 이 어플리케이션(지원서)에도 명료하게 쓴 것과 같이 방랑도 했고, 봉공奉公도 했고, 고학도 했습니다. 프렉티컬한 일이라면 꽤 자신을 갖고 있습니다. 모든 모티브에 요령 좋게 바투 함께해가는 것은 초심자답지 않다고 자부하고 있습니다."

"그거야 그거."

후지무라는 감탄해서 고의 어깨를 흔들며 계속해서 말을 이었다.

"그 에이전트는 영국인이지만 런던대학을 나온 내 선배야.

---

* 에도 시대 말기에 유행한 속요
** 조루리像瑠璃(인형가극)의 한 종류

나에게 좋은 사람을 물색해달라고 부탁해서 요전부터 찾았는데, 어쨌든 영어를 못하는 상고 출신 두 명밖에 발견하지 못해서 아직 그에게 답을 하지 않았다네. 나도 어떻게 하면 좋을지 곤란해하던 참이었어. 어디 한번 힘껏 자네를 추천해봅시다."

'이 세상에는 어째서 이렇게 친절한 사람만 있는 것일까.'

그는 자신의 귀를 의심하면서

"아무쪼록 잘 부탁드립니다."

"그래, 지금 선생님이 마침 대련 가게에 있는데, 곧바로 만날 수는 없고, 나도 이삼일 대련에 가니까 그때 자네 사진과 이 지원서를 가지고 갈 작정이네. 내가 돌아올 때까지 기다려줄 테지."

"네, 그것은 이미. 그럼 부디 잘 부탁드립니다."

카펫을 밟는 발바닥의 부드러운 감촉에 가볍게 떠 있는 듯한 기분으로 그는 호텔 현관 돌계단을 밟았다. 양쪽 시멘트 경사 아래에서 기다리고 있던 인력거꾼은 어느 쪽이든 번개같이 눈앞에 나타났다. 맥주의 취기도 전해져서

"뿌요不要, 뿌요" 하고 냉정하게 물리치고, 그는 땅거미 지는 가스가 거리의 혼잡함 속으로 모습을 감추었다.

─에쓰코, 기뻐해라! 무엇보다 이번 여행을 너에게 알리지 않았다고 화내서는 안 돼. 이번에야말로 멋진 행운을 잡아 돌연 너의 품으로 달려가려고 하는 거니까.

그는 주위를 상관하지 않고 연인의 이름을 마음속으로 되풀

이하면서 한 사람 에쓰코만을 생각했다. 그는 오른쪽 보도를 몽환적으로 걸어, 어느 보석상 쇼윈도에서 본능적으로 꼼짝하지 않았다.

찬란한 주옥의 진열, 결혼반지! 그의 머리에는 그런 것이 번뜩였다.

─그렇다, 내가 지금, 이백 원의 샐러리맨으로 자리 잡은 것을 에쓰코가 알면, 그녀는 얼마나 덩실거리며 기뻐할까. 조선신궁에서 결혼식을 올리는 것이 좋겠어. 만주에는 신혼여행, 하얼빈까지 갈까, 야마토호텔에서는 피로연을 하는 거야. 게다가 일본 내지의 큰 회사의 높은 사람들과 알게 된다는 것은 얼마나 꿈같은 행운의 운명인가.

상상만으로 온몸은 기쁨의 피가 솟구쳤다. 가슴에는 고동이 높이 치고, 눈에 망연히 비치는 거리의 모든 사물의 상 ─예를 들면 네온의 빛, 마차의 딸랑딸랑 방울 소리, 만주인의 콧소리, 엄청난 게다 소리, 맨발의 러시아 여성, 요란하지 않게 출발하는 일본 여성 등등─도 결국 그를 위해 존재하고 있는 실상에 지나지 않는다고 생각되었다.

후지무라로부터 채용 통지를 기다리는 답답한 날이 하루, 이틀─열흘, 이 주나 지났다. 공허한 날이 지나감에 따라 지장도 컸던 그의 기대는 햇볕을 쬔 눈사람처럼 허물어졌다. 그는 이 주간이나 기다린 후로 인내심도 바닥이 나, 이미 자포자기가 되었다. 그러나 성급하게 굴면 결국 손해라고 했던가. 이미, 어차

피 전망은 없다는 것이 정해져 있지만 소개자인 그의 구주 시험관과 동시에 부구주라고 불러야만 할 노하라 씨는 반드시 함께 만나볼 필요가 있고 또 그것이 도리라고 생각했다.

그는 마음을 먹고 T총국의 총무처에 출두했다.

"안녕하십니까?" 하고, 그는 강매하러 간 뻔뻔스러운 상인처럼 붙임성 있게 인사를 했다.

"오랜만입니다."

시험관은 모르는 척 눈길도 주지 않았다. 그는 노하라의 목례에 이끌려 시험관 앞을 지나쳐 갔다.

"후지무라 씨와 못 만났죠?" 하고 말하고 무표정하게 고의 얼굴을 봤다.

"네, 그 이후로 한 번도 뵌 적이 없습니다만, 댁에도 사무소에도 언제나 부재중이어서."

"그렇겠지, 선생님 바쁘시니까."

"대련에 가신 결과는 어떻게 되었나요?"

"그게, 아무래도 잘 안 된 것 같아."

"네, 그렇습니까, 그렇겠지요."

그는 다리가 떨려 기분이 조금 이상해졌다.

"그쪽에서 이공과理工科 출신 본국 사람이 채용됐다고 하더군."

"그것은 잘된 일이지."

그는 누구의 일을 말하는 것인지 알지 못했다. 노하라는 기가 막혀서 고의 창백한 얼굴을 살피듯이 응시했다. 문득 정신을 차

린 고는 당황하며

"그러면 전혀 전망이 없는 것일까요?"

다짐하듯 물었다.

"뭐, 체념하는 편이 좋겠지."

그는 멍하니 선 채로 가만히 있었다.

"이제 고향으로 돌아가시게."

"하지만 무언가 여기서 잡지 않으면."

"잡다니 무엇을 말인가."

"그러니까 어떤 작은 것이라도 희망을 남기고 돌아가고 싶습니다."

"음, 그렇게 말한다고 해도, 그런 일은 얘기가 쉽게 정리되지 않아요. 자네, 요즘 세상에 대학을 나온다고 해서 굴러온 호박처럼 지위나 수입이 얻어지는 것은 아니라네. 그냥 고향에 돌아가서 소생蘇生의 길을 여는 편이 좋다고 생각하네."

"네, 잘 알겠습니다. 그렇다면 적어도 제 이력서라도 맡아주시지 않겠습니까? 언제라도 좋으니까 한 가지 부탁드립니다."

"내가 그런 것 받아놓아도 소용이 없어. 이렇게나 이력서를 맡아놓고 있으니."

그는 서랍에서 큰 종이봉투를 꺼내어 보여주었다.

그때

"이봐!"

쾅 하고 귓불을 때리는 듯한 소리가 났다. 그것은 집요하게 보채는 고 때문에 시험관이 화가 나서 찻잔을 책상에 부딪쳐 난 소리였다.

"징징대지 말고 돌아가. 실패했을 때는 남자답게 물러서야 도움이 되는 거야."

'당연한 말이다. 더 이상 무슨 말을 하랴.'

"갑니다. 물론 갑니다."

"가게! 서둘러서."

"대단히 죄송합니다."

폭소가 실내에 울려 퍼졌다. 고는 숨을 죽이고 살금살금 총국에서 나왔다.

태양은 빛을 잃은 채였다.

엮은이의 말

이 큰 사랑의 이야기를 읽고 또 읽는 동안

명순 언니의 산문집 『사랑은 무한대이외다』(핀드, 2023)를 엮어낸 지 이 년 하고도 삼 개월가량의 시간이 흘렀습니다. 그동안 자주 언니를 생각했습니다. (허락도 받지 않고 멋대로 택한 이 '언니'라는 호칭도 이제 제법 자연스러워졌지요.) 뒤늦게나마 언니의 작품을 접한 독자들의 성원과 환대를 그간 언니도 조금쯤 느끼셨을까요. 따뜻하셨을까요. ……긴 여름을 앞둔 요즘, 언니는 어떤 상념에 잠겨 계실까 궁금합니다.

산문집을 엮어낸 후 정해진 수순처럼 언니의 소설집을 준비하며, 저는 즐거웠습니다. 개인적인 여러 일들이 있은 터라 당초 계획보다 일정이 지체되어 마음이 무겁기도 했지만, 소설을 살피는 동안만큼은 즐거움으로 충만했습니다. 이렇게 이야기해볼까요. 언니는 작품을 마무리하신 뒤에 '끗(끝)' 하고 못을 박으시고는, 이어 짧은 후기를 남겨두시곤 했는데요. 이를테면 "퍽 곤란한 초고였다" "오월 그믐에 피곤과 싸우면서" 또는 "고통 중에 간신히 탈고" 하는 식으로 말입니다. 그 방식을 빌려 쓰자면 "퍽 어려운 가운데 자주 웃고 자주 감탄하며 즐거이" 하고 이 편역 과정을 정리할 수 있을 것 같습니다. 저와 출판사 핀드의 선영, 그리고 명순 언니까지 셋이 함께 오순도순 둘러앉아 보낸 호시절이었다고요.

즐거움과는 별개로 우왕좌왕하지 않을 수는 없었습니다. 원전을 찾는 과정에서 몇 차례 도서관을 헤맸고, 윤색하는 과정에서 한 음절의 조사를 두고도 넣었다 뺐다 자리를 옮겼다 하는 일이 부지기수였습니다. 근대의 생경한 단어와 한자 조어, 북한어, 외래어, 일본식 표현 등을 읽어내는 것도 쉽지 않았습니다. '해독'되지 않는 문장을 두고는 사전을 찾고 또 찾고…… 결국 작품을 반복해서 읽는 속에서 수수께끼를 풀어내는 것만이 나름의 해법이었습니다. 현대의 기준으로 보자면 명백히 비문이라 할 수 있는 문장 형태가 적지 않은 점 또한 수시로 난관에 봉착하도록 했습니다. 문맥을 해치지 않는 선에서 매만지되, 몇몇 대목은 주술이 다소 어긋난다 하더라도 원문의 어감을 그대로 살리는 편을 택했습니다. 문단 형태 역시 마찬가지입니다. 억지로 오늘날의 기준에 맞추는 대신 원문을 따르고자 했습니다. 그럼에도 지금의 젊은 세대가 따라 호흡하는 데에는 하등 무리가 없을 것으로, 백 년 전의 글을 읽는 일이 아주 어렵지만은 않을 것으로 짐작합니다. 조금 어려운 순간을 맞닥뜨려 멈칫하다가도 어느 틈엔가 금세 이야기 속에 빠져 탄성을 지르는 저 자신을 발견했듯이, 그렇게 몰두하게 되리라 확신합니다. 이것이 좋은 소설의 힘이지 싶은 것입니다.

현재 언니의 소설과 희곡은 총 스물두 편으로 정리됩니다.(서정자·남은혜 공편저 『김명순 문학전집』, 푸른사상, 2010 참고) 「인생행로난」과 같은 일본어 작품은 포함하지 않은 수입니다. 국내 신문이나 문예지 등에 발표하신 작품 또한 향후 추가로 확보될 가능성은 얼마든지 있겠지요. 그렇게 된다면 작품 수는 더 늘겠고요. 여기 이 책에는 열세 편의 소설과 한 편의 희곡, 총 열네 편의 작품을 수록했으며, 이는 어쩌면 지극히 제 개인적인 기호에 의한 선별이라 할 수 있을 것입니다. 명순 언니의 열성 독자인 제가 인상적으로 읽은 작품, 널리 알려 함께 나누고 싶은 작품을 우선으로 했습니다. 『생명의 과실』과 『애인의 선물』에 수록된 작품은 반드시 포함하고자 했고, 미완성작은 제하는 것으로 정했습니다. 이렇게 추려진 열네 편 중 가장 긴 분량을 자랑하는 「외로운 사람들」의 경우 전집 등에 소설의 마지막 부분(43회, 조선일보 1924년 6월 2일 자)이 결락되어 그간 끝을 확인할 수 없었는데, 이번 기회에 해당 부분을 보완할 수 있었습니다. 이 점이 제게는 큰 보람입니다. 여러 도움을 받아 「인생행로난」을 번역, 소개하게 된 점 역시 각별한 기쁨이라 하겠습니다.

  마주 앉아 작업하는 동안 선영은 이따금 제게 물었습니다. 어떤 작품이 가장 좋으냐고. 저는 늘 머뭇머뭇 대답을 미루었고요. 한 편을 꼽기란 역시 힘든 일이라……. 선영 또한 마찬가지였을 겁니다. 더러는 모든 작품이 덧대어져 한 편의 대작처럼 읽히기도 했습니다. 한 편 한 편 찬찬히 읽어나갈수록 그 속에 담긴 겹겹의 사유가 물처럼 흘러 가슴속에 보드라운 파문을 일으켰어요. 지금도 제 명치께는 무시로 찰랑이는 듯합니다. 무엇보다 언니가 그린 사랑에 대해, 그 무한대의 힘에 대해 기꺼이 헤아립니다.

  소설을 읽다보면 한 번쯤 의문을 품게도 되시겠지요. 소설의 중추는 어째서 매번 사랑이고, 인물들은 "이름도 지을 수 없는 아픔을 열병 앓듯 앓"(「돌아다볼 때」)고 있는지. 언니가 온 마음을 쏟아 그려낸 사랑이 무엇을 지시하는지. 네, 그것은 너무 깊고 넓은 것이지요. 몹시도 거대한 것입니다. 동경이자 이상이자 신념인 것. "육적 충동과 호기심 만족에 불과한"(「의붓자식」) 일반의 '사랑 운운'과는 완전히 다른 것. 결혼을 위시한 당시의 사회제도와도 철저히 대척하는 것입니다. 자기결정권이 박탈된 낡은 사회제도나 도덕관념은 '나'의 "자유를 무시한" 사슬이 되어, 그것을 끊어내려 저항하는 인간으로 하여금 설움을 운명처럼 들쓰도록 하지요. "사회의 조직이 아직도 자유를 요구하는 사람은 넘어뜨려버리게만 되어 있는 까닭에 그의 발걸음을 이상의 목표인 자유의 길 위로만 바로 향하지 못하고"(「돌아다볼 때」) 끝없이 허우적댈 수밖에 없도록 만드는 것입니다. 언니의 사랑은 바로 그 자유를 향한 분투로 봐야 하겠지요.

실리에 눈이 어두운 사람들은 내가 내 대상에게 내 몸을 가져가지 못하는 제도와 인습 속에서 내 몸이 찢기듯이 아픈 상태로 구태여 살아가는 나의 생활관념을 비웃겠지만, 그것도 없으면 내 영혼은 비었다 비었다 모―든 것이 헛되다 하고 내 생활에서 내 이 지구를 향해나가는 애착, 즉 이 나라 사회와 같이 발전해나가자는 생활의식까지도 내 생활의 토대인 것을 전부 헐어버릴 것 아니냐.

—「꿈 묻는 날 밤」 부분

시대가, 사회가 허락하지 않는 것임에도, 그럼에도 불구하고 사랑을 그치지 않는 이유……. 영혼을 채우고 오롯한 한 존재로서 삶을 바로 세우는 것, 그것이 바로 사랑이기 때문입니다. 내가 나 자신일 수 있도록 하는 근거. 내가 나로서 온전하고자 한 의지. 비록 헤어지더라도 "한 법칙 아래서 한뜻으로 살아나가자"(「돌아다볼 때」) 끝없이 스스로를 갈고닦는 것. 죽음에 이를지언정 결코 멈추지 않는 것. (어떤 면에서 이 이상적, 정신적 사랑의 양태는 식민지 조선의 꿈과 닿아 있는 듯도 합니다. "서로 손길을 나누면서 약속한 대로 '사회를 위해 일하리라, 사람을 위해 일하리라' 하고"(「외로운 사람들」) 부르짖는 소설 속 연인은 어깨에 무거운 짐을 잔뜩 걸머진 채 일제강점기를 돌파해가는 조선의 청년들이기도 하니까요.)

언니의 사랑은 설움을 들쓰되, 끝내 강고합니다. 세상이 믿지 않는 믿음을 품고, 실현되지 못할 꿈을 붙들고 꿋꿋이 걸어갑니다. 온 마음을 쏟아, 쏟아…….

이 큰 사랑의 이야기를 이제야 비로소 나눌 수 있다니요. 우리가 그토록 그리워한 김명순, 언니의 '첫' 소설집! 언니의 소설을 읽으며 우리는 조금 더 큰 사랑의 눈으로 세상을 보게 되겠지요, 문학을 지속하게 되겠지요. 문득 「돌아다볼 때」 속 소련의 방 머리맡에 족자로 걸려 있다는 롱펠로의 시 「화살과 노래」가 떠오릅니다. 그 시에는 허공에 쏘아올린 화살도, 허공을 향해 부른 노래도 땅에 떨어져 어디로 사라졌는지 알 수 없다는 내용이 있습니다. 하지만 시의 마지막은 이렇습니다. "아주 오랜 뒤 한 그루 참나무 속에서 / 나는 그 화살을 찾았네, 여전히 부서지지 않은 채로 / 그리고 그 노래를, 처음부터 끝까지, / 한 친구의 마음속에서 다시 찾았네." 언니의 지극한 사랑은 언니를 아끼는 독자들께, 친구들께 조금도 부서지지 않은 채로 처음부터 끝까지 남김없이 가닿으리라 믿습니다.

제가 대표하여 엮은이의 말을 쓰고는 있으나, 아시다시피 여러 사람의 공력이 깃든 책입니다.

먼저, 선영. 출판사 핀드 없이, 핀드의 대표인 선영 없이 혼자서는 절대로 욕심낼 수 없는 책이라는 걸 압니다. 새삼 느끼지만 선영은 참 훌륭한 기획자이자 편집자예요. 문학을 함께 수행하는 좋은 동료예요. 언니의 문장 하나하나를 다른 누구도 아닌 선영과 함께 되짚을 수 있어 다행이라 여깁니다. "여기 이 쉼표는 살리는 게 좋겠어요. 언니가 이 대목을 강조하고 싶으셨던 게 분명해." 그러면 굳이 뒷말을 덧붙일 필요가 없었어요. 이미 한마음으로 고개를 끄덕이고 있었으니까. 그런 점이 이 작업을 더욱 충만하게 만들었습니다.

작품을 찾아 읽는 데 많은 도움을 주신 서지학자 오영식 선생님. 서툰 작업에 담긴 진의를 알아봐주신 선생님 덕분에 여러모로 따뜻했습니다. 선생님의 다정한 응원이 아니었다면 아마 더 많이 헤매고 기진맥진했겠지요. 「조모의 묘전에」가 수록된 『여자계』를 찾아주신 분도, 「인생행로난」이 수록된 『조선급만주』의 목차를 일러주신 분도 선생님이셨어요. 『생명의 과실』과 『애인의 선물』 원본을 선뜻 내어주신 분도요. 깊은 감사를 드립니다. 이어 「인생행로난」을 번역해주신 권선영 교수님께도 감사드립니다. 「인생행로난」 원전을 찾기 위해 이곳저곳을 들락거렸지만 글씨조차 제대로 알아볼 수 없는 희미한 영인본을 겨우 구하고는 망연자실해 있을 때, 교수님의 선행 작업을 알게 되어 기뻤습니다. 교수님의 작업 덕택에 이 책이 넉넉해졌습니다.

끝으로, 언니의 글을 읽고 계신 독자분들께 머리 숙여 감사드립니다. 어느 때보다 마음을 쏟아, 쏟아 읽고 계실 테니.

오랜 시간 '호을로'였던 언니를 더는 혼자 두어선 안 되겠다, 하는 어설픈 마음으로 여기까지 왔습니다. 작업 내내 생각한 한 가지, 부디 이 책이 언니께 폐가 되지 않기를 바랍니다. 부족하나마 진정으로 받아주신다면 더할 나위 없겠습니다.

2025년 5월, 긴 여름을 앞두고
박소란

수록작품 발표지면

젊은 날 『여명』 1925년 7월호

나는 사랑한다 동아일보 1926년 8월 17일/8월 21일/8월 23~25일/ 8월 27일/9월 1~3일

분수령 『애인의 선물』 회동서관, 1929 추정

일요일 『애인의 선물』 회동서관, 1929 추정

꿈 묻는 날 밤 『조선문단』 1925년 5월호

의붓자식(희곡) 『신천지』 1923년 7월호

의심의 소녀 『생명의 과실』, 한성도서주식회사, 1925

조모의 묘전에 『여자계』 1920년 3월호

해 저문 때 동아일보 1938년 1월 15~16, 18일

손님 『조선문단』 1926년 4월호

돌아다볼 때 『생명의 과실』, 한성도서주식회사, 1925

모르는 사람같이 『문예공론』 1929년 5월호

외로운 사람들 조선일보 1924년 4월 20일~6월 2일

인생행로난 『조선급만주』 1937년 9~10월호

내 마음을 쏟지요 쏟지요

초판 1쇄 발행 2025년 5월 30일

지은이	김명순
엮은이	박소란
편집	김선영
디자인	김지원
조판	한향림

펴낸곳	핀드
펴낸이	김선영
등록	2021년 8월 11일 제2023-000289호
주소	04017 서울시 마포구 동교로 31(망원동) 2층
전화	02-575-0210
팩스	02-2179-9210
이메일	pinned@pinned.co.kr
인스타그램	@pinnedbooks

ⓒ 박소란 2025
ISBN 979-11-990229-0-4 03810

✽ 여기 실린 작품의 현대어 번역 판권은 엮은이와 핀드에 있습니다.
　　이 책 내용의 전부 또는 일부를 재사용하려면 반드시 양측의 동의를 받아야 합니다.
✽ 잘못된 책은 구입하신 서점에서 바꿔드립니다.
✽ 책값은 뒤표지에 있습니다.